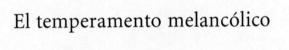

El temperamento melancólico

Obras de Jorge Volpi
en Seix Barral

En busca de Klingsor
   Premio Biblioteca Breve 1999
El fin de la locura
A pesar del oscuro silencio

Seix Barral Biblioteca Breve

Jorge Volpi
El temperamento melancólico

Esta novela fue escrita con el apoyo de una beca del
Fondo Nacional para la Cultura y las Artes

Colección: Biblioteca Breve

Diseño de colección: Josep Bagà Associats

© 1996, 2004, Jorge Volpi
Derechos exclusivos de edición en español reservados para
América Latina, Estados Unidos de América y Puerto Rico
© 2004, Editorial Planeta Mexicana, S.A. de C.V.
Editorial Seix Barral, S. A.
Avenida Insurgentes Sur núm. 1898, piso 11
Colonia Florida, 01030 México, D.F.

Primera edición en *Narradores contemporáneos*: septiembre de 2004
ISBN: 968-6941-83-5

Impreso en los talleres de Litográfica Ingramex, S.A. de C.V.
Centeno núm. 162, colonia Granjas Esmeralda, México, D.F.
Impreso y hecho en México - *Printed and made in Mexico*

www.editorialplaneta.com.mx
www.planeta.com.mx

CALIDAD
ISO 9000
CERTIFICADA
Certificado No. 02-2082

La Melencolia, songeant à ce mystère,
Qui fait que tout ici s'en retourne au néant,
Et qu'il n'est nulle part de ferme monument,
Et que partout nos pieds heurtent un cimetière,
Se dit: Oh! puisque tout se doit anéantir,
Que sert donc de créer sans fin et de bâtir?
HENRI CAZALIS

Quería decir que el "yo" del actor se disuelve,
se confunde con el de sus personajes. Probablemente
yo no tenía ganas... de ser disuelto, creo. Había
en todo eso algo que me parecía pecado. En esta
sustitución algo de femenino, de apático.
ANDREI TARKOVSKI

Libro primero

LA CULPA

¿De qué sirve castigar cuando existe la culpa? La culpa es una pena que nos impone la propia conciencia, una mezcla de resentimiento y amargura, de miedo y frustración, una prueba implícita e inexcusable de nuestra miseria. Es mucho peor que cualquier reprimenda externa: es un arrepentimiento que se sabe imperdonable. Quizás en el último día, cuando sean juzgadas las almas y los cuerpos, sea lo único que reciban los condenados. Una culpa eterna, insondable, merecida.

Así nos decía la abuela a mi hermana y a mí cuando éramos niñas y ella se encargaba de cuidarnos por las noches. Hablaba con un tono seco y monótono, acaso reminiscencia de rezos repetidos desde temprano, mientras nos sostenía fuertemente del brazo al encontrar algún destrozo o descubrirnos peleando. Nunca nos golpeaba o nos gritaba como hacían los padres de mis compañeras: la abuela se limitaba a introducir en nosotras un miedo —una conciencia del bien, diríamos ahora— capaz de lograr que fuésemos nosotras mismas las encargadas de reprimir la desobediencia. Este método resultó sumamente eficaz y aún ahora no he podido librarme de él sino apenas reconocerlo gracias a incontables sesiones de psicoanálisis.

Yo adoraba a la abuela. Era la única imagen de autoridad que existía en la casa, y se tomaba sus atribuciones muy en serio: ya que mi madre no vigilaba el buen comportamiento moral y religioso de sus hijas, ella tenía que hacerlo. El mundo de sus regaños, sin embargo, nos parecía no sólo extravagante sino incomprensible, lleno de plegarias y genuflexiones y una serie de enseñanzas bíblicas y catequísticas que no oíamos en ninguna otra parte. Antes de comer y de dormir nos hacía persignarnos —no se valía santiguarse— y no perdía oportunidad para referirse a Dios, a su infinita misericordia y su implacable justicia, esa especie de borrador gigantesco que algún día cancelará nuestros pecados y justificará con la santidad las tristezas terrenales.

¿Hasta dónde guardo yo todavía en alguna parte de mi cabeza aquellas imágenes increíbles? ¿Hasta dónde no serán ya componentes indispensables de mi personalidad a pesar del tiempo que ha pasado, de mi incredulidad y de mi fe perdida? A veces creo que es imposible renunciar a las historias que nos han contado durante la infancia; una continúa persiguiéndolas sin percatarse, acaso obsesionada con hallar en el mundo esas convicciones primitivas, la claridad perfecta e inalcanzable de esos recuerdos. No lo sé, extraño a la abuela y sus absurdas ideas aun cuando reconozca en ellas las porciones de mi vida que más aborrezco y más me avergüenzan. Los absolutos, la Verdad única e indiscutible, la Bondad y la Belleza me cercan por doquier; no obstante mi voluntad relativista, la apertura que busco ofrecer y la amplitud de mis gustos presentes, no dejo de advertir a cada momento la insatisfacción que me acecha al darme cuenta de que nunca alcanzaré la perfección. ¿Quién nos habrá diseñado, a mi abuela y a mí, a todos los seres humanos, con ese deseo de alcanzar estratos angélicos, de traspasar los límites de la realidad, de volvernos irremplazables?

Mi pobre abuela no sabía lo que provocaba. Su misión era

crear conmigo una criatura dócil, una máquina capaz de responder eficientemente a planes preconcebidos, a órdenes indubitables provenientes de mi cerebro. Nada de impulsos irracionales, nada de sensiblerías, nada de errores: éstos eran los postulados de su moral, amparada en los principios de la iglesia y las buenas costumbres. Ser recto y justo equivalía a tener un celador por dentro, el corazón como verdugo y como juez, siguiendo un solo camino, igual y evidente para todos: la virtud. Para ella, la vida era un conjunto ordenado de acontecimientos, un orden explicado y explicable, en donde lo imprevisto sólo podía identificarse con el mal, obra de demonios. El deber había sido inoculado en cada uno, y si no se le daba una prioridad incondicional, se caía en las aberraciones, en el egoísmo, la mentira y la muerte.

"¿Dónde está ese deber?", me atrevía a preguntarle a la abuela, enfurruñada, y ella, con su voz de templo, tañida con dulzura, replicaba que el deber está inscrito en nuestro pecho, y apoyaba las manos hilosas contra el suyo, convencida de cuanto decía. Otras de las cosas que faltaban en su universo: la duda y la incertidumbre, asimiladas con la incredulidad. Creía en sus propias palabras como en las del Señor, como si Él se las hubiera dictado al oído igual que a los evangelistas y a los profetas. Ésa era la estirpe a la que pertenecía: una sibila incomprendida, atada a un entorno maligno que se negaba a admitir lo obvio.

A fuerza de repetirlo, el universo de mi abuela terminó por convertirse en el mío: todo lo demás quedaba en un espacio que no me pertenecía: el del mal. Ni a mi madre ni a sus amigos ni a mis compañeros de escuela o a mis maestros, a pesar del respeto o la confianza que yo les tuviera, podía considerarlos como modelos a seguir. Hasta los cuatro años mi educación corrió casi exclusivamente a cargo de ella, y me resultaba imposible traicionarla. Aunque me agradaran las ideas de otras personas, y aunque a veces tratara de imitarlas, no dejaba de tener presente que mi fe estaba en las enseñanzas de la abuela. Mis desobediencias, mis rebeliones y mis caprichos no eran más que actuaciones que me esforzaba por representar delante de los extraños, meras herejías en contra de la verdad sabida. Pecar, como decía la abuela, era sinónimo de interpretar un papel que no era el mío, de comportarme ante los otros, por obstinación, inseguridad o cobardía, de modo diferente a como en realidad *sabía* que debía hacerlo. Desde este punto de vista, la abuela había triunfado rotundamente: yo no podía librarme del peso de la división entre lo bueno y lo malo, lo que debe hacerse y lo que no; apenas, y con muchos esfuerzos, me atrevía de vez en cuando a optar por lo malo, lo prohibido, pero siempre con la inconformidad acallada de mi espíritu.

Hay quien dice que sólo aquellos que tienen una pronunciada tendencia a la personalidad múltiple o dividida se convierten en grandes actores. No creo que sea mi caso: me hice actriz como culminación de un proceso natural. Para mí era muy fácil camuflarme con una indumentaria, unos gestos y unas palabras que no me pertenecían; a fin de cuentas lo hacía todo el tiempo, inconscientemente, al encontrarme con otras personas. Ser otro, pero sin perder la noción de que, más adelante, podía regresar a mi auténtica personalidad. Son los esquizofrénicos quienes realizan esta función sin retornar jamás a su carácter inicial, acaso porque pierden esta idea de prelación o de anterioridad de un rostro sobre los otros. En cambio, los actores, por más que nos adentremos en un papel, por más que éste nos apasione e involucre, siempre seremos capaces de volver a nosotros mismos, de reconocernos como los iniciadores de esa red de personajes que nos envuelve y en apariencia nos aniquila.

La culpa es el único sentimiento, la única afección humana que es imposible actuar. Su función es recordarnos que no somos lo que aparentamos. Shakespeare lo sabía muy bien y por eso tuvo que representar la horrible culpa de Macbeth dentro del sueño: de otro modo el observador no la vería, no sería capaz de imaginarla. La culpa es inimitable y al ser representada parece inevitablemente falsa. Con un buen actor o una buena actriz, la gente deja de decir éste es fulano representando a Otelo y en verdad, por un instante mágico, piensa que *ése es* Otelo, el único, el verdadero, que aparece por el poder y la inteligencia de un hombre. En cambio, si oye o mira a alguien actuando la culpa, nunca se deja convencer por la representación, la farsa, el engaño al que lo somete el actor o la actriz. Yo lo intenté muchas veces: inventar la culpa, sentir su peso, transformarlo en movimientos, frases y guiños, obsequiarla a quienes me miraban, pero nunca apareció, siquiera remotamente, la sombra que mi abuela me inculcó y de la cual quise valerme en escena. La tristeza y la alegría, el dolor y el miedo, incluso el amor y el placer, al ser actuados remiten a sus contrapartes reales; la culpa, jamás.

No deja de parecer curiosa esta extraña vinculación proveniente de los abismos de mi niñez: culpa y actuación inseparablemente unidas, como si el gran reto de mi vida fuese asimilarlas, volverlas una sola. La hazaña deseada por todo actor o actriz y especialmente por mí: volver verosímil —por vivida— la actuación de la culpa, y de este modo librarme de ella, exorcizarla subiéndola al escenario.

Mi madre nunca aceptó mis deseos de convertirme en actriz, nunca comprendió, quizá porque no tuvo el tiempo de conocerme suficientemente —y éste no es un reproche—, que yo podía decidir algo sin la intención expresa de lastimarla. Ella nunca hubiese podido imaginar que, en gran medida, había sido mi abuela —su propia madre— la responsable de mi decisión. Yo misma no me di cuenta de ello hasta mucho después, cuando ya me dedicaba profesionalmente al teatro.

Ésta es otra de las sorpresas de la vida: hará apenas unos cinco años yo estaba convencida, ante el éxito que suponían los inicios de mi carrera, de que por fin había logrado escapar de las tradiciones familiares, de la férrea moral de mi abuela y de la ambigua moral de mi madre —más rígida hacia mí justo porque ella no la llevaba a la práctica en su propia vida—, cuando ocurría exactamente lo contrario. De algún modo mi mente había echado hacia atrás mi educación tradicional, lo que me permitía hacer y decir cosas que antes no hubiera imaginado, pero ello no suponía que no continuaran dominándome. Yo estaba segura de que me había despojado de las ideas y actitudes de mi madre y de mi abuela, sentía un alivio inmoderado al contradecirlas o al comportarme en contra de lo que ellas querían para mí, disfrutaba de repente de una libertad absoluta e inmerecida, pero en el fondo —eso lo veo hasta hoy— esa liberación dependía de los propios prejuicios que buscaba romper. Era una libertad condicionada, un escape ilusorio, más que el producto de una decisión o un anhelo naturales.

Aún recuerdo los inicios de mi rebelión. Imprevistamente, cuando cumplí quince años, mi madre y mi abuela se pusieron de acuerdo para enviarme dos meses de vacaciones con unos tíos que vivían desde hacía varios años en California. Para mí la experiencia era nueva por entero, nunca había salido del país, a mis parientes apenas los recordaba y en realidad nunca había estado tanto tiempo lejos de mi casa. No sé hasta dónde ellas imaginaban los peligros de la vida norteamericana, hasta dónde confiaban ciegamente en el tío prófugo, su esposa colombiana y sus hijos, o si por el contrario, estando ellas lejos, confiaban en que mi aprendizaje estuviera a cargo, al menos, de personas conocidas. Llegué a un país extraño, sin hablar una palabra de inglés, y de inmediato me enfrenté a modos de ser no sólo diferentes sino opuestos a los que me habían enseñado. Pronto mis tíos se desentendieron de mí y me dejaron en manos de mis primos —tres muchachos de veinte, catorce y doce años—, sin preocuparse en absoluto de vigilarme. A las dos semanas nos dejaron ir a los cuatro solos a un campamento con la única advertencia de "cuidar bien a la niña".

Desde el principio me gustó Micky, el mayor, y quizá por eso él me detestaba tanto. Se burlaba de mí, me trataba como si tuviera cuatro años, me arremedaba y decía cosas en inglés que hacían reír a los otros y que yo no alcanzaba a entender. Sin embargo, durante el campamento su actitud cambió completamente; mientras John y Tomás jugaban entre ellos y se perseguían en el bosque, Micky se quedaba a conversar conmigo hasta que por fin un día se atrevió a besarme. Después, casi sin darme cuenta, sin considerar las repercusiones, como si fuera otra de sus bromas, me llevó cerca de un riachuelo, me desnudó y me hizo el amor. Fue como un trance, un conjunto de emociones demasiado fuertes para que yo pudiera analizarlas. Por primera vez había dejado de oír la voz de la abuela adentro de mi cabeza —no lo hagas—, aunque fuese sólo por unas cuantas horas. No recuerdo si me gustó o me dolió o qué, regresamos a las tiendas de campaña como si nada, continuamos hablando y esperamos a que los niños se reunieran con nosotros.

Por la noche, antes de dormir —estaba cansada como nunca—, entreví mejor lo que había ocurrido. Mi abuela y mi madre, aunque veladamente, siempre me habían hablado de eso, el peor de los riesgos para una mujer, una mancha que no se puede lavar jamás. Incluso creo que, en el fondo, todas sus recomendaciones se reducían a advertirme contra esta vergüenza que ahora había caído sobre mí como dentro de un sueño. Ya no era virgen y el daño —lo temía, lo sabía— era irreparable. Pero lo que más me consternaba era que no me sentía mal, la culpa se hallaba muy atrás, parapetada, oculta, y lo único que afloraba entonces era una emoción absurda, un orgullo inmaduro y un miedo implacable (quizá lo más grave es que tampoco me sentía enamorada, ni siquiera más ligada a ese pequeño inexperto que era mi primo). ¿Qué había pasado conmigo? ¿Seguía siendo la misma a pesar de que mis actos y mis pensamientos habían traicionado mi pasado, mi modo de ser, mis valores? No dejaba de ser una niña, inocente a pesar de las circunstancias, y me sentía feliz y triste a la vez.

¿Dónde comienza la culpa? ¿Es que este inicio, idéntico para cientos de niñas, fue su causa? Sería demasiado fácil verlo así; lo que importa es el mecanismo que la crea, la contradicción entre lo que se hace y lo que se piensa. Alguna vez me lo dijo la abuela: si tú crees de corazón que es un pecado pisar las líneas del asfalto porque forman cruces semejantes a las de Nuestro Señor, y las pisas a propósito, en verdad estás cometiendo un gran pecado, no importa que tu conducta les parezca inocente a los demás.

Así nace la actuación: el que pisa las cruces de modo voluntario, contrariando sus principios, está actuando; desafía sus convicciones, se apodera de actos ajenos, se desdobla. Y la culpa surge entonces como la memoria que nos indica la falsedad de nuestra conducta, su imposible conciliación con nosotros. Por eso hacer el amor con Micky me pareció inocuo, algo que no me estaba pasando a mí, y por eso tardé tanto en sentirme mal: estaba actuando, mi cuerpo y una parte de mi mente estaban con él, pero no mi alma, no mi conciencia. Estaba ahí, desnuda, llena con su cuerpo, pero me veía ausente, como si me contemplase desde arriba, a salvo. La culpa me hacía comprender la mentira. Podía desoír las prohibiciones, pero nunca al grado de olvidarlas, nunca al grado de aceptar la desobediencia como mía.

Me fue muy difícil adaptarme de nuevo a la vida en México. Al principio nada parecía haber cambiado, como si las vacaciones con mis tíos de California no hubieran sido más que un intermedio sin importancia, pero pronto una crisis de conciencia, aunada a mi ingreso a la preparatoria, me hizo enfrentarme de modo directo a las convenciones de mi casa. Ahora buscaba desafiar cualquier tradición, lanzarme a actuar en el mundo, fuera de mí, convertirme en otra, con otros gustos, otras manías, con sueños y deseos contrarios a los que me habían inculcado. No iba a convertirme en secretaria, como hubiese pensado mi abuela, ni en profesionista, como hubiese preferido mi madre, sino en otra, múltiple, diferente, siempre cambiante, siempre lejos de mí misma: en actriz.

Abandoné la preparatoria en el tercer semestre y me inscribí en una escuela de teatro. Ahí estaba la vida. Dejé de ver a mi familia, de llegar temprano, a veces no regresaba a dormir. Había entrado en un ambiente de fiestas, droga, sexo indiscriminado, arte. Arte. Por primera vez me di cuenta de que estudiar actuación era eso; jamás fue una de mis motivaciones originales y de pronto aparecía como la justificación de mis revueltas. A reacción, me inventé una nueva personalidad cuyo mayor triunfo era hacer a un lado la previa: una máscara perfecta, adherida a mi piel de tal modo que resultaba imposible despegarla del rostro oculto detrás.

Me convertí en una buena actriz, o al menos así lo pensaba en esos días en los cuales los diversos papeles desfilaban como nuevos y enriquecedores disfraces. Las palabras que repetía en el escenario salían naturalmente de mi garganta, como si a mí se me hubiesen ocurrido, como reacciones espontáneas a conflictos reales, trasplantados a mi cuerpo durante algunos minutos. Ya no deseaba otra cosa: actuar era mi única voluntad: encarnar diversos nombres y distintos cuerpos, llenarme de amor u odio ficticios hasta volverlos reales, atragantarme con decenas de emociones ajenas, falsas, necesarias. Literalmente mi vida era la actuación, un despliegue histriónico que se extendía a todos los rincones de mi comportamiento y me abarcaba en todas mis facetas. No pasaba de la ficción a la verdad: la ficción se había transformado en mi única verdad. ¿Qué diferencia podía hallar entre mis pasiones dentro y fuera del escenario, entre el dolor producido por la muerte de mi abuela o el deceso de un amante novelesco, entre el miedo a la soledad y el aislamiento de Ofelia? Para entonces la sensación de estar equivocada, de mantenerme en la falsedad, de rehuir un centro, se había esfumado detrás del telón inmenso de mis personajes; yo era diferente a cada instante, o más que eso: era capaz de modificar mi estado de ánimo, mis preferencias y mis disgustos a voluntad.

Mi debut profesional, luego de decenas de obras estudiantiles, en *La sonata de los espectros* de Strindberg, tuvo un éxito moderado que al menos me aseguró trabajo durante los siguientes dos años. Sin embargo, la rutina pronto comenzó a carcomerme; comencé a sentir que me faltaba algo, que una parte de mi interpretación se perdía, mostrándome incapaz de convencer completamente al público. Mi desánimo era cada vez mayor: podía representar multitud de sentimientos, pero no conseguía entusiasmarme. Mi vida personal, por su parte, se iba a pique. Me sentía asfixiada, como si de repente todo se hubiese precipitado en mi contra. Fue entonces cuando Carlos enloqueció, y yo ya no pude resistirlo. Mi madre tampoco estaba dispuesta a ayudarme. El teatro dejó de ser un refugio y se convirtió en una cárcel. Estaba harta, cansada, adormecida.

En esos días me enteré de que una agencia de *castings* solicitaba actores de teatro para trabajar durante tres meses en una película. ¿Cómo imaginar de lo que se trataba? ¿Cómo saber que a partir de entonces mi vida se modificaría diametralmente? ¿Cómo adivinarlo? El desastre enrarecía el aire desde antes, lo presentía a cada momento, casi podía olerlo. Antes de decidirme traté de explicárselo a la psicóloga, pero ella sólo vio otro síntoma de inseguridad. La catástrofe circulaba por mis venas, pero aun así traté de olvidarla, haciéndole caso a la terapia para borrar —de nuevo, como mi abuela indicaba— cualquier síntoma de desequilibrio. Estúpidamente representé de nuevo el papel de paciente y tomé los consejos como obsesivas dosis de tranquilizantes. Debía huir de mi entorno, escapar del infierno que meticulosamente había construido a lo largo de los últimos años. Necesitaba darme otra oportunidad.

Ahora la culpa ha vuelto a aparecer, intolerable. Me ha devuelto a mis temores y me ha lanzado, inconmovible, hacia mi propio y olvidado rostro. Es la culpa del último día, el peor de los castigos, la conciencia de que jamás seré perdonada. Sí, Dios mío, una culpa eterna, insondable, merecida.

EL JUICIO (I)

El fin de las ideologías, el fin del socialismo real, el fin de la guerra fría, el fin de la historia. ¿Dónde estamos entonces? ¿Es que ya no habrá tiempo, o nos hallamos frente a un nuevo principio? Como nadie puede entender estas lucubraciones, nos llenamos con una imaginería que, como decía Gonzalo en la maldita película, no es muy distinta de la que existía en el año 1000, cuando el pensamiento escatológico se centraba en esa fecha prodigiosa para marcar el regreso al mundo del Salvador, la instauración del reino de Dios en la Tierra y el juicio de las almas. Claro, ahora somos racionalistas, la física y la economía rigen nuestras prospectivas, los hechos son comprobables —o al menos eso nos dicen— y los efectos son precedidos de causas verificables; cada conclusión admite el principio de falibilidad de las premisas dentro de un sistema determinado. Muy coherente, muy sencillo; somos personas civilizadas, nos basamos en la razón para esgrimir nuestras proposiciones. Pero, ¿en realidad es así? ¿Quién puede creerlo? Los hombres y la Tierra continúan ahí sin que sus relaciones de violencia, terror y esperanza parezcan haberse modificado radicalmente. Maliciosos, no se nos quita la sospecha de que el fin de las ideologías no sea más que otro —quizá el último, eso sí— de los instrumentos inventados para dominar a los demás. De nuevo son palabras y conceptos —preferidos por encima de otros— los que buscan no sólo explicar la realidad, sino modificarla, impulsar a la acción. Uno más de los actos de violencia que cometemos contra los otros y contra nosotros mismos.

Acaso ya no haya historia: entonces no quedaría otro remedio que recordar la anterior, hacer un balance de nuestros odios y nuestros afectos: juzgarnos. Pero ni siquiera como colectividad —esta idea también está a punto de desaparecer—, sino como individuos aislados. Porque si una cosa hemos aprendido con los vaivenes de tantos años es que un ser humano nunca podrá *ser otro*. Todos los conflictos se reducen a esta única y desesperada lucha: la voluntad de que los demás piensen y actúen como nosotros, que amen y sufran como nosotros, que *sean* nosotros. La barrera, es una lástima, se ha comprobado infranqueable, incluso en la muerte conjunta. Lo dijo Gruber —aunque yo odie repetirlo—: los seres humanos no pueden vivir solos, pero tampoco pueden vivir juntos. Amén.

¿Qué salida hay? Ninguna: cargar con los siglos pasados y rendir cuentas como si ahora se nos pidiera la liquidación de la empresa (incluso cuando la empresa continuará en liquidación *ad infinitum*). Creer que nos encontramos frente al fin de la historia es suficiente tragedia para discutir si es cierta o no. La mera idea, albergada en nuestras mentes gracias a quién sabe qué medios publicitarios, basta para conducir a la desesperación y a la locura. No hay nada más adelante. El futuro entendido como conjunto de cambios se ha extinguido. Sólo seremos lo que somos ahora, lo que hemos sido antes, sin posibilidad de redención. Éste es un fin de la historia sin Salvador, sin reino de Dios en la Tierra. Un juicio eterno, nada más. Se recordará lo que hemos hecho y lo que hemos omitido, lo que hemos pensado y lo que hemos olvidado, cada una de nuestras fallas, nuestra miseria elevada a la categoría de destino. La película de nuestras vidas corriendo ininterrumpidamente ante nuestros ojos, imposibilitados para cerrarlos, como Alex, el protagonista de *Naranja mecánica*. Ésta es la gran obra, la gran película que quería Gruber: el arte que ha suprimido a la vida. La proyección interminable de nuestros remordimientos.

LA ENTREVISTA

Para mí sólo era un *casting* entre tantos otros. Acudí a la dirección indicada esperando las mismas filas de siempre, los mismos rostros inexpresivos de compañeros que ya se me hacían familiares sin conocerlos, el mismo agotamiento ante las preguntas, el modelaje, las caras bonitas frente a los entrevistadores, la lujuria escondida en las facciones secas de estos últimos. Sin embargo, cuando llegué al lugar me llevé una sorpresa. Parecía vacío. No era más que un pequeño despacho casi sin muebles ni adornos, al contrario de la mayor parte de los estudios de pruebas que había conocido, con una secretaria instalada en una mesa de comedor —ni siquiera un escritorio—, eso sí muy arreglada, como de unos cuarenta años, del tipo de las que desearían con toda el alma contestar las preguntas en vez de tener que hacerlas. Casi sin voltear a verme, sin saludarme, me entregó una solicitud y me pidió que la llenara.

Nombre: Renata Guillén.
Dirección: Oaxaca 6, departamento 402. Colonia Condesa. 04020, México, D.F. *Teléfono*: 553 13 25.
Fecha de nacimiento: 26 de marzo, 1967.

Edad: 25 años, 11 meses.

Estado civil: Soltera. (Nunca he podido acostumbrarme a poner casada; además, ¿hasta cuándo lo voy a estar?)

Hijos: No. (Extraña pregunta, pero al fin y al cabo necesaria.)

Estatura: 1.68. *Peso*: 56 kg. *Cabello*: Negro. *Tez*: Blanca. *Ojos*: Cafés. *Rasgos particulares*: El dedo pequeño de mi pie izquierdo se cruza sobre el siguiente. Ah, y una mancha ligeramente más oscura que el resto de la piel en el costado derecho.

Experiencia cinematográfica: Ninguna. (Creo que no tendría caso incluir mis intervenciones como extra o los anuncios que he filmado para televisión.)

Volví a leer la solicitud y, un poco desilusionada, la devolví a la secretaria. Ya me había ocurrido otras veces: anuncios en los cuales solicitan actrices sólo como pantalla, cuando en realidad quieren mujeres guapas para anunciar perfumes, toallas femeninas o ropa interior.

—Aquí tiene.

—Sus fotografías, por favor.

Las saqué de mi bolsa y se las di sabiendo que las desperdiciaba, molesta de que esa mujer fuese a mirarlas.

—Ah, una cosa más —me dijo cuando yo me disponía a marcharme—. Ahora le voy a pedir que después de sus datos escriba algo sobre usted.

—¿Cómo?

—Habla de ti —dejó de usar el usted de modo despectivo—, un resumen de tu vida, por qué te convertiste en actriz, no sé, lo que se te ocurra —y regresó a sus papeles.

Estuve a punto de no hacerle caso, quería marcharme, pero es en ocasiones como ésa cuando se piensa en el profesionalismo, en que una no debe dejarse llevar por los impulsos de un momento. Me senté en un rincón, lo más lejos posible de ella, y traté de concentrarme. ¿Hacía cuánto que yo no escribía nada? Y peor aún: ¿hacía cuanto que no hablaba de mí, que intentaba no pensar en mí? De pronto me veía obligada a recordar mi vida, a ordenarla, a darle un valor, a explicarla para mí y para otros, unos desconocidos que no me habían visto, a los que de seguro tampoco les importaría lo que yo dijera o el esfuerzo que me costara decirlo. Era como ir al psicólogo por la fuerza, otra vez, justo en el momento en que había decidido no volver a visitarlo, harta del esfuerzo inútil de vaciarme ante otro ser humano.

Parecía tan absurdo. Además, ¿cómo iba a reducir mi vida a una página? ¿Cómo introducirla en unas hojas tamaño carta? No me sentía con ánimos para traer al presente mis recuerdos; la carga de acontecimientos recientes era demasiado intensa, como en las películas cuando enfocan un objeto cercano y queda un espacio borroso con todo lo que está detrás.

Sólo podía pensar en Carlos, imaginaba su rostro, sus ojos clavados en mí, su cuerpo desnudo, sus manos. Eso era lo único que me había quedado de él. Lo demás, su carácter, su voluntad, sus palabras, se habían vuelto indescifrables. No sabía cómo interpretarlas, a qué explicaciones recurrir, a las de qué época. Porque no me cabía la menor duda de que en efecto habían existido dos Carlos, dos hombres diferentes en uno mismo, opuestos, uno el negativo del otro: el primero, a quien conocí hace ocho años, al que amé y todavía amo con todas mis fuerzas, y el que vino después, al que odio tanto como amo al de antes, al primer Carlos, mi Carlos. Me resulta imposible comprender cómo alguien puede transformarse de pronto, por unas frases sin importancia, por un absurdo papel, y dejar de ser quien era. ¿O es que todo lo tendría planeado desde el principio? Esta explicación me duele aún más: la de que siempre hubiese sabido que iba a cambiar, que desde el inicio se estuviese preparando, con sus atenciones y su afecto, para cobrarse lo que me había dado —lo mucho que me había dado—, en el momento en que fuese capaz de exigir y de imponerme cuanto quisiera.

A veces creo que es imposible conocer a las demás personas; a pesar de que se ha vivido con alguien, de que se ha convivido con alguien durante años, de haber compartido días y noches, se termina comprobando que uno no tiene la menor idea de quién es el otro, de que el amor o el cariño disfrazan la imposibilidad de comunicarnos. Somos seres imperfectos, no controlamos nuestras reacciones y a lo mejor nunca sabremos lo que estamos haciendo con aquellos a quienes amamos. La separación entre los seres humanos es infranqueable, y ni siquiera se alivia al hacer el amor; siempre hay un espacio, un intersticio que no podemos llenar y que nos impide acercarnos.

Conocí a Carlos por casualidad hace más de siete años; yo todavía estudiaba y él era un joven crítico que asistió, inesperadamente, a una de las obras que presentábamos en la escuela. Platicamos un momento al final de la representación y, aunque le di mi teléfono, nunca me llamó. Nos encontramos de nuevo un año después, en una fiesta, y a partir de ahí comenzamos a vernos regularmente. Es casi diez años mayor que yo, pero no tardó en convertirse en mi mejor amigo, una especie de hermano mayor con quien consultaba mis dudas, a quien pedía consejos sobre el teatro, la actuación y mis romances. Él me escuchaba paciente, me recomendaba lo mejor —tuve ocasión de comprobarlo— sin ningún egoísmo, con la sabiduría que le adjudicaba mi inexperiencia. Entonces yo cambiaba de un hombre a otro, sólo él permanecía constante, desde fuera, como un punto de referencia al cual acudir en caso de necesidad. Lo admiraba. Era, quizá, la única parte estable de mi vida en esa época. Es probable que en alguna parte de mi mente supiera que yo le gustaba, pero me había encargado de reprimirla, obsesionada en conservarlo como amigo y maestro. Nunca tenía un reproche para mí, sólo nos veíamos cuando yo quería y hacíamos lo que a mí me gustaba; siempre estaba dispuesto a ayudarme y no dudaba en protegerme incluso de mis propias locuras.

Sí, ya he analizado —dos años con el psicólogo— que Carlos representaba el papel del padre que nunca tuve, pero eso ahora me parece irrelevante. Se trataba del hombre más maravilloso que había conocido, el más fiel, el más sincero. Cuando me di cuenta de lo que sentía, ya estaba completamente enamorada de él, y no pasó mucho tiempo para que nuestra relación evolucionara (ahora me cuesta creer en esta palabra) de la amistad al amor. Los besos y los abrazos que nos dábamos al despedirnos no tardaron en convertirse en caricias hasta que de pronto nos descubrimos juntos en la cama. Además de un gran amigo resultó un gran amante (al menos eso me hacía creer) y yo estaba encantada. El desconcierto por el cambio disminuyó rápidamente, me sentía confiada y feliz en sus manos, y no oponía ninguna de las reservas que por lo general tenía frente a mis demás compañeros. Continuábamos hablando mucho, seguía cuidándome y aconsejándome, incluso al grado de no definir nuestra relación de modos absolutos y, del mismo modo que antes, no vacilaba en preguntarme sobre otros hombres que se cruzaban en mi vida.

Fui yo misma, espontáneamente, quien lo invitó a quedarse a dormir en mi casa: quería despertar a su lado, mirar sus ojos negros por las mañanas, bañarme y desayunar con él. Poco a poco esas noches se multiplicaron y un buen día le dije —en realidad le pedí— que se mudase de modo definitivo. Esgrimió algunos inconvenientes, me señaló algunas de sus manías, repitió la sentencia de no sé quién de que es más fácil escribir una novela que vivir con alguien, y por fin accedió con una sonrisa interminable. ¿Es que yo no veía nada entonces? ¿No comprendía que, aunque fuese yo quien lo había pedido, en realidad él manejaba todas mis decisiones? ¿O es al contrario y ahora yo fabulo esta intriga para restarle valor a mis determinaciones de esos días?

Sus cosas empezaron a ocupar mi casa: yo las veía como un símbolo de nuestra unión, una muestra más de su afecto. Nuestra relación, en cambio, apenas se modificó: me parecía un sueño, seguía gozando de mi libertad, él no me tasaba en nada, me dejaba decidir mis asuntos sin intervenir en ellos. Hoy me acuerdo de esa época y me parece increíble no encontrar por ninguna parte algún eco, alguna premonición, algún signo de lo que pasaría después. ¿Qué puedo reprocharle de tantos meses? Era ordenado en extremo, nunca salía de noche, no iba a fiestas más que cuando yo lo obligaba, no fumaba ni bebía. Acaso me inquietase un poco su desinterés hacia lo que no se relacionara con mis gustos, como si yo fuese la única porción del universo que le preocupara, pero a fin de cuentas no podía reprochárselo y nunca le dije nada. Quizá su actitud era más extraña de lo que yo quería reconocer: un hombre de treinta y tantos años sin amigos, sin compromisos sociales, sin familia. Como si no tuviese pasado, como si yo, su presente, fuese la sola materia que lo componía. Ahora reflexiono y me parece evidente la anomalía, pero entonces, obsesionada por él, nunca reparé en que todas nuestras conversaciones se reducían a comentar mis problemas, mis preocupaciones, mi vida profesional, mis temores y deseos, jamás los suyos. Nunca le pregunté por él, nunca supe de sus antiguos amores, de sus desilusiones, de su juventud. Las raras veces que lo intenté me respondió con evasivas, diciéndome que no había nada que valiera la pena contarse, sólo tú has sido importante para mí, y como una concesión extraordinaria me mostraba sus crónicas y algunos recortes de periódico en los cuales aparecía nombrado. ¿Cómo iba a suponer que éstas eran expresiones de una furia contenida, de una ira oculta? Para mí sólo eran nuevas demostraciones de un amor profundo, nítido.

¿Qué pensaba Carlos entonces? ¿Qué sentía? Éstas son preguntas que no me han dejado en paz; me siguen atormentando pues ponen en evidencia mi egoísmo. Quizás todos sus actos se encaminaban a conquistarme, en el sentido más literal de la palabra: a volverme completamente suya. Nada podía echarle en cara, cuanto hacía y decía era por mi bien, ¿cómo no creerle, cómo no aceptar —convencida— todas sus opiniones, todas sus ideas? Siendo un modelo de perfección no había pretexto para no obedecerlo, lo que yo hacía de buena gana, sin entender que seguía al pie de la letra, esclavizada, sus palabras. Me dominaba de un modo callado, lleno de una sutil adoración. Sí, ahí estaban las huellas de su desequilibrio, pero yo me negaba a reconocerlas, nadie en mi situación las hubiera descubierto.

Por eso, cuando me dijo: Renata, ¿por qué no nos casamos?, aunque me sorprendió por primera vez en mucho tiempo, no dudé en decirle que sí. Estaba emocionada. Desde muy joven había rechazado la posibilidad de casarme, no quería que me pasara lo que a mi madre, a miles de mujeres; me repugnaba la idea de jurar amor eterno sabiendo que el amor se acaba, se me hacía indigno entregarme como si fuera un objeto en compraventa, jurar fidelidad y obediencia, todo el absurdo ritual. Sin embargo, acepté sin vacilar. Carlos nunca me había pedido nada de modo directo, era la primera ocasión que tenía que ceder ante una proposición suya: lo hice con gusto. No era mucho, perder las convicciones pasadas, más producto del rencor que de la experiencia: de acuerdo, casémonos, sí. De cualquier modo ya nada podía cambiar entre nosotros. Vivíamos juntos desde hacía dos años, sin ningún conflicto, felices, ¿no era suficiente prueba de nuestro éxito?

Escogimos una pequeña iglesia en San Ángel a la que sólo acudieron amigos míos e, inevitablemente, mi madre. ¿Y tú no vas a invitar a alguien?, le pregunté, ingenua, sin entrever que en su soledad se ocultaban las grietas de su temperamento. No, quizá algún compañero del trabajo, mi jefe, pero no me importa demasiado, me dijo, el matrimonio es cosa de dos personas, tú y yo, nadie más tiene por qué intervenir. Asunto privado de dos personas, hacer que el mundo se reduzca a la pareja: aún faltaban varios días para que empezara a entender su respuesta, pero en ese instante volvió a dibujarse como parte de su romanticismo, de su incondicionalidad hacia mí.

No tuvimos luna de miel, me explicó que tenía mucho trabajo y no podía dejar en ese momento la ciudad de México, luego tendríamos la oportunidad —el resto de nuestras vidas, me dijo— de viajar juntos. No me importó demasiado: hacía menos de un año que yo había regresado de una gira por el norte del país y el sur de los Estados Unidos; sin embargo, no dejó de molestarme un poco, él había escogido la fecha de la boda, él me había convencido de celebrarla, y podía haber solicitado vacaciones.

Pero el auténtico problema, no exagero, se inició el mismo día de la ceremonia, una vez que nos quedamos solos, como por acto de magia.

—Bueno —me dijo por la noche, después de hacer el amor, en esos momentos que preceden al sueño—, creo que ya no es necesario que trabajes, ahora yo voy a encargarme de mantener esta casa.

No podía creerlo, como si fuese un malentendido, una confusión provocada por el alcohol y la madrugada. No te entiendo, le respondí, contrariada, rompiendo la media voz que fluía entre nosotros y su último cigarrillo; no trabajo por el dinero, sino porque me gusta, porque *quiero* hacerlo. Se durmió sin replicar aunque su aceptación no se parecía a su convencimiento habitual; dejó el cigarrillo, se volvió y apagó la luz.

Por la mañana yo ya había olvidado el incidente pero él se despertó de mal humor y bruscamente se levantó al baño. Pocas veces lo había visto así. Intentaba ser dulce sin lograrlo, las marcas del enojo no conseguían borrarse de su rostro. Traté de animarlo, lo acaricié y lo besé, sin éxito. Entonces me molesté también, dispuesta, en cuanto terminé de bañarme y vestirme, a marcharme sin avisarle. ¿A qué hora regresas?, me atajó en la puerta. Nunca me lo había preguntado en ese tono frío y neutro, retador. Cuando acabe el ensayo que tengo por la tarde, le dije; y tampoco me esperes a comer porque no me va a dar tiempo de regresar. Salí furiosa.

Estuve nerviosa todo el día. Regresé cerca de las diez de la noche, convencida de que debíamos hablar. Conversamos un rato, sin llegar a ningún acuerdo, sólo para terminar haciendo el amor como si nuestros cuerpos fuesen capaces de borrar lo que habíamos roto en la discusión. Al día siguiente ocurrió lo mismo. Llegué como a las once y en cuanto entré al departamento, Carlos me recibió a gritos. ¿Dónde has estado, no te importa que me preocupe? ¿Y con quién? Esas palabras no habían sido pronunciadas antes por sus labios. Le expliqué detalladamente lo que había hecho, casi sintiéndome culpable, sin lograr aplacarlo. No me gusta que llegues tan tarde, repetía una y otra vez, esta ciudad es muy peligrosa. Diario, durante dos años, he llegado a estas horas y tú no habías dicho nada. Sí, pero entonces no eras mi esposa.

De eso se trataba. Ahora como soy tu esposa puedes disponer de mí, ¿no? Peleamos durante un buen rato y por fin me eché a llorar; estaba sorprendida, atemorizada, triste, infinitamente triste. Intentó consolarme, me susurró al oído que yo lo había malinterpretado, no había querido decir lo que dijo, su intención no era limitarme ni contrariarme sino protegerme, yo también debía tratar de comprenderlo pues ahora mi bienestar era su responsabilidad. Me prometió que todo volvería a ser como antes, no te preocupes, sabes muy bien cuánto te quiero. Y sí, lo sabía... desafortunadamente. No contesté nada, no tenía fuerzas, mi confianza en él parecía a punto de derrumbarse. Mis antiguas pesadillas, mi padre, el insomnio: cada uno de mis temores confirmándose.

La situación no mejoró y las circunstancias externas, como en un alud, se precipitaron sobre nosotros. Terminaron las representaciones de la pieza en la que estaba trabajando sin que apareciese ningún otro proyecto en puerta. Carlos se tranquilizó un poco, durante unos días estuve casi todo el tiempo en la casa, angustiada y fastidiada, sin que su actitud se modificase. Desconfiaba de mí a cada instante, con cualquier pretexto, como si fuese a engañarlo mil veces. Comencé a mentirle —muy mal, por cierto—, le decía que iba con amigos cuando en realidad asistía a *castings*, buscaba trabajos desesperadamente con tal de mantenerme alejada de la casa, de *mi* casa.

Por un instante ya no supe con quién vivía ni por qué: quería huir, alejarme. Hasta ese momento pude ver cómo se había introducido en mi existencia, cómo se había apoderado de mi pensamiento y de mis actos, cómo yo misma, sin darme cuenta, me encargaba de copiar sus gestos y sus juicios. Sin embargo, sentía como si fuese yo quien le estuviese fallando después de todo lo que él había hecho por mí. Sonaba irrisorio: aunque parecía que había estado haciendo mi voluntad y comportándome libremente mientras él se rendía a mis caprichos, la verdad era al revés, él me obligaba a conducirme como se le antojaba y yo lo seguía con docilidad inconsciente. A un tiempo me sentía responsable —de nuevo la culpa cayendo sobre mis hombros— y avergonzada: a fin de cuentas, *yo* lo había invitado a mi casa, *yo*

!a había hecho suya, *yo* me había comprometido y enamorado y casado con él voluntariamente. El error, si podía adjudicársele a alguien, era a mí. ¿Cómo salir entonces? ¿Cómo aceptar que había cometido el peor yerro, el que tanto había temido? El destino confirmaba mis miedos más antiguos, como en las tragedias griegas en las que, por más empeño que pongan los humanos, es imposible escapar a una fatalidad que los sobrepasa: desde niña había decidido no casarme, había accedido aturdida por el enamoramiento sólo para comprobar la irresponsabilidad que había cometido en nombre del amor. Casi advertía cierta justicia malsana en lo que me sucedía; había traicionado mis principios y merecía el castigo correspondiente.

Pero mi masoquismo no llegaba a ser tan grande. Una noche llegué cerca de la una de la mañana y lo encontré borracho —nunca bebía— y enfurecido. Me insultó, me reclamó mi desapego, que no fuera capaz de pensar en él ni por un segundo y, tras algunos forcejeos, me golpeó en el rostro. No lo pude soportar. Le exigí que saliera de mi casa, no quería volver a verlo. Se disculpó, lloró un poco y se fue sin replicar. Su actitud hacía que me considerara injusta, a fin de cuentas lo extrañaba, extrañaba al Carlos de antes, a mi amigo, a mi amante, no a mi esposo. Pero no cedí.

A la mañana siguiente me telefonearon para invitarme a un nuevo *casting*; no dudé en aceptar. Carlos se presentó en el departamento por la tarde, hablamos sin convencernos y no tuve el coraje de volverle a pedir que se marchara. Me resultaba insoportable la idea de que se quedara a dormir en la sala, como un refugiado, mientras yo permanecía sola en mi cuarto, sin dirigirnos la palabra.

Pero ahora tenía que llenar esa estúpida solicitud, contar todo lo que me dolía en una página y acaso decidir mi futuro.

Lo hice sin convicción, demasiado afectada para darme cuenta del valor de mis palabras. No recuerdo bien qué terminó apareciendo de mí en el reverso de la solicitud. Al salir de la pequeña oficina me embargaba el mismo obsesivo presentimiento de desastre, la convicción de que lo peor estaba aún por ocurrir.

Al día siguiente recibí una llamada de la secretaria diciendo que había sido aceptada para una entrevista personal con uno de los productores de la película y que debía presentarme esa misma tarde a las cinco. Carlos me interrogó sobre quién me había telefoneado y a quién tenía que ver a esa hora; no podía dejar de hacerlo, los celos lo calcinaban y —yo me daba cuenta— él también sufría. Le expliqué, lo más calmada que pude, de qué se trataba; con la pretendida confianza de otros tiempos le conté de la solicitud y lo nerviosa que me había sentido al llenarla. Pero, en vez de tranquilizarlo, su temperamento se violentó aún más.

—¿Por qué no me habías dicho nada? —me gritó—. Y además te atreves a hablarle de nosotros a un desconocido, a difundir nuestra relación como si te perteneciera, como si fuera sólo tuya.

Su irracionalidad lo vencía, era incapaz de resistirse a ella. Del mismo modo en que antes le resultaba impensable contrariarme, en esta ocasión no podía, verdaderamente no podía, darme la razón.

—Te prohíbo que vayas.

—¿Qué?

—Ya lo oíste, por una vez haz algo por mí. Por favor no vayas.

—No tienes derecho a inmiscuirte con mi trabajo —se me salían las lágrimas—, no tienes ningún derecho...

No dejé que me tocara, ni siquiera intentó retenerme.

—Cuando regrese no quiero verte —le dije—, por Dios que no quiero verte más.

De nuevo la horrible secretaria. Todo iba a salir mal, estaba segura. ¿Con qué ánimo podía responder a preguntas que no me importaban? Pero ahí estaba con mi rostro hinchado, el coraje a flor de piel y la frustración grabada en el tono de mi voz.

—¿Cómo estás? —me dijo desacostumbradamente amable—. En un momento te recibe el señor Braunstein.

Me senté a esperar en el piso igual que en la otra ocasión; la repentina cortesía de aquella mujer me hizo sentir un poco mejor, me quedé mirando las paredes descarapeladas y el techo azuloso haciendo un esfuerzo para que se volvieran las únicas imágenes en mi cabeza.

—Pasa por favor —dijo de pronto y me acompañó hasta la puerta cerrada que estaba detrás de ella. La abrió, me hizo pasar y volvió a cerrarla.

Se trataba, al contrario del espacio de afuera, de una oficina amplia, pulcra, con las paredes blancas llenas de cuadros, un escritorio de caoba al fondo y varios sillones y un diván esparcidos con buen gusto a lo ancho de la habitación. No parecía haber nadie. Los marcos colgados en las paredes contenían únicamente fotografías, grupos de gente o parejas en las que recurrentemente aparecía —siempre en blanco y negro y, en la mayor parte de los casos, detrás o al lado o frente a una cámara de cine— quien supuse sería *Herr* Braunstein. Una emoción curiosa recorrió mi cuerpo, provocada quizá por ese ambiente artístico con el que me identificaba y que me hacía escapar, al menos por instantes, de la rutina y los problemas.

—Siéntate, Renata —dijo Braunstein saliendo de un baño anexo secándose las manos con una toalla verde.

Se sentó detrás del escritorio y comenzó a jugar con una pelota de hule que descansaba sobre sus papeles. Era un tipo corpulento, de unos sesenta años, fuerte y brusco, con el cabello blanco y los ojos de un azul intenso. La energía manaba de su piel como si en cada gesto deseara convencer a los demás de que su juventud no había terminado, de que aún era capaz de partir un tronco —o varios espíritus— de un golpe.

—Es terapéutico, ¿sabes? Genial para los que somos nerviosos. ¿Por qué no lo intentas? —me la arrojó—. Porque tú eres igual de nerviosa que yo…

—Si usted lo dice.

—¿Lo ves? —se levantó del asiento y comenzó a rondar por el cuarto sin dejar de hablarme y sin permitir que me pusiera de pie—. No te molesta que te hable de tú, ¿verdad?

Hasta entonces me di cuenta de las inflexiones un poco forzadas de su voz ronca y metálica. Un español perfecto pero indudablemente estudiado.

—¿Es usted alemán?

—¿Eres *tú* alemán? —me corrigió—. Sí, soy alemán, o lo era. Nací en Alemania pero a los diez años mis padres, judíos como supondrás, me llevaron a vivir a Estados Unidos. Sí, me siento más alemán que gringo y, aunque no lo creas, más mexicano que alemán.

—Le creo, te creo.

—Bueno, vayamos al punto. ¿Por qué has venido?

—Un amigo me llamó para decirme que estaban solicitando actores y decidí hacer la prueba —la pelotita iba de una a otra de mis manos.

—Te dijo que se trataba de una película.

—Sí —dudé.

Regresó a su escritorio, revolvió algunos documentos y por fin sacó de entre ellos la solicitud que había llenado el día anterior.

—Aquí dices que no tienes ninguna experiencia cinematográfica.

—No la tengo —me defendí—, pero creo que soy una buena actriz...

—Bien, muy bien, ése es el tono que me gusta. Lo que no sabes es qué clase de película vamos a hacer. No, no te asustes, no es pornográfica. Al contrario. Por cierto, dime, ¿te negarías a trabajar en una película así?

—Olvídalo.

—Si un papel dramático te lo exigiera, no te opondrías a desnudarte, ¿verdad?

—Si pretendes ponerlo de ese modo para que acepte...

—No seas tan desconfiada. Te estoy haciendo una pregunta, nada más. Mira, una película porno sólo busca excitar al público y yo no te estoy hablando de eso. No, si un papel, por requerimientos de la trama, por su valor artístico, exigiera un desnudo, ¿lo harías?

—Desde luego.

—Bueno, pasemos a otra cosa. ¿Te dijo tu amigo quién va a dirigir la película?

—No.

—¡Claro que no! Muy pocas personas están al tanto de lo que estamos haciendo, y ahora tú te convertirás en una de ellas.

Asentí.

—¿Estás segura? Uno debe hacerse responsable por lo que sabe. A lo mejor no te aceptamos y tú ya vas a saber quién es el director y no vas a poder decirlo —hizo una pausa—. Bueno, escúchame bien: Carl Gustav Gruber. Ni más ni menos que Carl Gustav Gruber.

Había oído su nombre, lejanamente, en alguna clase de cine, asociado a los de Fassbinder, Bergman, Wajda, Herzog y Wenders. Por lo que sabía, era uno de los grandes directores vivos, aunque no recordaba haber visto ninguna película suya (bueno, tampoco había visto muchas de Bergman —*Fanny y Alexander* me aburrió tremendamente— ni de Herzog —*Fitzcarraldo*, en cambio, me encantó—, y a los otros sólo los conocía de oídas).

—Como sabrás —prosiguió—, Gruber lleva más de veinte años sin filmar una película; la última, *La orquídea*, es de 1969. Ahora, después de todo este tiempo, quiere rodar de nuevo. Hace diez años que vive en México, se siente mexicano igual que yo, y todos sus actores van a ser mexicanos. ¿Comprendes? Un Gruber luego de tres décadas de silencio. Como si Rulfo, nuestro Rulfo, hubiera publicado otra novela antes de morir.

—Ya veo —dije, quizá sin entender cabalmente su entusiasmo. Por un lado me emocionaba la idea de trabajar con un director famoso, pero por otro aún me parecía imposible simpatizar con los sobresaltos de Braunstein.

—Aún no te das cuenta de lo que te hablo —me leyó la mente—. No importa, quizá sea mejor así. Mejor cuéntame por qué has estado llorando.

—¿Llorando?

—Se te nota en las pupilas, en la forma de mirar. ¿Qué ha pasado? ¿Otra vez Carlos?

Tardé en reaccionar ante sus palabras. Era lógico, yo misma había escrito mi historia para que él la leyera.

—Acabamos de terminar. Definitivamente. No quiero verlo nunca más.

—¿Y de veras vas a hacerlo? ¿Ahora sí vas a resistir? —era intolerable su prepotencia.

—Eso espero.

—Pero no estás muy convencida.

—Lo estoy.

—En el fondo sabes que no es tan fácil.

—A veces creo que debería luchar y hacer algo para arreglarnos, saber qué le pasa a él, pero ahora sé que sería perder el tiempo...

Dio varias vueltas más y luego se acercó a un armario que estaba en una esquina del cuarto. Me ofreció algo de tomar, yo me negué pero de cualquier modo me sirvió un amareto —te hará sentir mejor—, y me invitó a sentarme en uno de los sillones lejos del escritorio. Él se sirvió un whisky y se acomodó frente a mí.

—Te voy a dar un consejo, no soy muy bueno para esto pero, como ustedes dicen, más sabe el diablo... *Déjalo*. Olvídate por completo de Carlos, haz como si no existiera. Sé que suena duro, pero es la verdad: por más que nos obsesionemos en conservar a las personas, en creer que el amor es eterno, lo cierto es que todo se acaba. Así de fácil. Ahí está alguien, lo vemos a diario, y de pronto ya no está ahí. No hay nada que hacer. Por más que te acuerdes y te duela y te preguntes entonces cuál fue el valor de lo que pasaron juntos, no hay respuestas, mi niña, así es.

—Gracias, lo tomaré en cuenta.

—No te impacientes —me riñó—. De acuerdo, vayamos a otra cosa. Acabas de decir que si un guión te lo exigiera, te desnudarías en una película. Ahora respóndeme: ¿harías el amor, verdaderamente harías el amor con otro actor, si la trama de una película te lo exigiera?

—No lo sé —me defendí—. Somos actores, hay relaciones que tenemos la obligación de interpretar como si fueran nuestras, pero no dejan de ser ficción, arte, un mundo fuera de la realidad que no debe intervenir con la vida.

—¿Y no crees que es un engaño? Actores y directores obsesionados con hacer que ciertos gestos y palabras y movimientos aparenten ser reales cuando no lo son. El arte convertido en mentira, apenas una forma de manipular las emociones del público, de hacerlo identificarse con falsedades. En el fondo es una tarea muy baja, casi innoble. ¿No sería mejor, más auténtico al menos, filmar sensaciones verdaderas?

—Estas discusiones me aburren un poco —dije—. Si piensas así mejor filma documentales.

—No entiendes —se enfadó—. Eso sería limitar nuestro arte. Somos comediantes, en el sentido preciso de la palabra. Vivimos de representar ilusiones. Y justo por eso es necesario vivirlas, revivirlas... Y no me refiero a las técnicas que buscan convencer al actor de lo que está interpretando, al grado de que puede conseguir cierta naturalidad, sino a ir más allá, lograr que de verdad se transforme en el personaje.

—Es el sueño permanente de los directores. Sólo los actores sabemos que es imposible... Un actor no es un esquizofrénico momentáneo, sino un artista.

—Un esquizofrénico momentáneo. Me gusta. Es mejor que la falsedad. Si estás actuando que haces el amor, ¿no preferirías disfrutarlo? Son ésos los instantes en que uno se rinde ante la ficción. Hacer como si tuvieses placer aunque no lo tengas. Ahí está la indignidad. Habría que gozar tanto como el personaje que representas gozaría, y sufrir tanto como él...

—Imposible, sería perder la propia personalidad.

—De eso se trata —exclamó—. Extraviarse en el mundo que quiere ofrecerse al público, a los demás. Sólo así el arte se vuelve, además de bello, justo. Hay que eliminar la asepsia que separa al teatro de la vida. El profesionalismo es una barrera que impide el acceso a los verdaderos sentimientos de un actor. Es algo que los directores casi nunca entienden porque no se esfuerzan en romper la cúpula de cristal que los separa de ustedes. Un buen director no tiene como materia prima los cuerpos y las mentes de los actores, sino sus reacciones, sus terrores, sus gustos.

Aunque me atraían sus ideas estaba desesperada por irme; lo cierto, como lo intuía Braunstein, es que no podía olvidarme de Carlos. Deseaba regresar a casa.

—Lo que te propongo es lo siguiente —continuó—. La película va a rodarse en Los Colorines, la hacienda que Gruber tiene en Hidalgo. Si te comprometes, y Gruber está de acuerdo, tendrías que firmar un contrato que te obliga, primero, a la exclusividad, y segundo, a vivir allá durante toda la filmación. Se realizaría al fin una idea que Gruber ha acariciado desde hace mucho: trabajar intensamente con sus actores, sin interrupciones, en una especie de comunidad. Serían unos tres meses a lo sumo, un buen descanso de la civilización... y de Carlos. Muy bien pagados, además. Empezaríamos a más tardar en un mes.

—Tendría que pensarlo un poco.

—De acuerdo, yo también tengo que consultarlo con Gruber.

—Pero, ¿no piensa hacerme alguna otra prueba?

—No, ya hiciste lo necesario. Gruber sólo hablará contigo si ya ha decidido contratarte. Y para que decida lo único que hace falta es que yo hable con él y que vea tus fotos.

—¿Entonces es todo? —terminé, arrojándole la pelotita.

—Sí —me respondió—. Nosotros te volveremos a llamar. No lo pienses demasiado, es una oportunidad que no debes desaprovechar. La salida que has venido buscando.

La salida que había venido buscando. ¿Como se atrevía a hablarme así, a repetirme sin recato, casi con brusquedad, estas palabras, por más que resultaran verdaderas? La salida perfecta: lo siento, Carlos, me contrataron para trabajar con Carl Gustav Gruber. Sabes quién es, ¿no? Me voy tres meses a filmar a Hidalgo, será un buen descanso para los dos y nos dará tiempo de pensar sin presiones. Ya lo decidí, no hay nada que hablar. Es lo mejor, hasta luego.

El sistema ideal. Sin embargo, acaso por aparecer de modo tan claro, tan planeado, me irritaba un poco. No era mi voluntad sino un conjunto de factores externos lo que me llevaba a tomar esa determinación. Me sentía igual de cercada que con las órdenes de Carlos, sólo que ahora provenían de un desconocido que opinaba por mí y me indicaba cómo responder. Actuando, siempre actuando bajo la mirada de un director, de múltiples directores que me imponían sus criterios particulares, sus obsesiones y prejuicios, como si actores y actrices no fuésemos más que instrumentos, máquinas programables según la capacidad de los otros.

Pero en esos momentos no me daba cuenta cabal de estos mecanismos, los disfrazaba como decisiones libres y autónomas cuando en realidad estaba encerrada entre dos murallas. Tenía la obligación de aceptar: Gruber, el gran artista, y la necesidad de alejarme de Carlos no me dejaban alternativa. A fin de cuentas —así descansaba mi ego— todavía faltaba que ellos, Braunstein y Gruber, en efecto me contratasen. Mi vida, mi futuro, y también la vida y el futuro de Carlos, estaban en juego; aún no podía entrever de qué modo esta decisión iba a influir en nosotros, cómo haría que nuestra relación se destruyese por completo, cómo nos desgastaría y separaría para siempre. Lo único que podía hacer era esperar.

¿QUIÉN ES GRUBER?

GRUBER, Carl Gustav (Leipzig, 1932). Considerado uno de los más grandes cineastas alemanes del siglo y pilar del llamado Nuevo Cine Alemán, Gruber realizó sus estudios de primaria y secundaria en Leipzig y posteriormente se trasladó a Berlín para concluir sus estudios. Aunque en un principio se inscribió en la universidad en la carrera de ingeniería, pronto abandonó las ciencias y comenzó a asistir a los cursos de cinematografía que comenzaban a hacerse populares entonces.

En 1958, a los veintiséis años de edad, gracias a la enfermedad de uno de sus maestros, pudo filmar su primer largometraje, si bien con un margen de acción muy reducido. Al año siguiente consiguió que el Estado le otorgase un presupuesto suficiente para iniciar el rodaje de la primera película que realmente puede considerarse suya, *El encuentro*. Sin escapar a los cánones del realismo socialista, Gruber consiguió una obra de una inusual fuerza expresiva que ya delataba algunas de sus obsesiones permanentes: la poeticidad de las imágenes, la brutalidad de los seres humanos, la imposibilidad de salvarse o redimirse y las desgracias que provoca el amor y la convivencia.

En contra de sus propias previsiones, el film fue un éxito y

Gruber se convirtió en una especie de *enfant terrible* que el régimen comunista no sólo no desalentaba, sino exhibía como una muestra de la libertad de creación existente. Estos primeros años le ocasionaron más tarde a Gruber una serie de conflictos con sus compatriotas y posteriormente también con los directores progresistas de la Alemania Federal que lo veían con recelo, como a un recién llegado que no tenía, además de todo, un expediente que pudiese considerarse limpio.

Gruber todavía filmó tres películas más en Alemania Democrática: *La estación*, de 1960, considerada una obra maestra, *Las amistades de Loulou*, de 1961, basada en la vida de Lou Andreas Salomé, que fue motivo de censura por los pasajes en los que se hacía referencia a Marx, y *El abismo*, también de 1961, que se ha considerado como un intento de Gruber por reconciliarse con sus protectores y que constituye un sensible descenso en su producción.

En estas obras de juventud aparecen también algunas otras constantes del cine de Gruber: todas son piezas intimistas, de pocos personajes —con la excepción de *Las amistades*—, con pocos exteriores, temas cerrados y finales ambiguos. Por otra parte, a partir de *El abismo* hace su aparición en el equipo de Gruber el fotógrafo Thomas Braunstein, quien será su más fiel colaborador en todas sus películas, hecha la salvedad del experimento hollywoodense de *Mientras agonizo* (1968).

En 1962 finalmente consigue el permiso para trasladarse a Alemania Federal, entre la suspicacia de algunos de sus colegas occidentales y el apoyo incondicional de otros. Enfrentado a exigencias económicas que nunca tuvo que afrontar antes, reduce aún más los recursos técnicos para sus siguientes películas. Igual que otros de los miembros del llamado Nuevo Cine Alemán —del que Gruber no se considera miembro—, como Fassbinder, Straub, Syberberg, Schölondorff, Herzog o Wenders, Gruber reúne en torno suyo a un grupo de actores con los que trabaja constantemente, incluso cuando no filma y lleva a escena algunas obras de teatro, y prácticamente son ellos mismos los que a un tiempo lo auxilian en las tareas de producción, musicalización y edición de las películas.

Entre 1963 y 1966 Gruber realiza cinco largometrajes: *La condena, Tu sangre es mi sangre, Mabuse, El lento y silencioso poder del olvido* y *Vida y muerte de mi padre, el coronel Friedrich Johann Gruber, a manos de su memoria.*

En 1967 su primera esposa, Sophie, con la que se casó en 1954, se suicida en un hotel de Lugano. El golpe es terrible para Gruber y es el primer año en que no aparece una película suya en mucho tiempo. No obstante, en 1968 filma dos: una en Alemania, de carácter netamente autobiográfico, *Los perros enterrarán mis huesos*, y la incursión en el mercado estadounidense mencionada antes, con un reparto internacional encabezado por Hanna Schygulla, *Mientras agonizo*, basada en la novela homónima de William Faulkner. Por fin en 1969 aparece la que es hasta la fecha su última película, *La orquídea*, coproducción Italia-Alemania Federal que enfrenta a un tiempo la conmoción del 68 y la muerte de su esposa.

En 1974 se casa con Magda von Toten, miembro de su equipo de actores desde *Tu sangre es mi sangre*, y se establece en Ginebra. No ha vuelto a aparecer en público. Desde 1982 vive en México.

(*Nueva enciclopedia del cine alemán*, 1987.)

UNA COINCIDENCIA

Pasaron dos semanas antes de que yo recibiera una señal de Braunstein. Como él me había advertido, no resistí la tentación de volver a hablar con Carlos. Quizás podía convertirme en amiga suya, lograr que, en vez de una separación abrupta y dolorosa, llegáramos a un arreglo pacífico. No iba a echarlo a la calle así, de inmediato; lo más civilizado era fijar un plazo máximo para que encontrara un lugar donde mudarse; mientras tanto podía continuar viviendo en mi casa aunque sin intervenir en mis asuntos. Tal vez de este modo la calma volviese a imperar entre nosotros.

Al principio Carlos aceptó, se mostraba arrepentido y parecía asustarle la posibilidad real de perderme. Durante esos días volvió a ser el mismo Carlos de antes de nuestro matrimonio: trataba de no imponerse sobre mí, no protestó por mis ausencias —que eran pocas— ni por mis opiniones, se mostró dócil y un poco abatido. Además, a lo largo de la primera semana acató mi voluntad y no intentó tocarme; dormía en uno de los sillones de la sala sin protestar, confiando en que yo no tardaría en llamarlo a mi lado. Me conocía bien. Para mí resultaba terrible pasar las noches sola en la cama, sabiendo que él estaba afuera, a unos cuantos pasos. Reapareció mi insomnio y la soledad me parecía mucho mayor que si él se hubiese ido definitivamente. Mi cuerpo lo extrañaba a pesar de que mi mente estuviese concentrada en olvidarlo.

En el fondo sabía que se trataba de un espejismo, de una reconciliación pasajera, y que sus reclamos y mi dolor no tardarían en manifestarse de nuevo, pero me obstinaba en creer que sus disculpas eran auténticas. Braunstein no llamaba, e incluso llegué a pensar que ya no lo haría: el destino había decidido atarme de nuevo a Carlos. Me sentía doblemente angustiada y perseguida. La aparente estabilidad, la calma después de la tormenta, era todavía más insoportable que la violencia previa. La incertidumbre y el miedo se convirtieron en mis peores aliados y no me abandonaban ni siquiera cuando él me tomaba entre sus manos o cuando sentía su piel bajo mis labios. Era una tortura insostenible poseerlo en esos momentos cuando estaba segura de que no tardaría en perderlo, de que irremediablemente se separaría de mí.

La llamada de Braunstein fue una señal decisiva: a partir de ese momento ya no pude volverme atrás. Me citó en su oficina para ultimar los detalles de mi participación en la película; yo hubiese estado dispuesta a viajar en ese mismo instante de haber sido necesario, mi único deseo era marcharme y no tener que pensar más, no tener que hacer balances ni dejar tiempo para sentimentalismos. Debía huir, tal como Braunstein lo había insinuado.

—El señor Braunstein no ha llegado —me dijo la secretaria cuando llegué—, espéralo en su oficina por favor.

Me abrió la puerta; al menos no tendría que sentarme en el piso como la vez anterior. Adentro estaba alguien más, un joven de unos treinta años, delgado, de mirada oscura, sentado en uno de los sillones de Braunstein. Se comportó como si no me hubiese visto y continuó leyendo una revista. Me senté frente a él y lo miré fijamente hasta que no tuvo más remedio que encararme.

—Hola —me dijo en tono seco, preparándose para regresar, tras esa leve disculpa, a su lectura.

—Hola —me levanté para estrecharle la mano, obligándolo a ponerse de pie y a iniciar, muy a pesar suyo, una de las típicas conversaciones que se ven obligadas a mantener dos personas que se encuentran en una antesala—. Renata Guillén.

—¿Cómo? —respondió, distraído.

—Me llamo Renata Guillén, ¿y tú?

—Javier Quezada.

No hacía ningún esfuerzo para disimular su tedio.

—¿También esperas a Braunstein?

—De otro modo no estaría en su oficina —me respondió, arrepintiéndose de inmediato de su descortesía—. Estoy aquí desde las cuatro y son casi las cinco y media.

—Comprendo.

—¿A ti a qué hora te citó?

—A las cinco. Llegué quince minutos tarde, como siempre. Lo bueno es que en este país nadie es puntual.

—Casi nadie.

—Pero si ya lo sabes, ¿por qué continúas llegando a tiempo?

—La puntualidad es una virtud. Se tiene o no se tiene, como el talento.

—Y tú estás convencido de que lo tienes.

—¿Talento? No mucho, pero para ser buen actor se necesita más que eso.

—¿No te parece que eres un poco arrogante?

—Como en el chiste —dijo; en su egocentrismo había algo de miedo, de inseguridad—. Mi único defecto es que soy muy modesto...

Ahora él no podía dejar de verme. Tenía el rostro afilado, el cabello y los ojos negros y la piel muy blanca. Su expresión vacilaba a cada instante y por ello intentaba mantenerse erguido, firme.

—Entonces tú también actúas —su tono no era de pregunta.

—¿Ya sabes de qué se trata esto?

—Una película de Gruber —hizo una pausa—. ¿Sabes quién es, no?

—No —mentí para ver qué respondía.

—¿Vienes a un *casting* sin saber que es para una película de Carl Gustav Gruber? Es uno de los directores de cine más importantes del mundo. ¿No viste *Mientras agonizo* o *La condena*?

—La verdad, no.

—¿Cómo vas a actuar en una película de Gruber si no conoces su trabajo? Tienes que fijarte en su dirección de actores, es un genio. Ahí está el meollo de su cine.

—Gracias por decírmelo, en esta ciudad nunca pasan esas películas o las quitan a la primera semana.

—Creo que yo tengo alguna en video. Puedo prestártela si quieres.

—O podemos verla juntos —le repliqué.

—Sí, si prefieres —se defendió.

—¿Qué vas a hacer saliendo de aquí?

—Quedé de ver a unos amigos —dudó—, lo siento.

—Otro día.

—¿Mañana?

—¿En tu casa? —le dije.

—O en la tuya.

—En la tuya está bien. ¿A las ocho?

—De acuerdo —el silencio duró unos segundos—. Carajo —miró su reloj—, van a ser las seis. Ya tengo dos horas aquí.

—Supongo que vale la pena, ¿no? Gruber es Gruber... Dime, ¿llevas mucho tiempo trabajando para el cine?

—He tenido pequeños papeles en siete películas. Lo mío es el teatro. ¿Y tú?

—Ésta será mi primera vez.

—Qué gracioso, tu primera vez, como si fueras virgen. Una virgen del cine. Bueno, espero que nada más del cine.

—También de la televisión... Ya en serio, ¿cómo llegaste aquí?

—Me llamó un amigo para avisarme y me pareció que podría ganar un poco de dinero. Desde luego yo no sabía que se trataba de una película de Gruber. Fue como sacarse la lotería.

Entonces llegó Braunstein. Parecía más viejo, sudaba.

—Perdonen el retraso —exclamó sin que sonara a disculpa—. Supongo que ya se presentaron —se echó sobre el sillón que quedaba libre—. ¿Qué, no les han ofrecido algo de tomar? ¡Alma, tráeme un whisky y dos refrescos!

Sacó un pañuelo de su bolsillo y se limpió la frente, luego volvió a doblarlo con cuidado y lo devolvió a su lugar.

—Esperaron mucho pero les aseguro que valdrá la pena.

Se levantó, como si no pudiera estar quieto mientras hablaba, y se acercó a una de las fotografías que pendían de la pared.

—Miren —nos llamó para que nos acercáramos—. Ésta es de la filmación de *Tu sangre es mi sangre*. Y aquí estamos Hanna Schygulla, Fassbinder y yo. Y acá, vengan, esta foto es historia, estamos todos los firmantes del Manifiesto de Oberhausen.

—El nacimiento del Nuevo Cine Alemán —dijo Javier, feliz de poder mostrar su erudición fílmica—, a principios de los sesenta.

—En el 62 —precisó Braunstein, encantado—. Entonces teníamos tanta energía, tantas expectativas. "Declaramos nuestra exigencia de crear los nuevos largometrajes alemanes" —sus erres se habían tornado decididamente germánicas, como si al recordar no pudiese evitar esas huellas de su pasado—. En cambio ahora estamos en las últimas, tan cerca del final... No importa, ahora vamos a trabajar en la culminación de todo aquello, en la culminación no sólo del cine alemán, sino del cine mismo. No exagero, ustedes se darán cuenta. Gruber regresa a las pantallas para dar término a la historia del cine.

Apenas pude contener una sonrisa ante su grandilocuencia, pero la seriedad con la que Javier atendía las palabras de Braunstein me hizo controlarme.

—Será una de las más grandes obras del siglo y ustedes, aunque piensen que estoy loco y no alcancen a entender la dimensión de lo que les digo, también serán parte de ella.

Hizo su declaración como si anunciara el fin del mundo, esperando que nos conmoviéramos hasta el paroxismo. La verdad yo no entendía la magnitud del proyecto; Javier, en cambio, también se mostraba profundamente emocionado.

—Hablé con Gruber, le mostré sus fotos y sus solicitudes, y quedó encantado. No es fácil que alguien le guste y con ustedes no puso objeción alguna —prosiguió Braunstein en un tono neutro, de vuelta a los negocios.

—¿Cuándo tendríamos que salir? —le pregunté.

—La semana que entra, martes 11. Recibirán aproximadamente trescientos dólares diarios durante todo el tiempo de la filmación, unos treinta mil dólares por los tres meses que calculamos de duración total. ¿Qué dicen?

—De maravilla —respondí, sorprendida.

—El contrato lo firmamos allá, en presencia de Gruber —y nos repartió unos papelitos—. Aquí están algunos otros datos. El martes los esperamos a las tres de la tarde en el centro de Pachuca, ahí estará un camión esperándolos para llevarlos a Los Colorines.

¿QUIÉN ES BRAUNSTEIN?

BRAUNSTEIN, Thomas (n. Bonn, 1919). Fotógrafo norteamericano de origen alemán, ha destacado por ser uno de los principales promotores del Nuevo Cine Alemán y uno de los más significativos representantes de esta disciplina en la segunda mitad del siglo XX.

Hijo de judíos, en 1936 sus padres emigraron primero a Francia y en 1939, poco antes del inicio de la guerra, a California. Adquirió la ciudadanía norteamericana y en Hollywood inició su carrera como asistente de cámara de Billy Wilder, sin embargo nunca logró escalar otro puesto dentro de la industria comercial americana. En 1947 regresa a Europa y se establece en Múnich, donde comienza a filmar documentales sobre el holocausto y la reconstrucción de Alemania Federal. A lo largo de toda la era Adenauer trabaja también como pintor y hace portadas para algunas de las más prestigiadas revistas del país.

Su primera intervención como fotógrafo de cine la lleva a cabo en 1954, y a partir de entonces colabora con algunas de las más destacadas figuras del cine alemán de la posguerra. En 1955, Gunnar Fischer lo llama como asistente en la filmación de *Sonrisas de una noche de verano* de Ingmar Bergman, y al año siguiente regresa a Suecia para colaborar en el mismo puesto en *El séptimo sello*.

En los años sesenta su actividad se vuelve más relevante. En 1962 conoce a Carl Gustav Gruber, el más destacado realizador joven de Alemania Democrática, quien lo invita a colaborar en *El abismo*, la primera película en la que interviene esta pareja de cineastas de ambos sectores del país dividido. Desde ese momento Braunstein participa en todas las películas de Gruber, con quien se le ha asociado indeleblemente, un poco al modo de Nykvist con Bergman. No obstante, a pesar de la importancia de esta relación, Braunstein trabaja también con otros realizadores. Reiner Werner Fassbinder, Alexander Kluge, Klaus Lenke, Volker Schlöndorf y Rosa von Praunheim también lo cuentan entre sus camarógrafos y asistentes.

La fotografía de Braunstein se caracteriza por sus colores tenues, cercanos siempre a los sepias y al blanco y negro. Al igual que otros realizadores, Braunstein considera que los colores brillantes vuelven al cine irreal, y que el sepia y el blanco y negro son mucho más cercanos al sueño, la inspiración fundamental del cine. Sus atmósferas son siempre cerradas, sus planos largos y sus acercamientos difuminan los detalles, como si la voluntad de cercanía del *zoom* no fuese suficiente para descubrir las minucias de la realidad.

Cuando Gruber se retiró de las pantallas en 1969, Braunstein también lo hizo, aunque de modo más gradual. A partir de entonces ya sólo ha intervenido en una o dos producciones experimentales, acaso contagiado pero no absolutamente convencido por el silencio de su amigo y colega. Braunstein es autor, además, de una novela, *Das Ende der Welt* (1977).

(*Nueva enciclopedia del cine alemán*, 1987.)

ENCUENTROS Y DESPEDIDAS

—Bienvenida.

—Gracias por invitarme —le respondí—. Pronto nos convertiremos en actores de Gruber, en parte de la película que será la culminación de la historia del cine, así que es importante que nos conozcamos antes...

Me había hecho pasar al salón, un pequeño espacio en el que sólo había un par de sillas y una mesa. Las paredes estaban llenas de carteles de actrices famosas, Sarah Bernhardt, Marlene Dietrich y otras que no reconocí.

—Me gusta que no lo tomes tan en serio —me respondió condescendiente.

—¿Vives solo?

—Sí.

—¿No tienes novia? —insistí, deliberadamente ingenua.

—No. ¿Y tú?

—¿Yo? ¿Novio? —me reí—. Si te contara...

—Pues cuéntame.

—En otra ocasión, mejor veamos la película.

—La tele está en la habitación, ¿no te importa si vamos allá? —pausa—. Oye, ¿pero vives con alguien, verdad?

—¿Cómo lo sabes? —lo seguí a su habitación.

—Uno reconoce a las mujeres que no hacen el amor con frecuencia —me dijo como si con ello ganara un punto en nuestra conversación.

—Y a mí se me nota...

—Sí, y también que no estás contenta con tu novio.

—¿Por qué será que de un tiempo a la fecha todo el mundo me dice qué me conviene y qué no? —me senté en la cama mientras prendía la televisión.

—No quise ofenderte —se disculpó.

—¿Es tu forma de ligar? Ya te dije que no tengo novio, el problema es con mi esposo, pero no quiero hablar de eso. Mejor veamos la película.

—¿Casada? —empezaron a aparecer los créditos en la pantalla—. De acuerdo, no voy a insistir. ¿Quieres algo de comer?

—No. Siéntate, ya va a empezar.

Me quité los zapatos y me acomodé sobre la cama, recostada sobre una de las almohadas. Él se sentó a un lado, prudentemente lejos.

—Ponte cómodo —lo provoqué—, haz como si yo no estuviera.

Las imágenes comenzaron a aparecer frente a nosotros, pero no les presté mucha atención. La película era sórdida y triste, más por los ángulos de las tomas y los encuadres que por la historia misma o los diálogos de los personajes; reflejaba una profunda miseria, una soledad absoluta ante la muerte, cuyo único efecto fue deprimirme y adormecerme.

Involuntariamente, para no llorar, me apoyé sobre el cuerpo de Javier; él permanecía sentado, con la espalda apoyada sobre la cabecera y las piernas extendidas sobre las sábanas; me recosté sobre su estómago, como si fuese mi hermano. Él no hizo ningún movimiento, asumiendo la naturalidad de la situación, hasta que por fin se decidió a acariciarme el cabello y la nuca. Me sentía muy bien, pero tampoco quería que la situación avanzase más: lo dejé tocarme el cuello, los hombros y la espalda. Despacio, como si fuese lo más natural, introdujo su mano debajo de mi blusa y comenzó a deslizarla sobre mi piel, mis costados, mi vientre y alrededor de mis senos. Lo dejé así un buen rato hasta que por fin me erguí un poco, como si de pronto me hubiese cansado de la posición, sin hacer ningún comentario.

Todavía al final, cuando terminó la película, Javier entrelazó sus piernas con las mías. Yo me alejé de inmediato: no le di mayores explicaciones. Luego intentó invitarme a cenar, sin éxito, y la noche terminó cuando quedamos de vernos el martes 11 para viajar juntos a Pachuca.

A lo largo de ese fin de semana varias veces tuve la tentación de llamarle, pero siempre terminaba desechando la idea. Si no me atrevía no era, como pudiese pensarse, por respeto hacia Carlos, por el deseo de mantener limpios nuestros últimos días juntos, sino porque temía cualquier contacto con los demás. Yo no quería estar ni con Javier ni con Carlos ni con nadie: deseaba permanecer sola, tan sola como el personaje de *Mientras agonizo* que tanto me había repugnado. Si estaba a punto de salir del abismo de inseguridad que representaba mi esposo, no iba a involucrarme con un desconocido por más que me gustara o por muy libre que me sintiera con él.

No sé si Carlos se dio cuenta de la situación, de la inminencia del fin. Quizás yo no era lo suficientemente clara con él porque no estaba del todo segura de que nuestra separación fuese a convertirse en algo permanente. Disfrazaba mi miedo imaginando que mi ausencia sería buena para ambos, que en el fondo me sacrificaba en provecho de nuestra relación, del amor o la amistad o el respeto que fuésemos a cultivar más tarde, a mi regreso. Tampoco sabía cómo decirle lo que me disponía a hacer. Por momentos creía que lo mejor era hablar con él directamente, lo que me traería la ventaja adicional —era un espanto llamarla así— de que dejara mi casa. En otros, en cambio, prefería marcharme sin darle más explicaciones. De nuevo fui incapaz de escoger y el propio Carlos vino, sin suponerlo, en mi auxilio.

Luego de sus innumerables esfuerzos para no enfadarse por mis ausencias, al fin explotó cuando llegué a la casa cerca de la medianoche después de haber visto la película de Gruber con Javier. Yo había quedado de cenar con Carlos y ni siquiera me había acordado hasta que me topé con su silencio. Primero no dijo nada pero, al darse cuenta de que yo no me disculpaba, comenzó a tornarse cada vez más agresivo. No me preguntó adónde había ido ni con quién; se limitó a llenarme de reclamaciones por motivos insignificantes: la limpieza de la casa, el sabor de la cena y el color de mi ropa fueron motivos suficientes para provocar su rabia. Comentarios hirientes, ironías veladas, una violencia que por socavada no resultaba menos destructiva.

Ahora pienso que yo sólo quería provocar su enojo para precipitar los acontecimientos y deshacerme de él. Empezamos a discutir y pronto nos echamos en cara las peleas pasadas, los remordimientos, el odio y el miedo acumulados. Concentrada su furia por haber callado durante semanas, ahora no lograba calmarse; bastaron unas cuantas burlas para hacerlo perder el control. Casi no tuve que exigirle nada en medio de su ira: él mismo se dio a la tarea de empacar sus cosas y me amenazó con no regresar nunca más. Sus palabras, sin que él lo adivinara, en vez de ser un peso eran un alivio para mí. No hice nada para contradecirlo. Ni siquiera tuve necesidad de decirle que yo también estaba a punto de irme de la ciudad. Me ahorraba las excusas; ya no le debía ninguna consideración. Ahora me avergüenzo de mi cobardía, del modo como terminé con un amor de años: había recorrido el camino más fácil.

Le permití alejarse sin ninguna explicación. Bajó las escaleras arrastrando sus maletas y se dispuso a esperar un taxi en la esquina de la calle. Yo me limité a mirar su contorno desde la ventana. Unos minutos más tarde, desesperado, emprendió el camino a pie: su figura se fue perdiendo de mi vista, idéntica a tantas historias sin importancia que ocurren a diario y pasan frente a nosotros inadvertidas. Era el fin. Lo había temido durante mucho tiempo, por todos los medios había intentado detenerlo, y ahora yo misma lo había causado. Y no me importaba.

Días más tarde, Carlos encontró una simple nota —parca y seca, implacable— que lo volvió loco. Me limitaba a decirle que había aceptado participar en la filmación de una película, y que por lo tanto estaría fuera de la ciudad durante unas semanas. Nada más, ningún dato preciso para eliminar la oportunidad de que me localizase. Perdida hasta para mí misma, me aprestaba a seguir representando mi papel, el de Renata Guillén, una actriz joven cuyo esposo, llamado Carlos, se ha vuelto celoso y posesivo de repente y, aunque no sabe si dejarlo o no, finalmente las circunstancias la obligan a hacerlo. Gruber había ganado su primera batalla.

EL JUICIO (II)

Una película que será la culminación de la historia del cine, dijo Braunstein con su acostumbrada grandilocuencia. No una obra que recogiera en su estructura o en su técnica la historia del cine, ni una que fuera, por su grandiosidad, el paradigma de las películas, sino, precisamente, una película entendida como el fin de la historia del cine, su epígono y punto máximo. Su *nec plus ultra*.

En ese primer momento, y siempre que Braunstein o Gruber repitieron esta frase, ninguno de nosotros comprendió la dimensión exacta de lo que se hablaba. Al principio todos, excepto Javier, confiaron en que se trataba de una de las típicas hipérboles de la pareja de cineastas, pero luego, con Javier a la cabeza, quedaron convencidos de que en efecto nos hallábamos frente a una de las producciones más importantes de la historia del cine.

Pero, ¿de dónde venían tales opiniones? La realidad era que se trataba de una película de bajo presupuesto, con mínimos recursos, un grupo de actores inexpertos, filmada casi completamente en interiores. ¿Qué tenía de grandioso? Por momentos llegué a pensar que la relevancia de la filmación era sólo el gancho con el cual Gruber y su gente nos habían convencido de participar en ella. Los técnicos, en las raras ocasiones que teníamos oportunidad de hablar con ellos, no se cansaban de repetirnos lo afortunados que éramos al trabajar con Gruber: según ellos, nos aprestábamos a escalar a la fama. ¿Y a quién no le gusta oír semejantes palabras? El ego de los actores, de por sí desmesurado, se ensanchaba hasta perder cualquier proporción.

Nos volvimos estrellas por la fuerza y, en la misma medida, en protagonistas de incontables rencillas provocadas por los celos profesionales, las ansias de trascendencia y las luchas por robar cámara a pesar de que Braunstein nos había advertido que no había jerarquías ni papeles protagónicos. Mirándolo con frialdad —virtud de la que carecíamos en esa época—, ahora suenan ridículas aquellas batallas cuando la filmación ni siquiera había comenzado. Cierto, Gruber cargaba consigo el peso de su nombre y ello bastaba para calentar los ánimos; sin embargo, en ninguna parte se apreciaba la magnificencia de la que tanto se escuchaba hablar. Se trataba de un mito, uno entre las tantas leyendas que nos alimentaron mientras vivimos en Los Colorines.

No obstante, cuando Braunstein nos dijo que nos disponíamos a culminar la historia del cine, no mentía ni exageraba: lo creía sinceramente. Confiaba de todo corazón en el proyecto —y en el talento de su amigo—, seguro de la inmortalidad que alcanzaríamos. En ningún sentido podía tachársele de ingenuo y tampoco intentaba convencernos sólo con fines egoístas, como se dijo después. ¿Sería que Gruber también lo engañaba a él, su camarada y fotógrafo? ¿Era capaz de utilizarlo para conseguir sus objetivos? Hubiese sido perfectamente capaz, pero yo prefiero pensar que él era el más convencido de su propia grandeza.

Entonces, si aceptamos que el director no nos engañaba, ¿por qué Gruber estaba tan firmemente convencido de que la suya sería una película de tal importancia? Era un individuo arrogante, pero nunca su vanidad o su orgullo lo volvieron menos racional. ¿Por qué, pues, anunciaba "la culminación de la historia del cine"? La respuesta de Gruber era simple: porque el cine no podía ir más allá de lo que él pretendía lograr. No había un ápice de grandilocuencia: sólo intentaba acercarse a la verdad. La película sobre el fin de la historia iba a ser, en realidad, el fin de la historia del cine y acaso también, de un modo más trágico, el fin de las historias de todos los que intervinimos en su realización.

Porque este fin, para Gruber, no significaba una hecatombe. Por el contrario, él pretendía instaurar un nuevo orden, una nueva visión, una nueva forma de hacer cine: un nueva forma artística sin límites, sin evolución, sin retrocesos. El fin de la historia del cine como un estado del alma. Con este objetivo Gruber consumía sus últimos días y, para lograrlo, estaba dispuesto a sacrificarlo todo: su fuerza, sus recuerdos, sus energías; su inteligencia, sus conocimientos y sus ambiciones; sus relaciones familiares, a su esposa y a sus amantes; a sus amigos, colaboradores y seguidores; el amor, el odio y la felicidad; y, desde luego, los destinos de nosotros, sus actores, sus criaturas, sus hijos.

LA PARTIDA

Como tenía previsto, le pedí a la vecina que cuando Carlos le preguntase por mí se limitara a entregarle la carta que había hecho para él. Javier pasó por mí a las diez de la mañana. Tomamos un taxi y nos dirigimos a la terminal de autobuses.

Me dejé llevar por la carretera sumida en un estado de somnolencia, un letargo que borraba las consecuencias irreversibles de mis actos. A mi lado, Javier trataba de ser amable, veía la desesperación oculta en mis ojeras, la palidez insomne de mi rostro, pero yo no tenía fuerzas para charlar con él. Me hablaba de sus preocupaciones, de la emoción que le causaba el proyecto, de la suerte de haberme encontrado... Yo, aunque intentaba complacerlo con comentarios y guiños, en realidad apenas lo tomaba en cuenta: nada de eso me importaba. Sentía como si estuviese cayendo en un precipicio, atrapada por la seducción del vacío. No era mi voluntad, sino una inercia extraña, deliciosa, turbia, la que me conducía hacia Gruber y su extravagante película.

—No lo acabo de entender —le dije en algún momento—: nos contratan para una película y ni siquiera sabemos cuáles serán nuestros papeles, mucho menos el argumento, y nos obligan a vivir tres meses en un lugar que tampoco conocemos, sin permitirnos tener contacto con el resto del mundo, y aceptamos encantados.

—Eres muy desconfiada —dijo—. ¡Vamos a filmar una película con Carl Gustav Gruber!

—No me quejo. Sólo digo que me parece un tanto extraño. ¿Por qué no nos dejan leer el guión?

Los asientos del autobús parecían de piedra; yo apoyaba la cabeza contra el vidrio de la ventanilla pero la vibración me molestaba.

—Quizás no quieren que se haga público todavía. Ya oíste a Braunstein: Gruber quiere trabajar sin presiones, lejos de periodistas y curiosos.

—Y tampoco sé por qué me escogieron a mí: no tengo ninguna experiencia en cine, no me hicieron ninguna prueba, nadie me recomendó. ¿Cómo saben que soy la persona adecuada para el papel? Si en realidad se trata de una película tan importante, ¿cómo lo dejan al azar? ¿Qué tal si resulto una incompetente?

—Eres una mujer guapa e inteligente, Braunstein debe haberse dado cuenta de inmediato.

—No trates de halagarme.

—Supongo que a Gruber le gusta trabajar con gente sin experiencia, sin vicios. Como De Sica.

—Siento que me escogieron por casualidad o, lo que es peor, sin tomarme en cuenta, sin que les importe mi trabajo o mi talento.

—Entonces déjame preguntarte por qué has decidido venir. ¿Aún no quieres hablarme de eso?

Eso evidentemente se refería a Carlos. Y no, no quería. Pero tampoco podía seguirme negando, era mejor contarle la historia completa, incluido el final que ahora le estaba dando. Con los ojos cerrados, casi adormecida, recordando mis sesiones de terapia, le narré mi vida a Javier, descargué en él, anestesiada, sin dolor, los saldos de mi matrimonio.

Poco después de las tres de la tarde llegamos al centro de Pachuca. Ahí nos esperaba un autobús para conducirnos a Los Colorines. Javier y yo fuimos los últimos —descubrimos después que los demás habían llegado a la ciudad un día antes—, pero aun así fuimos bien recibidos por Eufemio, un muchacho moreno y desgarbado que, según nos dijo, era una especie de secretario de Gruber y el encargado de guiarnos a su hacienda.

Igual que Javier y yo, ninguno de los otros actores convocados por Braunstein tenía una idea muy precisa de la naturaleza del proyecto; sin embargo, reinaba un ambiente de buena voluntad. Había una especie de confianza colectiva que acentuaba nuestra vanidad y nos hacía cómplices del gran acontecimiento. Sin saberlo, estábamos a punto de convertirnos en los juguetes de Gruber, los engranajes de su maquinaria, las pasiones desatadas por él como si abriera una caja de Pandora. Éramos las víctimas de su delirio artístico, la familia artificial, desgraciada y terrible que estaba a punto de inventar con nosotros; los personajes de su última película, su obra maestra, su testamento y su condena: los seres aberrantes e infelices de *El Juicio*. Nosotros mismos.

Libro segundo

CONVERSACIÓN CON CARL GUSTAV GRUBER (1969)

por Claude Chabrol

En diciembre de 1969, tras el estreno parisino de su obra más reciente, *La orquídea*, tuve oportunidad de charlar con el realizador alemán Carl Gustav Gruber. El encuentro se llevó a cabo en una casa de campo propiedad de un amigo suyo y se ha convertido, sin que yo pudiese imaginarlo, en un documento invaluable sobre la personalidad del polémico director, y porque fue la última vez que concedió una entrevista. A casi quince años de su publicación en *Cahiers du cinéma* se ha comprobado, además, que no sólo se trató de su última charla, sino del fin de su vida pública. Desde ese año Gruber no ha vuelto a filmar una película y se ha rehusado a explicar los motivos de su silencio. La importancia de estas palabras, en las que no siempre resulta fácil encontrar las huellas de su comportamiento futuro, justo cuando se encontraba en una de las mejores etapas de su producción, se ha vuelto evidente. Es, al menos hasta ahora, el testamento escrito de uno de los artistas más importantes no únicamente de Alemania sino del mundo entero. Aquí podemos escuchar todavía al polemista sutil, al férreo adversario y al genio irónico que siempre caracterizó a Gruber. Sé que a la vista de los acontecimientos posteriores resultará difícil leer estas páginas sin prejuicios, pero ello no elimina su valor ni su importancia. También por primera y última vez, Gruber se refiere a temas de los cuales se había rehusado a hablar antes: el reciente suicidio de su esposa, la relación entre su vida privada y sus películas y su idea del arte como única salvación posible.

CLAUDE CHABROL: Quisiera empezar por el final. Se acaba de estrenar en Francia su película *La orquídea* con una recepción ambigua: el público se ha mostrado frío, mientras la crítica se ha dividido entre quienes consideran que ésta es una prueba de su agotamiento creativo y quienes la consideran una de sus mejores realizaciones, comparable a sus primeros filmes. ¿Qué tan importante es para usted esta reacción? ¿Cuál es el valor que usted le concede a los críticos?

CARL GUSTAV GRUBER: La opinión de esa gente que profesionalmente se dedica a ver películas para luego desmenuzarlas en el papel me resulta igual a la opinión de cualquier persona que vea mi trabajo: absolutamente indiferente. Estoy convencido de que la labor cinematográfica se lleva a cabo únicamente entre los actores, los técnicos y el director: nadie más tiene derecho de entrometerse con la estética de la obra.

C.CH.: Si es así ¿por qué usted filma y distribuye su trabajo? ¿No sería más congruente hacer obras de teatro sin público? Así podría usted concentrar sus energías en unas cuantas personas sin necesidad de exponerse a los juicios ajenos.

C.G.G.: Yo filmo películas para la gente que va a verlas; tanto aquí como en Alemania o en los Estados Unidos tengo un público preciso que espera la exhibición. Si no, qué caso tendría. Pero eso no quiere decir que considere que mis películas sean exitosas o un fracaso por lo que a ellos —o a los famosos críticos— les parezca. Se lo repetiré de otro modo: el esfuerzo estético se realiza siempre antes de que la película sea llevada a las pantallas, antes incluso de que yo mismo pueda ver la copia final.

C.CH.: Mucho ha hablado usted de que la intensidad de la filmación constituye el verdadero desafío al que se enfrenta su equipo, y mucho se ha comentado también que por eso las relaciones de usted con sus subordinados nunca dejan de ser ríspidas. Invariablemente, al menos en los últimos años, se ha suscitado algún escándalo mientras se efectúa alguno de sus rodajes. ¿Es cierto que usted somete a sus actores a presiones que los sobrepasan?

C.G.G.: La presión que les impongo nunca es la que yo quisiera. En el fondo, y ésta es una de mis grandes decepciones, quisiera que su voluntad me perteneciera por completo. Lamentablemente es imposible.

C.CH.: Aclaremos este punto. ¿Cómo desarrolla los ensayos con sus actores y qué espera usted de ellos?

C.G.G.: Espero una sumisión absoluta. No, no me mire así. No soy un dictador, si es lo que usted está pensando. Con sumisión no me refiero a imponer por la fuerza mi voluntad hacia ellos, sino que los actores estén dispuestos a convertir sus deseos individuales en una causa común. La sumisión a esta causa, a mi película y al arte, es lo que pretendo de ellos.

C.CH.: ¿Está usted de acuerdo con la idea de que los actores de carácter débil, sin mucha iniciativa personal, son los que mejores resultados ofrecen?

C.G.G.: Ésta es una expresión muy aventurada que ha provocado el enojo de incontables estrellas, Mastroianni en primer término. No, no estoy de acuerdo. Los grandes resultados se consiguen mejor con actores capaces cuya inteligencia haya sido doblegada por el director.

C.CH.: Perdone que insista, ¿no se convierte de este modo al actor en mero instrumento?

C.G.G.: En absoluto. O bueno, sí, en instrumento del arte. De este modo el actor hace a un lado sus prejuicios, su egoísmo y las pasiones y miedos de su vida cotidiana para transformarse en una obra de arte. Ésa es la idea, la grandeza de un *metteur en scène*: convertir al actor, y no sólo su cuerpo sino también su alma, en una obra de arte.

C.CH.: ¿Qué entiende usted por arte?

C.G.G.: Vaya pregunta. Es como decirme qué entiendo por Dios o por cine. Se lo diré de esta manera. El arte, para mí, es la vida misma, aunque no esa bazofia corriente y vacía que vemos a diario. El arte es una vida no natural, inducida, modificada para resultar bella. A lo único que debe dedicarse un artista verdadero, pintor o músico, escritor o cineasta, es a transformar el tiempo banal y despreciable, escurridizo, en el tiempo único, irrepetible y eterno del arte.

C.CH.: Estos planteamientos también los ha hecho Tarkovsky.

C.G.G.: En efecto, Tarkovsky ha dado con la frase precisa para explicarlo cuando dice que la labor del cine es esculpir en el tiempo. ¿Qué significan estas palabras? Que nuestros destinos, con todo lo que contienen, no están hechos de otra cosa que de tiempo, pero es un tiempo incontrolado, desbocado, por llamarlo de alguna manera. Es el tiempo de todos los días y sólo cobra verdadero significado cuando el arte —en este caso el cine— lo toca y lo transforma, cuando desecha los instantes fútiles, como pedacería en una escultura, y se concentra en las líneas que modelarán el cuerpo de la estatua.

C.CH.: Usted quiere decir que el cine es lo único capaz de redimir el tiempo absurdo en el que vivimos.

C.G.G.: Sólo lo estético hace posible que el hombre rescate del olvido y de la intrascendencia algunos pocos, mínimos, escasos momentos de su existencia. A fin de cuentas, usted puede comprobarlo ahora mismo, su vida está hecha únicamente de estos breves recuerdos: es la materia que nos forma. ¿Quién soy? Ese conjunto de instantes apartados por nuestra mente y a los que les guardamos un particular afecto. De modo natural escogemos esas imágenes de nosotros y las identificamos con nuestra personalidad gracias a un instinto estético inconsciente. El cine no hace más que repetir este mecanismo, lo vuelve permanente y público.

C.CH.: El arte, según usted, no es un asunto artificial, inventado, sino connatural a lo humano...

C.G.G.: Se equivoca: entre los hombres todo es artificial, ya nada es primario. A lo largo de la historia nos hemos venido inventando, y ahora ya no podemos decir que esas necesidades, gustos o preocupaciones sean accesorios. Éste es el caso del arte. Cuando Shakespeare escribe que estamos hechos de la misma estofa de los sueños, apunta hacia esta reflexión que el cine sólo se ha encargado de hacer más evidente: el arte es uno de nuestros sueños más queridos, y estamos hechos con su materia o, más bien, estamos obsesionados irremediablemente en convertirnos en esa materia.

C.CH.: Sin embargo, me surge una duda, ¿el arte conduce a la felicidad? Si la felicidad es el fin último del hombre, ¿en realidad el arte ayuda a conseguirla?

C.G.G.: ¿Y quién le dijo a usted que la felicidad es el fin último del hombre? No, el único objetivo de la vida es vivirla. Si le asignamos un papel exagerado a la felicidad, es como si sólo los momentos de alegría existieran para nosotros, y en una rápida revisión de nuestra memoria también encontraríamos muchas escenas dolorosas o tristes. ¿Por qué, si lo único que queremos es lo contrario? No, lo que sucede es que preservamos imágenes buenas y malas, repugnantes y gozosas no por un sentido ético y mucho menos eudemónico, sino, como se lo he dicho antes, puramente estético.

C.CH.: ¿Para usted la ética, la moral no son válidas cuando se oponen a su sentido estético?

C.G.G.: Supongo que a usted le asusta esta conclusión, pero así es. Mi amor al cine es más fuerte que cualquier moral.

C.CH.: ¿Y en su vida privada aplica el mismo principio?

C.G.G.: Evidentemente.

C.CH.: Deme un ejemplo.

C.G.G.: En mi vida privada, aunque con ciertas precauciones, siempre estoy intentando producir momentos estéticos, es decir, instantes recuperables. Para mí es mucho más importante lograr que una imagen quede grabada en mi cabeza que la satisfacción por haber hecho una buena obra. La belleza antes que la bondad. De otro modo sería cura y no cineasta.

C.CH.: ¿Pero eso no lo ha llevado a enfrentamientos con los demás, a arrepentirse, a sentirse culpable?

C.G.G.: Ya sé adónde quiere usted llegar, y es mejor que no sigamos evadiéndolo. No, yo nunca me arrepiento, nunca me he arrepentido de nada. La vida con mi esposa pudo no haber sido buena, pero fue bella. Así la recuerdo. Es el mejor homenaje que puedo hacerle.

C.CH.: No quise molestarlo...

C.G.G.: Y no lo ha hecho. Su prudencia le impide preguntármelo claramente, y se lo agradezco, aunque no la necesito. Amé a Sophie con toda el alma y no deja de dolerme su muerte. Pero no voy a permitir que eso me venza, que por su culpa rectifique todo lo que he dicho, que cambie lo que creo. Sería una incongruencia aún mayor. No me lo perdonaría. Aunque sufra al decirlo, he de reconocer que hasta su muerte fue bella, un instante que no olvidaré jamás.

C.CH.: Hablemos un poco de usted y un poco de sus películas anteriores a *La orquídea* si le parece bien.

C.G.G.: Adelante.

C.CH.: Incluso podríamos seguir un poco, en la revisión de su vida, el sistema al que hacía usted referencia en la sesión anterior. ¿Qué imágenes conserva usted de su infancia?

C.G.G.: No quisiera hacer referencia al régimen nazi como se hace de forma habitual. Estoy harto de las historias de penuria, de la vergüenza que tienen los alemanes al hablar de esos años y de las disculpas porque entonces no se conocían en su exacta dimensión los horrores de Hitler, etcétera. Para los alemanes que nacimos en esa época, que no somos responsables de nada, resulta muy difícil hablar sin prejuicios de nuestros padres; si tratamos de comprenderlos se nos acusa de neofascistas, si los condenamos terminamos condenándonos a nosotros mismos. Mi padre fue un oficial nazi, como usted sabe, y uno tiene que vivir siempre con ese estigma. Por fortuna para él, y por desgracia para mi madre y para mí, ni siquiera le dieron tiempo de arrepentirse o de conocer, si es que en realidad desconocía, los crímenes contra los judíos: murió en 1944 en un accidente. Explotó un tanque de gas por una fuga mal controlada, así que tampoco puede considerársele un héroe de guerra. Todo lo que he querido decir sobre él, o más bien todo lo que he querido no decir, está en mi película *Vida y muerte de mi padre, el coronel Friedrich Johann Gruber, a manos de su memoria*. Las palabras sobran cuando existen las imágenes: traté de que los hechos fueran la aproximación más cercana posible a como los recordaba de niño, es decir, lo más lejanos de la objetividad de los adultos. No se trata entonces de una obra que busque esclarecer la verdad, sino de comprender los instantes que un hombre deja en su hijo, a través de lo que hace y a través de lo que, una vez muerto, los otros le cuentan de él.

C.CH.: Por eso es vida y muerte *a manos de su memoria*.

C.G.G.: Como usted ve, la vida y la muerte reales de mi padre no interesan: su verdadera vida y su verdadera muerte son las que les imputa su memoria, quienes lo recuerdan, lo que sabe de él su propio hijo.

C.CH.: Hay en la película una escena que me impresionó mucho. Los comunistas se han apoderado del país, aún quedan por doquier las cicatrices de la derrota, y el personaje llamado Carl —usted— y su madre pasan una vida de miseria, física y moral, absoluta. La madre ha sido ultrajada en innumerables ocasiones y sin embargo, a pesar de que ella opina lo contrario, tiene que reconocer los crímenes que cometió su esposo muerto. No obstante, en un momento ella no soporta más y, encerrada en su cuarto, se dedica a besar y acariciar el uniforme nazi de su marido. No llora, parece incluso como si le hiciera el amor al uniforme y en ese instante consiguiese un poco de tranquilidad. Y todo esto lo vemos desde los ojos del chiquillo que se esconde detrás de la puerta. Es una secuencia muy cruda y muy bella.

C.G.G.: Que sin embargo los críticos atacaron mucho. En la hipócrita Alemania Federal ya no puede mirarse un uniforme nazi porque de inmediato lo acusan a uno de fascista.

C.CH.: Sé que usted tuvo problemas con los distribuidores, aunque en otros países el film fue un verdadero éxito. ¿Es este conjunto de cuadros la impresión que quedó en usted de aquellos años?

C.G.G.: Recuerdo otra anécdota que no pude incluir durante el rodaje. El muchacho, sabiendo que su madre estará la tarde fuera, invita a su casa a una chica que le gusta. Va a ser la primera vez de los dos. Como su cuarto le parece muy pequeño y muy sucio para una ocasión como esa, la conduce a la habitación de la madre. Comienzan a besarse y a desnudarse. El joven ya está sobre ella, a punto de penetrarla, cuando sin querer se vuelve hacia la mesa de noche que está al lado de la cama y descubre una fotografía de su padre. Como si lo estuviese vigilando desde la tumba. Ni siquiera necesito decirle cómo acaba la escena.

C.CH.: La figura paterna omnipresente aun cuando usted apenas haya conocido a su padre.

C.G.G.: Yo tenía doce años cuando murió y antes de eso lo veía muy poco. A ello se debe que esté mucho más presente en mí que si todavía viviese.

C.CH.: ¿Y su madre?

C.G.G.: Con ella sucede lo contrario, o al menos eso es lo que he querido. Casi no la recuerdo joven, a mis ojos mi madre envejeció de inmediato, al parejo de la guerra. La veo con su belleza devastada, siempre temerosa del destino de mi padre. Luego, tras el accidente y la rendición, prácticamente enloqueció. O más bien: se refugió en una serie de añoranzas que la protegiesen del presente. Y yo no me encontraba entre ellas. A partir de ese momento dejó de hablar —sólo pronunciaba las palabras estrictamente indispensables para sobrevivir—, humillada con la derrota pero en el fondo convencida de que el tiempo pasado era mejor. Tampoco nunca volvió a llorar. Esta ausencia voluntaria de lágrimas es lo que me parecía más doloroso y significativo, como una metáfora de la nación alemana.

C.CH.: ¿Recuerda usted alguna época feliz de su infancia o su juventud?

C.G.G.: Me resulta difícil. Y no porque no las hubiera, sino porque los sucesos realmente trascendentes de esos años fueron muy dolorosos. Me debo a la infelicidad, no a la calma.

C.CH.: ¿Cuándo decide usted estudiar cine?

C.G.G.: En realidad no fue una decisión consciente de mi parte. En cierto momento quise estudiar pintura, luego fotografía y de pronto el cine se volvió la opción más natural. Terminé de estudiar en Berlín —hice un esfuerzo terrible, tanto económica como moralmente, para salir de Leipzig y dejar a mi madre—, había pasado los exámenes convenientemente y el destino que me auguraban mis profesores era el de médico. Sin embargo comencé a ir

a unas clases que entonces comenzaban a darse extracurricu-
larmente sobre cine, y aquí me ve. De haberlo planeado nunca se
hubiese llevado a cabo y ahora estaría tratando pacientes en un
pueblo rural de Alemania del Este. Mi obsesión por las imágenes y
los colores —que todavía cargo, como se dará cuenta— me salvó
de la sangre tanto como ahora me ha condenado a ella.

C.CH.: ¿Sigue usted pintando?

C.G.G.: Cuando era joven hice dos o tres retratos y también
escribí algunos poemas. Lo mejor que podía hacer con ellos era
quemarlos.

C.CH.: En 1958 le permiten filmar su primer trabajo.

C.G.G.: No quisiera hablar de ese bodrio. Era una típica película de propaganda comunista, donde los obreros se unen después de la guerra y acaban con la prepotencia de un empresario.
En esos años se hacían miles de cosas así. Sin embargo, había
una historia menor de una joven que traiciona a los trabajadores
y termina abandonada que no me parecía tan mal (aunque en el
sentido contrario del que querían los dirigentes del partido).
Acepté suplir al director que iba a rodarla por el solo deseo de
estar detrás de las cámaras. Fue un primer aprendizaje muy bueno a pesar del convencionalismo de los resultados...

C.CH.: Usted ya llevaba cuatro años de casado...

C.G.G.: Sí, fue nuestra mejor etapa.

C.CH.: Me parece que Sophie incluso participó como com-
parsa y su nombre aparece entre los créditos como guionista.

C.G.G.: Me ayudó a redactar unos diálogos.

C.CH.: Su éxito relativo le abrió las puertas para filmar, bajo
su estricto control, *El encuentro*. Yo la veo como una película muy
bella y muy expresiva a pesar de que no escape de cierto realismo
oficial y de que su espíritu, aun con sus críticas y su pesimismo
devastador, no deje de lado la propaganda socialista. ¿Qué opinión tiene de ella ahora?

C.G.G.: Por lo general procuro no volver a ver mis películas. No obstante, tuve la ocasión, no buscada a propósito, de presenciar *El encuentro* en una copia nueva que me regalaron hace un par de años. Es una obra dispareja, con grandes fallas y, más que el pesimismo que usted nota, carga con un entusiasmo juvenil que me destempla. Por otro lado, no deja de tener un par de secuencias que me agradan: la muerte del abuelo y la pelea entre la madre y la hija.

C.CH.: Aquí me surgen otras preguntas que he tenido ganas de formularle. ¿Hasta dónde es autobiográfica esta película?

C.G.G.: Los que afirman que toda obra de arte es necesariamente autobiográfica o bien no están diciendo nada o bien no tienen idea de lo que es el arte. ¿Qué significa que el arte sea autobiográfico? Evidentemente uno sólo puede hablar —y pintar y escribir y filmar— de lo que conoce, de lo que le ha pasado o de lo que ha oído. El punto de vista del artista sólo le pertenece a él, por más talento que posea en la invención de personajes. ¿A esto se refiere lo autobiográfico? Ya lo habíamos comentado antes. La vida y el arte no son mundos separados ni esferas distintas, sino entidades indisolublemente unidas. Mis películas resultan autobiográficas tanto como mi vida es novelesca y cinematográfica.

C.CH.: A *El encuentro* le siguen, en 1960, *La estación* y, en 1961, *Las amistades de Loulou* y *El abismo*, con lo que usted cierra el ciclo de películas filmadas en Alemania Oriental. Estos trabajos fueron los que le otorgaron, quizás sin que usted lo esperara, una inusitada fama desde el momento en que el régimen socialista empezó apoyándolo y posteriormente censurándolo. Del mismo modo, gracias al conflicto y a la relevancia que se le concedió por parte de la prensa occidental, usted pudo instalarse al otro lado de la Cortina de Hierro. Eliminando este contexto político, ¿qué opinión le merecen estas obras? Y ¿cuál es el significado político que usted les concede, si es que en realidad les concede alguno?

C.G.G.: Como usted sabe, con *La estación* no sólo no tuve ningún problema sino que, insospechadamente, a pesar del contexto crítico del film, al gobierno le pareció una obra que bien podía explotarse como ejemplo de la libertad de expresión comunista (por más que compañeros míos padecieran persecuciones). Como se trataba de una obra intimista, con apenas tres personajes y muy bajo costo, supongo que a las autoridades les pareció que no mucha gente iba a interesarse en verla. Con *Las amistades* sucedió lo contrario. Me dieron más presupuesto, la película era de época y de inmediato desató una polémica entre el público y el gobierno. Como usted sabe, la historia trata de los últimos días de Lou Andreas Salomé, desde una mirada nada realista, en la que hace un balance onírico de su relación con Freud, Rilke, Nietzsche y Marx. Nada de verdad y nada de política, sin embargo era más de lo que los censores pudieron tolerar...

C.CH.: No obstante, el film fue un éxito en Occidente, al contrario del que le siguió, *El abismo.* No creo revelarle algo que no haya escuchado antes, se dice que este último fue una especie de rectificación, la manifestación del deseo de volver a agradar a sus patrones...

C.G.G.: En efecto, he oído esta versión muchas veces y la he desmentido otras tantas. Es cierto que *El abismo* regresa al realismo de mis primeras películas, y quizá por ello consiguió nuevamente el apoyo oficial, pero yo la concebí con una intención más crítica que *Las amistades.* No es una rectificación sino una burla de los convencionalismos cinematográficos de la época. Lástima que casi nadie haya tenido la capacidad de verla así.

C.CH.: Sin embargo, pese a lo que pueda opinarse, la película consigue reafirmar las características de su estilo mucho más que en su película anterior. A ello también contribuye que Thomas Braunstein haga su aparición como fotógrafo...

C.G.G.: Fue un acontecimiento de por sí inusual. Me acusan de haberme plegado a las convenciones del Partido, y todos olvidan que conseguí, por primera ocasión en una país comunista, que se me permitiera trabajar con un fotógrafo occidental... Él también marcó sus gustos, y le aseguro que nada tienen que ver con los de los burócratas del Este.

C.CH.: Además, si su objetivo era congraciarse con ellos, está claro que no lo logró... Pero déjeme hacerle el cuestionamiento de otra manera. ¿Fue usted comunista?

C.G.G.: Desde luego, aunque por motivos que usted no imaginaría. En realidad nunca simpaticé con la ideología que sobrevalora a la colectividad por encima del individuo, mis motivos fueron mucho más íntimos. ¿Recuerda cuando le hablé de mi madre que ella, en el fondo, siempre siguió siendo nazi? Pues para llevarle la contraria y competir con el fantasma de mi padre ingresé al Partido. Ésa fue la única razón. Jamás creí en sus lemas ni en sus proyectos ni en la lucha de clases o la dictadura del proletariado. Mera palabrería.

C.CH.: Pero sí llegó a participar en eventos del Partido, a colaborar con sus tareas...

C.G.G.: Me ofende el modo en el que lo dice. Estoy harto de que intenten hacer que me retracte. Siempre que me lo preguntan es con ese tono de denuncia velada, como si les avergonzaran mis respuestas. A mí lo único que me interesaba era el arte, y para hacer arte en Alemania Democrática se necesitaba ser comunista.

C.CH.: Quizás sea mejor que pasemos a otro asunto. ¿Cuál era el ambiente en Alemania Federal cuando usted llegó? ¿Cómo fue recibido?

C.G.G.: Reinaba un estado de conmoción que nos impedía

tener una idea muy clara de lo que sucedía. Nos convertimos en representantes de una crisis política. Por un lado sentíamos una cordialidad un poco excesiva, mientras por el otro las sospechas y la desconfianza no se hacían esperar. Pienso que Sophie nunca se acopló enteramente al modo de vida de los alemanes occidentales, y la verdad es que aún ahora me siento asfixiado en este territorio. He pensado muchas veces en salir de aquí en busca de un espacio menos cerrado. Ésta ha sido mi patria durante siete años, pero es momento de cambiar de aires.

C.CH.: A pesar de todo, muy pronto usted hizo lo necesario para volver a rodar. Apenas a unos meses de su llegada a la nueva nación aparecía *La condena* (1963).

C.G.G.: Al principio fueron muy generosos conmigo. Yo no estaba acostumbrado a trabajar con presupuestos no oficiales y bajo cánones de mercado, y sin embargo gracias al apoyo de grandes amigos, Thomas Braunstein en primer término, pude llevar a cabo mis locuras. Gocé de muchas ventajas con las que no contaban los cineastas alemanes occidentales de mi edad, lo que me granjeó enemistades y conflictos gratuitos.

C.CH.: Entonces comienza una de sus mayores etapas creativas, lo que algunos han llamado la zona central de su producción.

C.G.G.: Estos epítetos son vacíos, aunque es cierto que ha sido la época de mi vida en que me he sentido más tranquilo.

C.CH.: Se dice que *Tu sangre es mi sangre* es su obra maestra.

C.G.G.: No es que trate de llevarle la contraria en todo, pero el concepto de obra maestra me resulta indiferente. A mí la película continúa gustándome y me he atrevido a verla dos o tres veces.

C.CH.: Empero, por paradójico que suene, considero que es su película más pesimista. No deja en ella un solo destello de esperanza, niega la posibilidad de cualquier salvación y se resiste a pensar que es posible mantener la convivencia entre los seres humanos. El amor se transforma inevitablemente en odio y locura. La fusión de las sangres de Rupert y Hanna, después de que ella se ha suicidado y él la sigue, es su única unión posible. En vida resultaban irreconciliables...

C.G.G.: Mi visión negativa de las cosas es permanente.

C.CH.: Sólo que aquí es llevada al extremo. ¿Es un reflejo de su vida en esos días?

C.G.G.: Fue una época de peleas constantes con Sophie, de inadaptación a nuestro nuevo medio... Creo que la película es elocuente por sí misma, más allá de lo que yo pudiese añadir.

C.CH.: Espero no resultarle impertinente, pero no ha faltado quien ha visto en la muerte de Hanna una premonición del suicidio de su mujer.

C.G.G.: Eso dicen porque les gustaría que yo siguiera los pasos de Rupert.

C.CH.: 1965 es un año de actividad febril, comparable con la productividad posterior de Fassbinder, aunque ni él ni usted se sientan halagados con la comparación. Aparece su homenaje a Fritz Lang —que por cierto a él no le agradó y no lo sintió como homenaje sino como vituperio— *Mabuse*, y luego otra de sus obras cumbres, *El lento y silencioso poder del olvido*, basada en la novela de Georg Wolpert.

C.G.G.: Son dos obras muy disímbolas, aunque yo me refiero a ambas como piezas de cámara. La primera es una obsesión que siempre tuve ganas de hacer y no desaproveché la oportunidad cuando apareció. Es, como lo entendió Lang, a un tiempo una paráfrasis y una burla de su época alemana: del cine con el que yo me formé y del que abrevé mis temas. Siento que se haya enfurecido tanto. La otra, en contraparte, trata una de mis fijaciones recurrentes: el olvido. Cómo lo carcome todo, de qué manera deshace el amor y la paternidad y cualquier relación

humana. Los hombres somos criaturas muy frágiles, y los víncu-
los que establecemos unos con otros lo son más: el olvido, eternamente al acecho, puede acabar con nosotros del modo más
sencillo. Si estamos hechos de memoria, su contraparte representa las fuerzas de la muerte.

C.CH.: En 1966 todavía filma la película sobre su padre de la
que ya hemos hablado, sin embargo es cuando sus problemas
familiares comienzan a arreciar. ¿Quiere hablar de ello?

C.G.G.: Sophie era muy nerviosa, en el fondo yo siempre supe
que algo así podría pasarle. No la cuidé bien. Mi trabajo me impedía concentrarme en ella como antes.

C.CH.: ¿Qué hay de su relación con Birgitta Peretz?

C.G.G.: Me acosté con ella a lo largo de un año, ¿por qué?

C.CH.: ¿Su esposa lo sabía?

C.G.G.: ¿Si usted lo sabe imagina que ella no?

C.CH.: Me refiero a si no fue un elemento adicional...

C.G.G.: ¿Del suicidio? No. Conocí muy bien a Sophie, viví
trece años con ella. Para unas cosas era muy fuerte, mientras que
otras, que a nosotros nos parecerían risibles, la destrozaban. Siempre conoció mi relación con Birgitta y nunca reclamó nada. Había libertad entre nosotros. No, su verdadero competidor no fue
esa mujer, sino el arte.

C.CH.: ¿Qué quiere decir con eso?

C.G.G.: Olvídelo, por favor... Lo único real es que Birgitta no
le interesaba.

C.CH.: Pero de cualquier modo usted la dejó tras la muerte
de Sophie.

C.G.G.: Por otros motivos.

C.CH.: Tras la tragedia, 1968 es otro de sus años productivos.
En Alemania se lleva a cabo el rodaje de —el título basta para
darnos una idea de su estado anímico— *Los perros enterrarán
mis huesos*, mientras en Estados Unidos realiza una incursión en

Hollywood y la industria comercial con la adaptación de la novela de Faulkner *Mientras agonizo*.

C.G.G.: *Los perros* es mi reacción a las revueltas de mayo del 68 y la muerte de mi esposa. Aún me electriza recordar el rodaje, la furia, la impotencia que sentíamos todos al realizarla. Fue una gran experiencia con los actores y los técnicos, el equipo estaba unido y cohesionado, ellos confiaban absolutamente en mí y se rendían a la voluntad del arte. Era como si mis pensamientos reencarnaran en sus cuerpos, como si me pertenecieran. Nunca he repetido una sensación similar. La entrega era completa. La película es muy negra, terrible, y la prefiero de entre el conjunto de mis trabajos. Justo lo contrario de la parodia que surgió con *Mientras agonizo*. Acepté porque la novela de Faulkner es una de mis favoritas y la oportunidad de trabajar en Hollywood siempre me sedujo. No puedo negar que el cine americano ha despertado en mí una admiración y una envidia que considero muy sanas para un europeo. Muy pocas cinematografías se sienten tan identificadas con el público como en los Estados Unidos. Es una verdadera industria, y no lo digo en el sentido peyorativo del término. En fin, fui débil y no me opuse pese a que desde el principio me di cuenta de que sería un fracaso. Hanna Schygulla no era adecuada para el papel y los demás actores norteamericanos tampoco se sentían cómodos con mi estilo de trabajo. Muy pronto perdí el entusiasmo y dejé a la película seguir su propio cause hacia el desastre. Ni siquiera asistí a la *première*, lo que indignó enormemente a los directivos de la Warner.

C.CH.: A pesar de todo, es a esta película a la que debe usted el reconocimiento internacional.

C.G.G.: Estoy consciente y me apena. Al terminar quedé muy decepcionado, estuve a punto de tomarme unas vacaciones y dejar el cine a un lado, pero no pude. Es un vicio para mí, ¿qué hago para curarme?

C.CH.: Con ello llegamos de nuevo al principio de esta conversación, el reciente estreno de *La orquídea*. Ahora nos encontramos muy cerca de ella, a pesar de lo cual me gustaría saber cómo la considera en el conjunto de su producción. Me parece una obra difícil y dura, como si todos los elementos característicos de su estilo se hubiesen concentrado aquí.

C.G.G.: Sólo le voy a decir una cosa. Nunca antes había logrado que el arte permeara tanto las vidas de mis actores. La película es arte puro tanto como es vida pura, salvaje, incontrolada. Un poco es la secuela de *Tu sangre es mi sangre*, aunque los caracteres vistos con mayor madurez, con más autonomía. Mi existencia está metida ahí más que en ningún otro de mis trabajos, y usted sabe que no me refiero a los sucesos "autobiográficos". Igual que Flaubert, *La orquídea* soy yo.

C.CH.: Para terminar, no me queda sino formularle las preguntas obligadas de todos los entrevistadores. ¿Qué viene ahora? ¿Qué espera del futuro? ¿Cuáles son sus proyectos?

C.G.G.: El futuro sólo sirve para ir sobrellevando el presente, no es algo que me inquiete en absoluto. Espero seguir filmando películas, que es sinónimo de que espero continuar viviendo. Si sigo mi calendario programado, comienzo a filmar de nuevo en octubre. No aspiro a más.

Al contrario de lo que esperaba, hasta ahora Gruber no ha cumplido las expectativas que me exponía en 1969. El proyecto fílmico de octubre de ese año nunca se llevó a cabo, el director abandonó a los productores y se trasladó a Suiza ante el peligro de las consecuencias judiciales. Ahí se instaló con Magda von Totten, con quien se casó poco después, y desapareció definitivamente de la vida pública. ¿Por qué? ¿Cuál fue el motivo de su silencio cuando nada parecía indicar que algo así sucedería? Gruber nunca ha querido responder a estas preguntas. No obstante, lo que nos queda de él, en especial sus doce largometrajes, son suficientes para colocarlo entre los pilares de la cinematografía de este siglo. Sus películas son el testimonio elocuente de una vida no sólo dedicada al arte, sino confundida con él. Su renuncia, en cambio, nos invita a reflexionar sobre los límites de la creación y la falibilidad humana.

(*Cahiers du cinéma*, enero, 1984.)

Libro tercero

DRAMATIS PERSONÆ

En el autobús que nos conducía a Los Colorines reinaba una excitación contraria a la pasmosa tranquilidad del paisaje. Eufemio, el secretario de Gruber, respondía en voz baja, casi al oído, a las preguntas que tímidamente le formulábamos. Más bien se limitaba a señalarnos los atractivos turísticos del trayecto o a referirnos la insólita belleza de la hacienda de Gruber. Nadie se atrevía a exigir respuestas a las interrogantes que planteaba el viaje.

Poco a poco todos los viajeros comenzamos a conocernos, impulsados por los comentarios de Zacarías Vera, quien pronto se convirtió en una especie de arrogante líder del grupo. De entre los actores, era el más experimentado y extrovertido; alzaba la voz sin preocupación y se enfadaba al no poder descifrar los cuchicheos que Eufemio le dirigía como contestación a sus gritos. Desde el principio, intentó amedrentarnos con su obscena familiaridad. Ni a Javier ni a mí nos parecía simpático, pero dos de nuestras compañeras, Ana y Luisa —muchachas jóvenes y bonitas que no sobrepasaban los treinta años y que no tardaron en volverse aliadas— no dejaban de sonreír al verlo.

A la primera de ellas, Ana, me parecía haberla visto antes, aunque no atinaba a recordar dónde. Tenía un cabello castaño que le caía en grandes rizos sobre los hombros y la espalda. Era muy alta y delgada, vestía toda de negro y tenía las uñas de las manos mal recortadas y la voz aguda y fresca. La otra, Luisa, poseía las características contrarias, como si el contraste hubiese sido hecho a propósito: morena, de ojos pequeños y sonrisa blanquísima, el pelo recogido en una cola de caballo. Sin ser provocativa, usaba una blusa de flores y una minifalda verde brillante. Las otras dos mujeres eran mucho mayores que nosotros; Ruth, de unos cincuenta, sobria y de facciones afiladas, reacia a cualquier juego, y Sibila, cercana a los cuarenta y cinco, coqueta y vulgar, con un cigarrillo siempre amarillando sus dedos, quien no sólo permitía sino provocaba los soeces elogios de Zacarías.

Además de Javier, nos acompañaban dos jóvenes, Arturo y Gamaliel. Mirándolos detenidamente, era claro que eran no sólo diferentes sino opuestos. Los dos eran agresivos y no se dejaban amedrentar por Zacarías, pero sus reacciones provenían de polos contrarios: la inseguridad de Arturo era tan grande como la confianza de Gamaliel. El primero respondía violentamente a las imprecaciones como un modo de defensa, mientras para el segundo la situación no pasaba de ser un juego entre adultos, vano y despreciable, al que se prestaba más por arrogancia intelectual que por una oscura veta de su carácter.

El último del grupo era otro hombre mayor, excesivamente gordo, que permanecía sentado en la parte posterior del vehículo, mirando hacia afuera como si no le importara el revuelo que existía adentro del vehículo. Apenas cruzó palabra con nosotros y hasta mucho después supe que se llamaba Gonzalo.

—¿A qué hora vamos a llegar? —le gritó Zacarías a Eufemio.

—Ya casi, no falta mucho.

—¡No mucho! ¡Inútil!

—Déjalo ya —intervino Ruth—. No es su culpa. ¿Por qué mejor no te vas a sentar y nos dejas terminar el viaje en paz?

—Como usted diga, *madame* —se burló Zacarías.

Le comenté a Javier lo incómoda que me sentía: además de la incertidumbre propia de la situación, tendríamos que soportar a aquel tipo.

—¿Sabes quién es? —me preguntó Javier—. Zacarías Vera. Tiene casi sesenta años y jamás ha conseguido un papel importante. Dicen que cuando empezó se le veía como uno de los más grandes prospectos del teatro en México. Luego se volvió alcohólico y varias veces salió perdidamente borracho al escenario. Cambiaba los diálogos, destruía las obras y no permitía que lo suplieran...

Me levanté, todavía molesta, y fui a sentarme al lado de Ruth, quien desde el principio había llamado mi atención por su elegancia y que ahora me había sorprendido por la energía con la cual se enfrentó a Zacarías. De cerca no se veía tan joven, quizá exageraba un poco el maquillaje, pero ello no la hacía menos guapa. Tenía el cabello negro teñido, los ojos grises y una nariz afilada que era un signo inequívoco de vanidad.

—Hola —le dije. Ella se hizo a un lado, hacia la ventanilla, para darme lugar.

—Mi nombre es Ruth Heredia —y me extendió su mano cuidada y fría.

—Renata Guillén —repuse a mi vez.

—Me alegro que venga a hacerme compañía.

—Si no le molesta preferiría que me hablara de tú.

—Sólo si haces lo mismo —sonrió.

Había algo indefiniblemente triste en su figura.

—¿Cuántos años tienes?

—Veinticinco.

—Yo a esa edad nunca hubiese imaginado trabajar con un director famoso... Todo esto es un poco increíble, ¿no?

Era amable pero distante, incluso afectuosa. Pero también

poseía una desconfianza innata, cierto orgullo que intentaba ocultar pero del que no podía desprenderse.

Mientras tanto, al otro lado del autobús, Javier charlaba con Arturo y Gamaliel. Zacarías por fin había ido a sentarse y se limitaba a hacerle acotaciones irónicas a Sibila.

—Ya sólo falta una hora de camino —nos indicó Eufemio.

En ese momento pasamos de la carretera de asfalto a una de terracería.

—Sólo esto nos faltaba —rugió Zacarías.

Comenzaba a dolerme la cabeza. Por más que me esforzaba, no conseguía establecer una verdadera conversación con Ruth. Tampoco ella sabía qué papel iba a tener —a estas alturas ya lo considerábamos normal— y ni siquiera parecía conocer bien el trabajo de Gruber. Me sentí aliviada de no ser la única confundida. Como en *El ángel exterminador,* nosotros también pertenecíamos a un rebaño carente de voluntad propia.

Dos horas y media después de que Eufemio dijera que faltaba una hora de camino, llegamos a Los Colorines. Estábamos molidos, cansados y somnolientos. Una ligera lluvia había comenzado a caer sobre nosotros. Aparecieron unos sirvientes que nos ayudaron con el equipaje y por fin apareció Braunstein para recibirnos. Llevaba un sombrero tejano y una cazadora y parecía mucho más joven y robusto que la última vez que lo vi.

—¡Bienvenidos! *Willkommen! Bienvenus! Welcome!* —comenzó a gritar absurdamente ayudándonos a bajar del autobús.

—Ha sido un viaje horrible, Braunstein —le dijo Sibila abrazándolo y besándolo en la mejilla—. Mira qué fachas...

—Siempre quejándote, *Muca* —y le dio una ligera nalgada que ella no rechazó.

Con los otros fue menos coloquial, incluso un poco demasiado serio. A Zacarías lo recibió con un abrazo pero lo saludó de usted (después nos daríamos cuenta, asombrados y heridos, de que también le iba a asignar la mejor de las habitaciones de Los Colorines). Al lado de su séquito de ayudantes caminamos todavía un buen trecho hacia nuestras habitaciones.

—Así que estamos en Los Colorines —dijo Luisa, entusiasmada.

—El rancho completo se llama Los Colorines —le aclaró Braunstein—, pero está dividido en varios edificios. La casa principal queda a un kilómetro de aquí.

—¿Allá es donde vive Gruber? —terció Ana.

—Sí. Pero la casa en la que se quedarán ustedes es más cómoda y espaciosa. La mayor parte de las escenas se filmarán ahí mismo —concluyó el fotógrafo.

La habilidad de Braunstein para distribuir las habitaciones fue encomiable, y sólo hasta ahora me doy cuenta de que obedecía a un plan preestablecido. Cada quien tenía su alcoba a lo largo de los dos pisos de la construcción que daban a un amplio patio. Nadie se quejó en ese momento. Estábamos entrando a un territorio y a un tiempo nuevos con la obligación de acoplarnos.

—Descansen y arreglen sus cosas. Al final del pasillo podrán encontrar la cocina y el comedor por si les apetece algo —continuó Braunstein con un tono de guía de turistas—. Nos vemos a las nueve para cenar, darles la bienvenida oficial y comentar algunos aspectos del trabajo, ¿de acuerdo?

No hubo objeciones. Yo me despedí de Javier, quien gentilmente había cargado mi equipaje, dispuesta a darme una ducha. Fue entonces cuando descubrí —o descubrimos Ana y yo, a la vez— que, aunque nos habían dado habitaciones individuales, compartíamos el mismo baño: Ana y yo entramos al mismo tiempo, yo con una toalla y ella desnuda; después de la sorpresa inicial no me quedó otro remedio que cederle el primer turno.

BALDERAS, ANA. Lo siento, señores, pero me parece de muy mal gusto que me obliguen a escribir sobre mí cuando ni siquiera me conocen. ¿De qué se trata? Es una prueba de actuación, no la terapia psicológica a la que siempre me he rehusado a asistir. ¿O quieren comprobar qué tan capaz soy de poner por escrito mis ideas, de contarles una historia? Me parece absurdo, pero si es lo que buscan, voy a intentarlo. Tengo treinta años, nací el 3 de octubre... Eso ya lo puse en la ficha, lo sé, pero ¿qué otra cosa puedo decir de mí? De nuevo: tengo treinta años y me siento como una estúpida, absurdamente sola y completamente loca. ¿No me creen? A esta edad, si le hubiese hecho caso a mi padres, ya tendría un consultorio propio o yo misma me hubiera encargado de tramitar su divorcio. Pero no fue así, siempre me dediqué a llevarles la contraria en todo. Ponte el abrigo, y no me lo ponía, llega temprano, y no llegaba a dormir, no salgas con ese muchacho, y me acostaba con él... Nunca podía hacerles caso. ¿Por qué? Eso me lo he preguntado muchas veces, y muchas más me lo han preguntado ellos a mí. La verdad no puedo decir que no los quisiera, que no fuesen importantes o que de plano nunca creyese que tenían la razón. Vaya, en ocasiones estaba perfectamente segura de que hubiese debido obedecerlos, pero la sola idea me producía urticaria. Era una reacción alérgica ante la obediencia. Eran buenos, mi padre no bebía ni nos golpeaba, mi madre no se acostaba con el vecino. ¿Entonces? Era demasiado para mí.

Como a los quince años, aunque no muy conscientemente, descubrí la triste verdad: nunca sería mejor que ellos, ni siquiera tan buena (en cambio ahora que sé las mentiras en las que vivieron tanto tiempo sólo para no lastimar a sus hijos me da asco). Ni modo, qué hacer cuando Dios no nos ha dotado con talentos excepcionales... Al menos, en ese caso, tenía algo que no podía igualarse: mi voluntad. La voluntad de hacer y conseguir lo que se me pegaba en gana. Yo era la niñita de la casa (tengo tres hermanos más grandes): argumento que durante mi infancia les bastó para que me consintieran hasta la saciedad y que luego usaron para lo contrario, limitarme en todo y protegerme —según sus ideas— de los tremendos peligros del mundo. Pobres, se han dado cuenta demasiado tarde de que ellos mismos fueron los culpables de mis rebeldías: me acostumbraron a lograr lo que me proponía (llorando o suplicando, coqueteando o insultando, el medio no interesaba), a imponerme sobre los demás. Vaya chasco cuando empecé a comportarme así con ellos.

Me fugué de la casa a los dieciséis con un tipo de veinte al que convencí de que sólo huyendo juntos comprobaríamos la fuerza de nuestro amor. El imbécil lo creyó (del mismo modo supuso que yo era virgen) y me llevó a Acapulco en lo que recuerdo nada más que como unas espléndidas vacaciones (pagó hotel y luego tuvo que sufrir el regaño de mis padres y de los suyos). A partir de entonces mi casa se convirtió en una especie de hotel para mí: dejaba de llegar durante días (ellos se preocuparon las primeras veces, me buscaron en la Cruz Roja, pero al cabo terminaron cansándose hasta de reclamarme y ni siquiera se atrevieron a echarme) y volvía inesperadamente ante la indiferencia creciente de los demás (excepto un hermano que se obstinaba en gritarme, sermonearme y hasta golpearme para proteger la salud de mi madre).

Cierto día decidí estudiar música (un tipo que me gustaba era baterista), otro danza (no se por qué) y terminé en la actuación con el único fin de hacer rabiar a un novio médico. Sin embargo me gustó y los maestros, a pesar de las quejas y las peleas que teníamos, consideraron que no me faltaba talento. Me decidí en serio (y siempre que me decido en serio por algo o alguien hago hasta lo imposible hasta que lo obtengo, aunque después me canse y lo tire) y terminé los cursos con calificaciones bastante aceptables (hasta a mí me sorprendieron). Lástima que para la representación final me haya peleado con el director (que había sido mi novio): si no, hubiese conseguido, estoy segura, el papel estelar.

Pero así ha sido toda mi vida: pleitos, discusiones, conflictos. Y la verdad es que no siempre me los busco, siento que existe una especie de animadversión hacia mí, especialmente de las mujeres (no soy paranoica, lo juro: investiguen los traumas de mis enemigas), lo cierto es que no dejo de chocar con ellas y, a la fecha, nunca he podido tener una amiga. Además, tengo otro problema: me aburro muy fácilmente. Para ser sincera, creo que tengo todo para ser una magnífica actriz, y no cambiaría mi profesión por nada, pero tampoco puedo estar todo el tiempo en el teatro entre ensayos y funciones. No es para mí, qué quieren. Me empiezo a hastiar muy rápido (me pasa lo mismo con la gente) y ya no puedo continuar con el mismo ritmo (no sé por qué demonios se los digo, va a ser un punto en mi contra, ¿no?).

¿Y cuando no actúo qué hago? No tengo una idea precisa. Si tuviera que dar una respuesta no me quedaría otro salida que responder: hombres. No puedo dejar de estar acompañada (o esperando a alguien) porque empiezo a ponerme neurótica. No obstante, tampoco me agradan los compromisos. Suena confuso, ¿no es cierto? Voy a tratar de explicarme: me muero si no tengo en quién pensar (o si no hay alguien que yo suponga que está pensando en mí), igual que no puedo pasar más de un mes sin acostarme con alguien, pero ello no quiere decir que tenga la obligación de compartir mi vida con esa persona. Mi vida sólo me pertenece a mí (a pesar de todo soy muy respetuosa y no me meto con nadie) y los momentos que paso con otro no deben dejar de ser eso: momentos. Odio las relaciones en las que tu pareja piensa que tiene el derecho de exigirte cosas sólo porque haces el amor con él, porque te ha visto desnuda o porque dejas que te toque. Son tan prepotentes y tan inseguros los hombres... ¿Y yo qué culpa tengo? En cuanto uno empieza a ponerse así: al demonio. Que es lo que termina sucediendo con todos. ¿Es que no puede uno tener un poco de sexo y de cariño sin tantos dramas?

Pero a fin de cuentas, como decía al principio, me siento estúpidamente sola, a veces quisiera claudicar, casarme y tener hijos como tantas de mis amigas que parecen más felices (aunque en realidad no lo sean), regresar a esa normalidad de la que me he sustraído sólo por llevarle la contra a los demás. ¿Podría? Quiero creer que sí, que si lo decidiera (aunque espero que nunca esté tan desesperada) todavía hay posibilidades de retornar como la hija pródiga. Reconozco que no será tan fácil: cuando durante tanto tiempo se ha huido de las convenciones, una especie de virus se apodera de nuestro cuerpo y es casi imposible curarse...

Suficiente. ¿De veras ustedes están seguros (de verdad yo estoy tan segura) de que funciono como se los cuento? Qué exceso de confianza (o qué buena me he vuelto para mentir). Pregúntenme: ¿juras que nunca te has enamorado? ¿Nunca has dejado que la normalidad de los sentimientos te impregne, nunca has sido posesiva y celosa y todo eso que dices que aborreces? ¿Ustedes qué se imaginan? Sólo puede detestarse aquello que uno es o ha sido o intenta dejar de ser. Si me han escuchado hasta ahora, si ven cómo me la paso hablando en contra de tantas convenciones, que lucho y me desespero y enloquezco con ideas alrededor de las relaciones de pareja, es porque (ta-ta-ta-tan) las traigo pegadas muy adentro de mí. Apunten la frasecita: únicamente se trata de huir de lo que nos persigue muy de cerca, sólo se pelea en contra de lo que odiamos de nosotros mismos.

Hubo, lo adivinaban, un sujeto del que estuve estúpidamente enamorada: ahí concentré (por una vez, dije) cada una de las emociones que ahora aborrezco tanto... Es la comprobación de la ley de Murphy: veintitantos años me negué a abrirme (¡vaya palabra!), ni una ocasión dejé que me degradara el sentimentalismo, me negué sin excepción a enamorarme y a ser normal. Y cuando por fin me dejé llevar un poco, cuando me le entregué (¿notan el machismo inherente a los términos que sirven para hablar de amor?), cuando cedí porque creía quererlo como a nadie antes, él se encargó de devolverme mis prejuicios de siempre. Con la tranquilidad del mundo me dijo que yo no le importaba, que ya no me quería ver, que no había pasado nada entre nosotros... Así que no me vengan con que la culpa era mía. No tardé en convencerme de que el amor sólo sirve para dominar a las personas. Decidí que, por mi propia seguridad, por orgullo, no me ocurriría de nuevo. No podía permitírmelo.

Aquí me encuentro, pues, haciendo lo posible para no desperdiciar más mi vida. Soy una buena actriz, muy buena, y quiero trabajar en esta película.

LA CAPILLA

En lugar de descansar con los demás como nos recomendó Braunstein, después de bañarme preferí salir a dar una vuelta. Bajé las escaleras y comencé a recorrer los alrededores. Por fuera la construcción era imponente, edificada a fines del siglo pasado, en el porfiriato. Había un patio central rodeado por dos pisos de arcadas y en la parte inferior se extendían varias salas independientes, la cocina y el gran comedor al que se había referido el fotógrafo; por la parte de atrás, los cuartos de los sirvientes estaban rodeados por varias caballerizas que ahora se utilizaban como bodegas.

Cerca de la entrada principal me encontré a Gamaliel. Conversamos un momento y luego, como adolescentes que descubren mundos en el interior de un jardín, comenzamos a explorar los territorios de la casa.

—Todo este lugar es extraño —le dije—, parece como si estuviera vacío, como si nos hubieran dejado solos.

—Cómo crees, Renata —rió Gamaliel—, tratan de hacerlo parecer misterioso. Braunstein está obsesionado con las películas de suspense.

—Nos contrataron para hacer una película de Gruber, al que

nunca hemos visto, y para colmo nos enclaustran en este sitio en el que ni siquiera hay un teléfono...

—Hay uno en la casa principal, ya pregunté —me respondió—. Por cierto, ¿tú hiciste el papel de Sandra en *Las rémoras* de Héctor Rivera, verdad? Estuviste espléndida, a decir verdad lo único que valía la pena en esa puesta...

Sus galanteos eran demasiado obvios. Había trabajado en esa obra en un papel que tenía diez líneas y había sido un fracaso colosal. Tenía su mérito recordarlo... Amigos y enemigos comunes no tardaron en aparecer en nuestra conversación mientras nos dirigíamos, sin habernos puesto de acuerdo, a una capilla que se alcanzaba a ver a lo lejos. Su conversación era fácil y divertida, un poco cargada de pausas y chistes, como si ni su mente ni sus manos pudiesen estar quietas —las balanceaba de un lado a otro—, horrorizado ante la inactividad. Pronto, sin ningún empacho, empezó a preguntarme sobre mí y al mismo tiempo, olvidándose de mis respuestas, me contaba su vida. Acababa de separarse de su última mujer y esperaba encontrar en mí un modo de justificar su conducta hacia ella. Me hablaba con lujo de detalles el tipo de relaciones sexuales que mantenían —¿tú crees que esto haya tenido que ver con el rompimiento?—, siempre como si interpretara un monólogo largamente debatido consigo mismo y yo sólo fuese el catalizador necesario para que lo desarrollara en voz alta. Su narcisismo no dejaba de poseer cierto atractivo, o acaso así lo veía yo en aquellos momentos en los que además, inevitablemente, me parecía muy guapo. No era muy alto ni muy robusto, pero sus rasgos finos y su barba perfectamente recortada le daban cierto aire de misionero y de dandy. Tenía unos hermosos ojos grises, una nariz perfecta, casi femenina, y unos brazos atléticos. Su desenfado y sus interminables divagaciones sobre sexo me atraían, a pesar de su nerviosismo y su hiperactividad casi neurótica.

Recorrimos los campos adyacentes, rodeamos un pozo seco y por fin nos introdujimos por la estrecha puerta de la iglesia. Sus muros eran de roca, llenos de musgo —Gamaliel dijo que del siglo XVII—, casi desprovistos de ornamentos, mientras que el interior había sido restaurado recientemente. No contenía ninguna imagen religiosa; el altar y los muebles habían sido removidos como si su propietario quisiese prepararla para usos distintos a los ceremoniales. Poseía una pequeña cúpula de un color blanco cuya brillantez, iluminada por la luz del sol que se filtraba a través de los pequeños ventanales, se hacía casi insoportable.

No sé cómo explicar lo que ocurrió después. Durante mucho tiempo pensé que Gamaliel había sido el único culpable, y lo odié tremendamente, pero ahora yo también reconozco mi responsabilidad aunque ello no me haya hecho olvidarlo. Miré hacia arriba y de pronto me sentí mareada; retrocedí un paso, con los ojos cerrados por el deslumbramiento, y caí inesperadamente en los brazos de Gamaliel, temblorosa, apoyada contra su pecho. Empezaba a recuperarme cuando sentí que sus manos no sólo me detenían, sino que comenzaban a acariciarme los brazos desnudos. Yo no sabía cómo reaccionar y no me alejé ni siquiera cuando eran sus labios los que se deslizaban alrededor de mi nuca, bajo mi cabello. Un buen rato pensé que no pasaría nada más; él me besaba los hombros y las orejas y me apretaba contra sí, pero en cierto momento sus manos pasaron de mi cintura a rozarme la piel por encima de la camiseta; luego las introdujo debajo de ella y las subió poco a poco hacia mis senos; me desabrochó el sostén y me tocó bruscamente. Yo permanecía inmóvil, incapaz de decir algo o de apartarme: me hallaba suspendida en el tiempo o, más bien, atrapada en un espacio sin tiempo, en un sitio que no me pertenecía y que no obedecía mis dictados. Advertía la excitación en mi cuerpo, la humedad entre mis piernas como si no fuese mía, incapaz de controlarme. No pensaba en nada, no tenía fuerzas para pensar. Fue él quien hizo todo lo demás, yo estaba plegada por completo a sus deseos. Me dio la vuelta y empezó a morderme los labios hasta que por fin mi lengua reaccionó —sin mi consentimiento— ante la suya, y mi vientre y mis brazos, desobedeciéndome, sordos, se pegaron a los de él. Ni siquiera supe cuándo se bajó los pantalones ni cuándo me desvistió: yo no veía, no escuchaba y, conscientemente al menos, no comprendía nada. No era yo. Sin darme cuenta me llenaba de una profunda tristeza, un dolor que no podía expresarle y del que Gamaliel no era la única causa; las lágrimas se negaban a salir de mis ojos y las palabras de mi boca. Él hacía conmigo lo que quería. Advertí cuando me penetraba, pero desprovista de sensaciones; impedida, buscaba que obtuviera su placer lo más rápido posible, a pesar de que él se esforzaba en dilatar los minutos. Acaso mi falta de voluntad y mi desánimo terminaron irritándolo, porque dejó de besarme y de acariciarme y se concentró en sus movimientos, cuando en realidad lo que yo necesitaba desesperadamente eran esos remedos de cariño. No fue grosero ni brutal, pero terminó asqueándome.

En mi interior se mezclaban impotencia y odio mientras él se acomodaba el cinturón y se atrevía a preguntarme si yo estaba bien. Sí, le dije, adelántate, no quiero que nos vean salir juntos de aquí. Accedió, irresponsable como siempre, sin imaginar las consecuencias de sus actos, sin que le importaran o siquiera hiciese el esfuerzo de aparentarlo. Me dejó sola, semidesnuda; sólo así pude echarme a llorar. En mi mente sólo aparecían insultos para él y para Carlos, para todos los hombres, para mí misma, para Braunstein y, desde luego, para Gruber, el incógnito dueño de esa capilla.

URIBE, GAMALIEL. Sólo hay dos cosas que valen la pena en la vida —en mi vida al menos—: el teatro y las mujeres. Aunque no podría asegurar que éste sea el orden correcto. Desde que soy capaz de recordarlo, estos dos polos han guiado todas mis acciones. Y no lo digo con presunción, sino casi apenado, con el sincero convencimiento de que no puedo escapar a mi destino. Mis amigos y mis enemigos dicen que miento, que lo único que me interesa es la fama y el sexo, y lo cierto es que tampoco están equivocados. Pero nada de malo hay en ello, la esencia del teatro es la fama tanto como la esencia de las mujeres es el sexo.

Vayamos por partes: digo que la esencia del teatro, como la de todas las artes, es la fama, porque es el lazo que permite la comunicación entre el artista y su público: espectadores, lectores o escuchas. No se trata de un elemento accesorio —y mucho menos despreciable—, sino de un recurso necesario para mantener una relación con el mayor número de personas posible. Por eso también quiero que la diferencia entre fama y trascendencia quede muy clara. La trascendencia sólo sirve para que uno continúe realizando su trabajo en espera de una recompensa futura, *post mortem*. La fama, en cambio, es una trascendencia en vida: la única a la que deben aspirar los artistas. Desde luego, quien carece de talento ni siquiera puede aspirar a esta segunda etapa. El arte por el arte, o el arte para uno mismo, no son más que buenas intenciones imposibles de realizar: el arte no es una obra de caridad.

Además de crear sus personajes, sus cuadros, canciones o películas, un autor tiene la obligación de promover su tareas. Cada medio tiene sus recursos, y uno no debe esperar que mire una pintura el mismo número de personas que ve la televisión, o que una obra de O'Neill tenga el mismo público que una comedia. Por eso yo no he dejado de trabajar en los dos rubros: perfeccionándome como actor y relacionándome para que mis actuaciones sean conocidas.

Con las mujeres sucede lo mismo. Como escribió Durrell, a ellas no les gustan los hombres guapos, sino aquellos que antes han poseído mujeres guapas. La fama antes que la belleza. Así es como las mujeres controlan el mundo. Su inmenso poder es subterráneo; se mantiene oculto detrás de la fuerza aparente de los hombres. Ellas son las encargadas de educarnos: desde ahí comienza su intervención en nuestras vidas, la cual no se detendrá hasta la muerte. Nos amamantan y, junto con la leche que introducen en nuestro torrente sanguíneo, también nos enseñan la sumisión que les debemos. Nos hacen creer que ellas son las subyugadas, y lo peor es que nosotros lo hemos creído. Mi posición no es machista: al contrario, reconozco que las mujeres son adversarios de primer nivel, con idénticas oportunidades de triunfo. Y sólo se las puede combatir con su misma arma: el sexo.

Alguien decía que los hombres tienen un pene mientras las vaginas tienen una mujer. La sexualidad es el medio natural donde se lleva a cabo la singular batalla entre hombres y mujeres. Por naturaleza, el hombre rehúye la permanencia: su sexualidad es más abrupta, acaba con la eyaculación, y a partir de ahí lo único que desea es escapar. La mujer, en cambio, tiende a la conservación, a apoderarse del hombre y a impedirle la huida. Por eso nacen las familias y se conserva la especie. El rito de la mantis sagrada ejemplifica a la perfección esta guerra: el macho sabe que si se acerca a la hembra, y copula con ella, ésta terminará por devorarlo, y sin embargo no es capaz de resistirse. Éste es el juego. Lo peor es que al final nadie sale ileso: los sentimientos —que no son otra cosa que conservadores naturales— transforman el sexo en amor, la peor de las desgracias posibles. Somos criaturas demasiado frágiles y demasiado estúpidas para liberarnos de las emociones. Estamos inmersos hasta el cuello en la mierda del amor y en la mierda de la mediocridad: no hay más remedio que seguir nadando y emporcándonos para intentar salvarnos.

LA MESA ESTÁ SERVIDA

No alcanzaba a discernir por qué no había presentado resistencia, por qué me había dejado llevar por Gamaliel, por mis rencores. Me quedé impávida, no colaborando pero tampoco impidiendo su actitud. Quizá buscaba vengarme de Carlos permitiendo que otro hombre me tratara como puta, quizá necesitaba el contacto físico para sentirme consolada y liberarme de su imagen, o quizá yo misma anhelaba esa humillación, el castigo que él ya no podía infligirme como esposo. Me sentía sucia. Mi propia sexualidad me corrompía, como si mi mente, mi cuerpo y mis emociones se redujesen a ese contacto físico, a mis secreciones unidas con las de Gamaliel.

Regresé a la habitación. Me bañé de nuevo y me cambié de ropa, asqueada, como si el sudor fuese una prueba de que lo sucedido había sido real y no parte de un sueño. No me asustaba haber tenido relaciones con un hombre al que apenas conocía —no era la primera vez— ni la forma como se había comportado. Lo que me entristecía era el significado de mi propia conducta, la soledad a la que me había lanzado voluntariamente. Pero ya no podía hacer nada, era imposible retrasar el tiempo o borrar lo pasado. Pero aun así me irritaba la idea de tener que encontrarme de nuevo con

Gamaliel, verlo a cada momento, actuar con él como si nada hubiese ocurrido. Odiaba encontrarlo en la cena, sonreírle y saludarlo, fingir que no representaba nada en mi vida.

Terminé de arreglarme y pintarme y salí a reunirme con los demás. Hice lo posible por ocultar las huellas del llanto en mi rostro —lo que menos hubiese deseado en el mundo es que Gamaliel me viese vencida—, decidida a ignorarlo. Mejor que me considerara una puta y no una víctima.

Al bajar las escaleras me topé con Luisa y con Arturo. Ella estaba vestida con una blusa blanca y una minifalda negra que revelaba las formas de su cuerpo pequeño y hermoso; Arturo, en cambio, traía los mismos pantalones y la misma camiseta verde olivo de antes. Era alto y su cabello rubio, muy largo, caía descuidadamente sobre su espalda. Yo no tenía ganas de conversar con ellos, hubiese preferido dejarlos solos y adelantarme, pero de inmediato Arturo se interesó por mí —aunque sin descuidar la plática con Luisa— y nos abrazó amistosamente a las dos camino al comedor.

Cuando llegamos me separé de ellos para reunirme con Javier. Era al único a quien podía contarle lo que había pasado, mi único reducto de confianza en medio de aquel ambiente hostil.

Los otros comenzaron a llegar poco a poco al salón, en tanto Eufemio caminaba discretamente de un lado a otro dando indicaciones a los sirvientes para que nos atendiesen con rapidez. La mesa estaba lista, preparada con una vajilla de plata, copas y frutas de adorno, con doce lugares listos para nosotros diez, Braunstein y Gruber.

—¿Te pasa algo? —me preguntó Javier al tiempo que ponía entre mis dedos una copa de vino blanco.

—Estoy un poco cansada —le respondí.

Ruth, con un largo vestido color guinda, se acercó a saludarnos. Gamaliel pasó entonces frente a nosotros cuatro, dudó un momento y luego nos dio la mano sin ocultar su cinismo.

—Las tres están preciosas, ¿verdad Javier? —dijo con una familiaridad inusitada y continuó de largo, sin esperar respuesta, hacia otro de los corrillos que se iban formado.

De pronto se hizo un silencio ominoso y todos se volvieron hacia la entrada: no era Gruber, sino Braunstein vestido con un deslumbrante traje blanco.

—Gruber tampoco vendrá hoy —le susurré al oído a Javier.

En efecto, Braunstein nos pidió una solemne disculpa a nombre del director, quien lamentablemente se encontraba indispuesto. Nos enviaba, eso sí, una calurosa bienvenida.

BAUTISTA, ARTURO. Lo que me gustaría contar es por qué me encuentro aquí, llenando esta solicitud. Mi padre murió cuando yo era muy pequeño, ni siquiera alcancé a conocerlo. No me acuerdo de él y cuando mi madre me enseña sus fotos no soy capaz de sentir emoción alguna. Es la imagen de un desconocido o, más que eso, la de un conocido lejano, como si viese la foto del presidente. Desde que tengo memoria, ella me ha obligado a conmoverme, a llorar a su lado y sentir dolor por su pérdida: el dolor fingido no tarda en convertirse en auténtico a pesar de que su causa sea falsa, inexistente o vana. Pero, ¿cómo reclamarle a mi madre por haberme metido un dolor inútil, un sufrimiento innecesario? Debía ser yo quien fallaba, mi dolor crecía ante mi incapacidad para sentirlo sinceramente.

Mis hermanas, que al menos tuvieron oportunidad de conocerlo un poco, también me reclamaban por mi frialdad. Mi padre era como un fantasma de cuyo poder era imposible sustraerse: éste es tu padre de joven, ésta es nuestra boda, a tu padre le encantaban los fideos, él siempre se vestía de azul marino, recuerda que llevas el nombre de tu padre... Por las noches, oía cómo mi madre rezaba frente a una de sus fotografías. ¿Y quién era mi padre? No lo sabía y era difícil preguntarlo. Había sido músico —tocaba la trompeta en una orquesta de salón— y un buen día desapareció sin que nadie supiese nada de él hasta que hallaron su cuerpo en un hospital de Balbuena, donde murió una semana más tarde.

Nunca me dijeron que otras dos mujeres además de mi madre lloraron su muerte ni que, al examinar el cadáver, los médicos encontraron un alto nivel del alcohol en su sangre. Cuando me enteré de esta parte de la historia —siempre existen amigos indiscretos— no pude evitar las lágrimas, aunque fuesen de coraje y no de sufrimiento. Era indigno: el hombre al que tanto adoraba mi madre la había traicionado. ¿Lo sabría ella? ¿Nadie se lo habría comentado? ¿O prefería hacer como si no lo supiera? Comprendí entonces que el mundo es sólo una apariencia: nunca conocemos a las personas sino sólo a los personajes que interpretan. Yo, que nunca traté a mi padre, tenía que llorar por su muerte aun sabiendo que esa muerte había sido tan despreciable como su vida. Y tenía que hacerlo para complacer a la única persona que me importaba en el mundo, aquella a la que él había engañado: mi madre. Con ello, mi dolor se tornó paradójicamente real. La confusión me hizo darme cuenta de que sólo quien actúa puede permanecer al lado de los hombres. Quien intenta ser auténtico es rechazado. No hay más remedio que fingir, hacer como si simuláramos la rabia que en realidad sentimos.

A mi madre le pareció una gran idea que yo estudiara actuación, como si con ello siguiera los pasos artísticos de su esposo. Desde el primer día me apoyó, revivió viejas amistades en el mundo del espectáculo que, según ella, podían ayudarme, y me inscribió igualmente —yo tenía catorce años— en clases de danza. Desde entonces mi vida ha estado dedicada al arte, a fingir que he hecho una carrera para complacerla. Pero el odio hacia mi padre no ha disminuido.

Sin embargo, poco a poco fue modificándose la situación en mi casa. Mis hermanas se casaron y yo me quedé con mi madre. La soledad la tornó aún más desconfiada, más dura. Sentía que su misión en la vida había terminado con la boda de su última hija. Su fuerza física había disminuido y me necesitaba cada día más para ayudarla a cumplir sus deberes cotidianos, como si ella estuviese obstinada en morir y yo en impedírselo.

Dejé de actuar y de bailar para dedicarme a atenderla y cuidarla. La mayor parte del tiempo estaba enfadada, se irritaba ante cualquier nimiedad, harta de mi presencia. Yo hacía lo posible por mantenerla contenta y entretenida, en vano. Nuestra relación sufrió un desgaste tan rápido como su salud. Comenzó a delirar y no tardó en confundirme con mi padre, su esposo muerto, su amado. Pero en vez de confortarla, transformó su ilusión en un acto de violencia. Nunca antes la había oído hablar así. Entonces me enteré de que ella siempre había sabido la historia completa, que durante los funerales se había topado con las amantes de mi padre e incluso había resistido sus insultos. Como si yo fuese él, se vengaba y me reclamaba su infidelidad, su bajeza y su muerte. En un torrente de insultos brotaba su ira acumulada permitiéndome descubrir, por primera vez, su verdadero rostro. En medio de llanto auténtico aprendí que al final, sólo al final o en la locura, uno regresa a ser quien es y deja de actuar. ¿Pero cómo renunciar a la propia profesión, a lo que se ha querido durante tanto tiempo? Mi madre murió sin reconocerme y yo estoy aquí llenando esta solicitud con la esperanza de que en alguna parte la actuación no sea idéntica a la mentira.

GALÁN, LUISA. Me siento muy extraña. Un amigo me llamó y me dijo que era mi gran oportunidad: estaban buscando a una actriz joven para un papel que me quedaría perfecto. No entiendo por qué lo dijo, ni siquiera sé cuál es el papel que me proponen y supongo que él tampoco. No he terminado de estudiar y una de las razones por las cuales me dedico a la actuación es porque pensé que así nunca tendría la necesidad de escribir algo. Y es lo primero que me piden que haga.

Si quieren que sea sincera, no creo que ustedes vayan a escogerme, pero preferí venir y hacer el intento. Mis padres ni siquiera lo saben porque de otro modo no me hubiesen permitido intentarlo. Pero no se van a enterar. Pienso irme de casa sin decirles nada. Soy mayor de edad y puedo hacer lo que me dé la gana sin pedirles permiso. Punto. Pero éstos no son más que deseos...

En cambio Paco, mi novio, o más bien mi ex novio, va a estar feliz si dejo de buscarlo. Al fin va a librarse de mí. Es una forma de huida doble, de mi familia y de mis obsesiones, pero sobre todo es un escape de mí misma. He aprendido que quizá más que ellos, soy yo quien tengo la culpa de mi angustia. Por eso también debo ser yo quien tome una decisión tajante para solucionar mi problema. Los demás me hacen mucho daño porque yo lo permito e incluso lo propicio, al grado de que me convierto en la principal responsable de mi dolor. Muchas veces he llegado a creer, llena de miedo, que soy masoquista. No me gusta sufrir, de veras, aunque parezca que hago lo posible por relacionarme con personas que me lastiman. Quizá doy demasiado desde el principio, quizá me expongo ante cualquiera, pero en todas mis relaciones termino siendo la abandonada o la celosa o la engañada. ¿Por qué? ¿Por qué soy incapaz de comportarme como ellos, de luchar por mí? ¿Es tanta mi inseguridad, tanto mi miedo? ¿En realidad estoy tan sola? Quiero marcharme, alejarme de la gente que conozco. Me doy cuenta, avergonzada, de que todo lo que he hecho en mi vida ha sido esperando que los otros —mis padres y mis amigos y mis maestros y mis novios— me quieran. Siempre he tratado de portarme bien con el único fin de ser amada.

No quiero hacerlo más, me rehúso, es infamante. La búsqueda del amor por el amor mismo, como única meta, es tan vana como el egoísmo.

.Estoy harta de los demás y de mí misma. Sólo deseo que me dejen actuar, dedicarme a mi profesión, probarme que soy capaz de conseguir lo que me propongo sin temer las reacciones ajenas y sin esperar la condescendencia o la ayuda de extraños. Triunfar, por más difícil que resulte, por más aislada que me sienta, en contra de mi pánico.

LA PRIMERA CENA

Zacarías explotó.

—Estamos a quinientos kilómetros de la civilización y ni siquiera hemos podido ver a Gruber —le gritó a Braunstein.

Hablaba como si fuese nuestro legítimo representante.

—Ya le dije que a él le es imposible acompañarnos esta noche —le respondió el camarógrafo, igualmente enérgico.

—Que nos diga qué estamos haciendo aquí —Ana se sumó a los reclamos de Zacarías avalando implícitamente su conducta.

Todos nos hacíamos las mismas preguntas y, aunque no simpatizáramos con Zacarías, tampoco estábamos dispuestos a quedarnos callados. Sin embargo él interpretó nuestra desesperación como una muestra de apoyo.

—Están a punto de colaborar con uno de los directores más grandes del siglo —le contestó Braunstein con un tono que, a pesar de sus palabras, no incitaba a la risa—. Pero si tienen alguna pregunta específica que hacerme, con gusto me ofrezco a responderla.

Nos sentamos a la mesa y los sirvientes comenzaron a servir los platillos. Braunstein prosiguió con sus explicaciones.

—Trataré de darles una idea de cuál será nuestro sistema de

trabajo, ¿de acuerdo? —dijo—. Gruber quiere trabajar con cada uno de ustedes, de manera intensiva, antes de iniciar las filmaciones.

—Entonces al menos deberíamos tener una copia del guión —interrumpió Ruth.

—En opinión de Gruber, el conocimiento previo del argumento sólo provocaría vicios y errores —continuó Braunstein—. Él piensa que es mejor descubrir los matices de un personaje poco a poco, con la ayuda del director, para crear estados emocionales auténticos. Las películas de Gruber son como la vida: no se tiene toda de una vez, se forma a cada instante...

Se hizo un silencio completo sólo interrumpido por el trajín de los cubiertos y los platos que iban apareciendo delante de nosotros.

—¿Y cuándo lo veremos? —insistió Ruth.

—Muy pronto.

—Carajo, ¿por qué tanto misterio? —se alzó Gamaliel.

—Aquí no hay nada oculto. Cada orden, cada indicación obedece a motivos precisos. Todo se hace pensando en el éxito del proyecto —Braunstein era como un muro—. Confíen en nosotros, por favor. Les doy mi palabra de que no se sentirán defraudados.

Los ánimos comenzaron a enfriarse. Ninguno de nosotros (a excepción de Zacarías) buscaba provocar un conflicto que se nos escapase de las manos. La prudencia aconsejaba creerle a Braunstein: nos hallábamos en un medio extraño, sin ningún apoyo o punto de referencia, voluntariamente atrapados, sitiados fuera del mundo.

—Al menos podrás decirnos cuál es el nombre de la película, ¿no? —me atreví a decir.

—Sí, Renata, supongo que sí —me contestó con una familiaridad incómoda—. Se llamará *El Juicio*.

HEREDIA, RUTH. Me crié en una familia muy conservadora de clase alta. Mi vida ha sido casi idéntica a los papeles que interpreté de joven: la de una niña rica que cae en la deshonra y la miseria. Mi padre era un médico connotado y mi madre una esposa fiel y hogareña que se esmeró en inculcarles a sus hijos la solidez de sus principios. Como se acostumbraba entonces, me enviaron a estudiar a un colegio de monjas esperando que la educación que se nos proporcionaba en casa se complementara con la religiosidad de la escuela. Mi madre estaba obsesionada en convertirme en un modelo de virtud.

Puedo decir que mi madre murió, aun cuando su cuerpo fuese sepultado una década después, el día en que se enteró de que su hija de diecisiete años —yo— estaba embarazada. ¿Y quién es el padre?, me preguntó, llorando, con la voz baja para que no fuese a escucharla mi padre. No estoy segura, le respondí con la misma altanería que heredé de ella, y de inmediato recibí una bofetada. El llanto de mi madre se escuchaba por toda la casa. La verdad sí lo sabía —sólo me había acostado, temerosa, con un muchacho— pero no quería decirlo, no quería que me obligasen a casarme con él; mi hijo —que resultó ser hija— sólo me pertenecía a mí: la culpa había sido mía y prefería afrontarla sin humillarme. Tampoco accedí a revelar su identidad ante los gritos y los insultos de mi padre. Si algo había aprendido de las férreas costumbres de ambos era no ceder a las presiones, conservar el orgullo hasta las últimas consecuencias. *Dignity, always dignity*, como decía él. Nadie consiguió hacerme decir la verdad, y el padre de mi hija jamás se enteró de mi estado. Me enviaron a Puebla, con unos tíos, para que allá diese a luz y ocultara la vergüenza de la familia. Cuando nació, mis padres ni siquiera quisieron ver a la niña.

Apenas me recuperé decidí que, si ellos no se interesaban por nosotras —y ese nosotras adquiría una connotación heroica—, nosotras tampoco lo haríamos por ellos. Mi tía me prestó un poco de dinero y me trasladé a la ciudad de México, dispuesta a trabajar y a rentar un cuarto para vivir. Mis padres se escandalizaron pero nada hicieron para impedirlo. Por casualidad me invitaron a modelar para un anuncio de ropa y así nació, sin ningún conocimiento previo, mi deseo de ser actriz.

No puedo decir que me haya ido mal: desde los dieciocho hasta los veintisiete años me dediqué a hacer pequeños papeles en películas de cine y televisión hasta que, en 1967, harta de los compromisos, acepté casarme con un hombre de grandes recursos económicos —mucho mayores que los de mi familia—, cuarenta años mayor que yo. Fue un error terrible del que sólo ahora me arrepiento. Nunca quise darme cuenta de lo que hacía: venderme, vender mi futuro. Tuve dos hijos con él, a los que quiero entrañablemente, pero aún así esos veinticinco años fueron un tremendo yerro. Uno no escarmienta hasta que aparecen, irreversibles, las consecuencias de la irresponsabilidad. Es triste aceptarlo. A pesar de los consejos, de lo que hablé siempre con ella, de mis mejores deseos, Carmen, mi hija, posee ahora, igual que yo a su edad, un hijo indeseado y una infelicidad agobiante. Vive sola con mi nieto, sin la ayuda de nadie, sin saber, ella sí, quién es el verdadero padre de la criatura. Mi relativa tranquilidad y mi posición económica jamás alcanzarán a compensarme por esta derrota.

Me doy cuenta de que nunca quise a mi marido, de que en realidad nunca he querido a nadie a excepción de mis hijos, a quienes he hecho desgraciados con mis decisiones y mi egoísmo. Yo misma, por mezquindad, me privé de lo único que realmente había sido mío, la actuación, en aras de un porvenir ilusorio que en estos momentos miro destruido. Descubro de pronto que no ha valido la pena, que los últimos veinticinco años de mi existencia no han servido para nada. Quizá sea tarde —eso me han reclamado mis hijos—, pero estoy dispuesta a enmendar mi camino, a intentarlo de nuevo. Volver a actuar es lo único que puedo hacer por mí y por ellos.

QUEZADA, JAVIER. El mayor lastre que he cargado a lo largo de mi vida ha sido la inteligencia. Siempre fui un niño inteligente, un hijo inteligente, un amigo inteligente, un amante inteligente, un actor inteligente. Es decir, nunca *normal*. No me quejo, pero mi condición —más bien mi fama, la imagen que me encargué de crear ante los demás y de la que ya soy incapaz de desprenderme— siempre buscó hacerme admirable y, por ello mismo, diferente, lejano y no pocas veces odiado. La culpa, debo reconocerlo, ha sido mía, pero luego otros la han aprovechado para encerrarme dentro de un epíteto —ni siquiera un personaje completo— del cual no acierto a escapar.

Siempre he sentido que soy más inteligente que los demás; quizás se trate de una forma de atemperar el miedo que me inspiran las comparaciones. La inteligencia se interpone como una barrera infranqueable entre los otros y yo, se vuelve una forma de despreciar a quienes me desprecian. Como cuando alguien se encasilla en un solo papel, así ya nadie me toma en serio cuando intento ser un actor sensible, un hombre triste o un amante desesperado. La irracionalidad, las dudas o el dolor resultan increíbles en alguien inteligente.

En ninguna circunstancia —en la depresión o el pánico, en el amor o en el odio— me permito perder el control. Invariablemente debo ser frío, prudente, mesurado; debo intercalar sin falta el comentario preciso en una conversación y aconsejar, aun en contra de mis intereses, a quienes me buscan, trátese de mis compañeros de trabajo o de mis amantes. Los escucho impávido y les respondo con un alud de ideas deslumbrantes aunque para mí no sean más que mentales fuegos de artificio. Inteligencia, soledad en llamas, inteligencia, páramo de espejos: los lugares comunes no invalidan las afirmaciones. Porque, esforzándome desde la infancia por parecer diferente, ahora no sé hasta dónde en verdad lo soy, si el proceso es irreversible o si aún puedo desprenderme de la máscara.

Mi carrera sufre debido a esta imagen prefabricada: mis actuaciones nunca han pasado de ser correctas, agudas, impecables, pero jamás, al menos en opinión de los críticos, han llegado a conmover a los espectadores. Lo mismo sucede con mi vida privada: aunque esté desfalleciendo, los demás no dejan de apreciar la excelente calidad de mis actuaciones. Lo peor que puede sucederle a un artista es que consideren que su interpretación es portentosa en vez de suponer que uno hace y dice algo real. A la constante discusión sobre cuál es el límite entre la vida y la ficción, mi caso responde, al contrario de otros, con una preferencia irrevocable hacia esta última: por más que me esfuerce, mis verdaderos sentimientos parecen tan falsos, tan bien actuados como los que represento en el teatro. El extremo llega cuando ni yo mismo confío en la fuerza de mis emociones. A veces me pregunto si en realidad soy tan buen actor que me convenzo a mí mismo de que aún tengo sentimientos. Quisiera saber si me miento o si aún existe algo auténtico en mi interior.

LOS SIETE ESPÍRITUS

Nos levantamos de la mesa con el ambiente un poco más relajado, como si la seguridad de Braunstein al fin hubiese podido
imponerse sobre las dudas de los demás. Comenzamos a retirar-
nos hacia nuestras habitaciones en los acostumbrados corrillos:
por una parte Zacarías, seguido por Gamaliel, Arturo, Ana y Sibila; por otra, Ruth, Luisa y Gonzalo, y por último Javier y yo.
Sin embargo, antes de salir del comedor el fotógrafo se dirigió a
mí y me pidió que lo acompañara un momento; Javier no tuvo
más remedio que adelantarse y unirse por la fuerza al grupo encabezado por Ruth.

—Demos una vuelta, todavía es temprano —me dijo
Braunstein.

—Ha sido un viaje largo, necesito descansar.

—Sólo un momento, por favor —había en su voz una ama-
bilidad poco usual—. ¿Escuchas?

—¿Los grillos?

—No, fíjate bien, es más que un sonido, es una sensación...
—hizo una pausa—. Mira ese árbol, por ejemplo. Ahora trata de
escucharlo.

—¿Al árbol?

—Sí, pero no el ruido que produce con el viento, sino lo que dice. Está ahí, quién sabe desde hace cuánto tiempo, sin que nosotros le importemos.

—¿No puedo irme a dormir porque tú prefieres que oigamos lo que dicen los árboles?

—Es una lástima que no quieras escuchar, dicen cosas más inteligentes que las personas. Vayamos a otro tema entonces: ¿qué opinas de lo que ha pasado hasta el momento?

—¿A qué te refieres?

Aunque el viento frío me molestaba un poco, el lugar era precioso, con la luna sobre los árboles negros y el silbido impertinente de las cigarras, elementos indispensables de cualquier escena cinematográfica al aire libre.

—El lugar, tus compañeros...

—¿Preguntas si estamos decepcionados por no haber visto a Gruber?

—No, quiero tu opinión sobre el ambiente.

—El paisaje es maravilloso.

—¿Y la gente? ¿Cómo crees que vaya a desarrollarse el trabajo? Sé que acaban de llegar, pero así es más fácil hacer juicios imparciales.

—Quién puede decirlo. Aún es muy pronto, pero si de veras te interesa mi opinión déjame advertirte que esto no va a ser una fraternidad celestial.

—¿Ha habido peleas?

—Siempre las hay, ¿no?

—¿Graves?

—No, pero, ¿por qué de pronto importa tanto lo que yo piense?

—Tu opinión es más valiosa de lo que imaginas —exclamó—. A Gruber le interesa mucho.

—Ni siquiera me conoce.

—¡Claro que sí! De otro modo no te hubiera contratado.

—Tú tampoco me conoces, Thomas.

—No has entendido algo fundamental —continuó sin dejar que su réplica pareciera insinuante—. Aunque no lo creas, el éxito de la película depende en gran medida de ti.

—¿Esto le dices a todos? —me reí.

—Hablo en serio.

—Basta ya —me harté—. Tu juego no funciona conmigo. No me agrada que me subestimen, pero tampoco lo contrario. ¿Qué quieres en verdad?

Su rostro se había descompuesto. Quizá temía haber estropeado su misión, echando a perder las indicaciones de Gruber.

—Discúlpame, a lo mejor no me he explicado bien —bajó la voz—. Sólo quiero que te sientas entre amigos.

—Creo que por hoy ha sido suficiente —terminé, cambiando de dirección para regresar a mi cuarto—. Hasta luego.

—Espera, espera —me detuvo sin acceder a despedirse—. Hay algo más. Gruber desea verte.

—Menos mal.

—A ti sola, Renata. A las doce —concluyó Braunstein con enojo—. En la casa principal.

—Ahí estaré, no te preocupes.

LEVY, SIBILA. Con todo respeto, Braunstein, no sé si de verdad crees toda esta mierda —disculpa la palabra, sé que te incomoda mi vocabulario— o si intentas tomarme el pelo. Nos conocemos desde hace bastante para que me pidas que escriba en una estúpida hoja de papel sobre mi vida o sobre por qué soy actriz. ¿Quién va a leer esto, tú o Gruber? ¿De verdad él, el genio sobrehumano, se va a tomar la molestia de mirar siquiera las estupideces que escribimos no sé cuántos actores para su película? Quisiera saberlo, porque la distinción es importante. ¿Qué tal si lo va a leer él y yo me pongo a contar sobre nosotros, tú entiendes, de cómo haces el amor o algo así...? No, no te preocupes, nunca he sido tan indiscreta. Bueno, ¿qué quieres que diga?

Nací en la ciudad de México en el seno de una bonita familia judía. ¿Voy bien? Mi padre era *rabbí* y yo soy su hija descarriada, pródiga en el mundo de los gentiles y del demonio. Como para hacer una novela. O una película. ¿Por qué no se animan a usarme como tema, Braunstein? Tú también eres judío y sabes de lo que te hablo. No, no creo que sea esto lo que el gran Gruber quiere oír. ¿Qué pueden importarle mis crisis de conciencia, el sentimiento de abandono que me embarga por estar decididamente en contra de mi religión? Alguna vez un amigo me preguntó cuál era mi relación con Dios. Vaya pregunta. ¿Sabes qué le respondí, Braunstein? Mi relación con Dios es lujuriosa, eso le dije. ¿Te imaginas su expresión? Era cristiano, desde luego, de otra forma no me hubiera atrevido... Sí, esta anécdota refleja que Dios siempre ha sido un personaje problemático en mi vida, a pesar de que a todos los que se los he contado me creen loca. El Dios de mi padre y de mis antepasados me persigue sin que pueda yo evitarlo. Si dejé a mi familia y me confieso atea es porque se trata de la rebelión más simple y tonta de la historia. Soy una niña traviesa, te consta, Braunstein. Y Dios siempre está ahí para mirarme, escuchando cómo lo niego y riendo conmigo (eso espero, a lo mejor está furioso y yo voy a condenarme en el infierno). Curioso, ¿no? Te lo voy a decir de este modo: yo actúo sólo para los ojos de Dios. Como lo oyes. No para los hombres sino para Dios, mi único testigo, el crítico implacable de mis representaciones. No te rías. Y te puedo decir más: vivo pensando que Él me observa. ¿Caes en la cuenta de la perversidad y la doble excitación que supone hacer el amor cuando una se siente observada por Dios? No te sonrojes, así lo hacía contigo, mi querido Braunstein. Y con todos los demás, con tu perdón. Hasta en las raras (¿me crees?) ocasiones en que he cometido adulterio —que me he acostado con hombres casados— ha sido con el interés especial de que Dios me mirase. ¿Te parece una locura? ¿Una blasfemia? Tú ni siquiera contemplas la posibilidad de que exista un Ser Superior diferente de tu amigo Gruber. ¿Le rezas en las noches? ¿Tienes una foto del director en tu habitación y la miras de vez en cuando con veneración? Disculpa la burla, no puedo contenerme, me conoces. Sabes que te quiero bien, Braunstein, ¿o no?

O.K., ya empecé a desvariar como de costumbre, perdona a esta alma descarriada. Pero es cierto lo que te he dicho antes: me convertí en actriz para ser vista por el mayor número posible de gente y, también, por Dios. Soy vanidosa, orgullosa, egocéntrica, etcétera, pero también muy insegura. Necesito llenarme con las miradas de los demás, justificar mis actos. ¿Cómo saber si me equivoco o acierto estando sola? ¿Cómo ser una buena actriz si nadie me vigila? ¿Cómo ser mujer sin ser vista por los demás? Lo mismo sucede con el teatro, por eso siempre son mejores las actrices que los actores, con todo el respeto que me merecen. La actuación es la máxima desinhibición posible dentro de un marco ritual; en el escenario se hacen cosas frente a los otros que jamás nos atreveríamos en otra parte. Necesito esa impudicia disfrazada para liberarme de mis cadenas (¿comprendes de lo que hablo, Braunstein?). La niña judía se libera al fin... ¡Cómo no!

Braunstein, querido Braunstein, ¿qué más quieres oír? ¿Prefieres que llore, que me comporte como si fueses mi psicoanalista y te contase mis traumas infantiles, mi complejo de Electra, mi primera vez y toda esa basura? Claro que no, no somos tan diferentes tú y yo. Me encantaría volver a trabajar contigo, acercarme al parnaso de Gruber y disfrutar de sus conocimientos (mientras ustedes disfrutan con mi actuación y con mi cuerpo).

EL SUEÑO

Me levanté violentamente, temblando. Frente a mí no dejaban de aparecer las imágenes y sensaciones de las que acababa de salir, como si la vigilia no fuese cierta. Dudaba si había despertado o si me encontraba en una secuela aún más asfixiante del sueño. Los rostros de Zacarías y de Gamaliel se fundían en uno solo y aparecían en todos los rincones del cuarto. Se acercaban a mí y me decían que los siguiera, que me enseñarían lo que habría de pasar después. Y entonces me veía actuando, rodeada por el equipo técnico de filmación, con la borrosa figura de Gruber a lo lejos; estaba sentado sobre la *dolly* y daba indicaciones a diestra y siniestra. Yo apenas podía escuchar sus palabras, difícilmente le hacía caso, provocando su enojo. En torno a él se encontraban todos los demás, Javier incluido, mirándome como si esperasen mis errores. A mí me daba vergüenza y me equivocaba. Los reflectores me taladraban los ojos, apenas alcanzaba a distinguir lo que había delante de mí y no obstante debía continuar, tenía una misión que cumplir. Necesitaba leer las páginas del libreto, Gruber no me lo permitía, aún no me consideraba digna. Las luces se apagaban de repente, yo tenía un cuchillo entre mis dedos y en el piso yacía el cuerpo muerto de Carlos, mi esposo.

Me calcé los zapatos y salí al pasillo, desesperada, y toqué a la puerta de Javier. Me miró asombrado y de inmediato me invitó a pasar. Estaba en calzoncillos, pero no parecía sentirse incómodo. Cortésmente me preguntó que me pasaba mientras se ponía los pantalones.

—Lo correcto sería invitarte un café, pero aquí no hay *room-service* —me dijo, sentándose sobre la cama e invitándome a hacer lo mismo—. ¿Tuviste una pesadilla?

—¿Me veo muy mal?

—Fatal... Cuéntame.

Le narré el sueño hasta donde era capaz de recordarlo y luego, a instancias suyas, traté de explicárselo. Empecé a llorar. Sabía que era estúpido, pero no podía contenerme. Javier trataba de calmarme hasta que por fin consiguió que le relatase mi experiencia con Gamaliel. Desde el principio Gamaliel le había parecido antipático y ahora había encontrado un motivo para justificar su desagrado. Yo adivinaba que Javier se sentía herido con lo que le había dicho —aunque no imaginaba cuánto—, pero él era incapaz de reconocerlo y se esforzaba por mantenerse ecuánime. No entendía por qué lo había permitido —yo tampoco— mostrándose a un tiempo indignado y afectuoso.

—Gamaliel es de esas personas que hacen daño sin darse cuenta —me reprendió—. ¿Qué te puedo decir? Me irrita, en la cena se comportó como si nada hubiera pasado.

—Es verdad —le dije no muy convencida.

—¿Y qué piensas hacer?

—No lo sé.

—¿Pero él te gusta, no es así? —insistió.

—No. No sé, estoy muy confundida.

—Soy yo el que no comprende. Tú no eres una de sus putas.

—¿Yo soy una puta para ti?

—Claro que no —se puso nervioso—. Pero me molesta que otros puedan pensarlo.

—¿Te molesta?

—Desde luego.

Pobre Javier. Tan inteligente e incapaz de entender nada. Dejé que continuara acariciándome el pelo un buen rato hasta que me dormí. Por la mañana se encargó de despertarme antes de las siete, no le parecía adecuado que los demás me viesen salir de su habitación.

MALVIDO, GONZALO. Reconozco que para mí ésta es una experiencia curiosa. Desde que Braunstein me invitó a participar en este proyecto me dijo que estaba aceptado de antemano, pues no siendo actor profesional no debía estar sometido a una selección, y aun así me piden que escriba estas páginas. Sin embargo, no me molesta cumplir con este requisito, lo considero una oportunidad para expresarles mi interés y para que el maestro Gruber aprecie mejor mis aptitudes.

Mi profesión —va a parecerle extraño a mis próximos compañeros de trabajo—, poco tiene que ver con la actuación: soy crítico de arte. ¿Y qué diantres tiene que hacer un crítico de arte en una película? Eso mismo fue lo primero que yo le pregunté a Braunstein. Vaya, me respondió éste, es que uno de los personajes de la película es un crítico de arte. No me diga, le dije yo, ¿y si uno de los personajes fuera médico contratarían a un médico de verdad? ¿Y si el protagonista fuera Napoleón? Mi vena satírica a veces resulta incontrolable. En este caso necesitamos un crítico de arte auténtico. Más bien un auténtico crítico de arte, le contesté de nuevo, encantado con su oferta. Yo nunca he actuado, ni siquiera en la escuela primaria, pero de lejos el teatro siempre ha sido un ambiente cuyos escándalos me han fascinado en contraposición con la rutina y monotonía diarias de un ilustre y menospreciado académico.

No obstante, a fin de cuentas, *hélas*, la crítica y la actuación —o, más bien, la interpretación del arte y la interpretación de un personaje— no están tan reñidas. Al igual que el actor, el crítico de arte debe reencarnar en el personaje que estudia, tratando de comprender sus motivaciones y juzgándolo a la luz de estos mecanismos. De algún modo tiene que introducirse en el carácter de otra persona, o al menos fingirlo, igual que el actor, y convencer a los demás de sus lucubraciones, haciéndoles creer que habla con la voz de la verdad, como si conociera las intenciones del artista, como si fuera otro.

Por otro lado, no tengo idea de para qué pueda servirles un humilde experto en la Edad Media. Porque, hasta donde me dijeron, me están contratando como actor, para actuar mi propio papel, y no para asesorarlos en mi materia. Aunque supongo que para algo utilizarán mis conocimientos, *n'est pas*? Doce años estudiando piedritas y catedrales en Francia no son como para desperdiciarse. En el fondo pienso que no resultará tan mal (de otro modo no habría aceptado). Mucha gente me ha dicho, *excusez-moi*, que soy un *personaje*: cuando el público vaya al cine a ver la película, nadie imaginará que el gordo especialista en el año 1000 en realidad existe.

¿Qué irá a decir mi esposa cuando vaya con sus amigas a ver la producción del maestro Gruber y encuentre allí a su marido? ¡Vaya sorpresa! Lo que no le hará gracia, la conozco demasiado, es que no se lo haya dicho antes, *c'est à dire*, ahora mismo. Pero, *ma chérie*, el maestro Gruber me pidió que no se lo dijera a nadie, tú sabes cómo son excéntricos estos artistas, era un secretito. Sí, entre nosotros no debe haber secretos, tienes razón, prometo no volver a hacerlo. Y el impacto de sus amigas y mi buena disposición a las disculpas terminarán por convencerla.

¿Y mi jefe? ¿Y mis compañeros del Instituto de Investigaciones Estéticas? ¿Qué opinarán de que su siempre conspicuo y afectado colega se convierta en actor? Dudo que esas *bêtes* siquiera se paren cerca de una *salle d'art et d'éssai*, pero todo es posible. Qué más da. Soy un artista, no importa si en la crítica o en la actuación. Que ladren los perros, como dijera mi colega cervantino (la verdad es que esta cita la repito siempre y nunca la encontré mientras leía *El Quijote*). Quizá incluso, en el colmo de las casualidades, pudiese ganarme un Óscar o de perdida un Ariel por la mejor interpretación de mi propia personalidad. Suficiente escarnio por hoy. En realidad les agradezco la deferencia —¿soné elocuente, verdad?— y trataré de hacerlo lo mejor posible. *Merci bien!*

VERA, ZACARÍAS. Mi signo del Zodiaco es Aries y la única palabra que nunca digo es *imposible*. Nací en el estado de Guanajuato. Mi padre murió cuando yo tenía trece años. A partir de esa edad me hice cargo de mi familia —tenía tres hermanos más pequeños (uno ya murió)— y desde entonces no he dejado de salir adelante en cualquier situación que se me ha presentado. Soy terco, lo sé, y me parece una de mis escasas virtudes: yo prefiero llamarla *tenacidad*. Comencé a actuar profesionalmente a los dieciocho y a pintar por diversión a los cincuenta: más de cuarenta y tres años de carrera me respaldan; el buen nombre, como el buen vino, se hace con el transcurso de muchos años y se pierde en unos cuantos segundos. Quizá no sea una persona muy inteligente o muy culta —apenas he tenido tiempo para leer sobre mi profesión—, pero al menos me considero responsable y serio. Porque, si algo no puede reclamarme nadie, absolutamente nadie, es que yo no haya sido congruente en mi vida. Tanto arriba como abajo del escenario, frente a ricos y pobres, poderosos y desprotegidos —éste es mi único y gran orgullo— siempre he sido el mismo. No como los cientos de simuladores que nos rodean por todas partes, que se hacen pasar por otros, que niegan lo que son e imitan a los demás: a ésos, óiganme lo que les digo, a ésos habría que guardarlos en un cajón y cerrarlo con llave, no matarlos sino ignorarlos, dejar que continúen escurriendo su veneno sin permitirles hacer daño. Lo malo es que en este mundo de hipócritas y aduladores pocas veces se puede ser sincero sin despertar las sospechas y la mala voluntad de supuestos "amigos". Sólo quien posee una sólida educación —la educación es lo único que nos separa de los animales— es capaz de vencer sus instintos y a los demás. Un verdadero artista, como un verdadero hombre —de ambas categorías hay muy pocos— es quien se domina a sí mismo y plasma su fortaleza en una obra, bien sea a través de la actuación de un personaje o de la representación gráfica de su visión del mundo.

Debo reconocer que también soy alguien que se precia de tener muchos enemigos: dime cuántos enemigos tienes y te diré cuán sólidas son tus convicciones. No me cansaré de remar contra la marea ni de golpear a quienes ocultan la verdad, aunque eso me haya costado el ninguneo y el desprecio de los críticos oficiales, esas ratas de la vida cultural de México. No me importa: cuando yo sé que hay algo que debe hacerse —aunque me disguste— no descanso hasta lograrlo sin reparar en las consecuencias. De este modo he educado a mi familia —mi mujer por desgracia tampoco fue suficientemente fuerte para soportarlo y por ello se marchó—; al menos uno de mis hijos ha seguido mis pasos llenándome de una emoción mucho más valiosa que la vergüenza por la cobardía del otro (el que más se parece a su madre, y lo digo sin resentimientos). La satisfacción por cumplir con las obligaciones que se tienen es mayor que cualquier recompensa. Sólo el orden, este orden apegado a la razón, puede mantenernos con vida, puede hacer que la sociedad y el mundo se sostengan en vez de hundirse en el absurdo y la demencia. Orden y educación para salvarnos, para ser mejores cada día, para escapar a la destrucción. Arriba y abajo del escenario, ésta es mi única tarea.

YO SOY EL PRINCIPIO Y EL FIN

Así que por fin vería a Gruber. Se lo conté a Javier y se emocionó mucho más que yo. Me molestaba la imagen que hasta el momento se habían encargado de crearme de él: las alabanzas desmedidas de Braunstein, la admiración de mis compañeros y el respeto que se introducía en Los Colorines cuando se pronunciaba su nombre se me hacían francamente excesivos. Siempre se puede soportar a un egocéntrico que sólo habla de sí mismo, pero difícilmente se tolera más de un minuto a quien se dedica de tiempo completo a alabar a otro. Me sentía como en una película de misterio en la que la joven protagonista está esperando ver al *seigneur du château*; el suspenso ha mantenido a los espectadores en vilo durante más de media hora sin que haya sucedido todavía nada, sin que haya podido mirársele el rostro al príncipe de las tinieblas. Pero a mí el misterio nunca me ha gustado. Está indispuesto, nos dijo Braunstein para disculparlo (jamás he comprendido qué significa esta disculpa, si un dolor de estómago o una erección permanente e inocultable), y luego me llama a escondidas para decirme que se me ha concedido el privilegio de convertirme en la primera en ser recibida por el demiurgo.

—Javier, es absurdo este ambiente de expectación. Es tan artificial. Como si cada cosa aquí se hubiese vuelto sagrada porque Gruber se dignó a tocarla y cada momento fuese especial porque él lo vive cerca de nosotros. No me extrañaría que a su muerte quieran convertir este lugar en un museo.

—No digas eso —me reprendió Javier.

—Por favor, no me vengas con esas muestras de respeto...

—¿Es que no lo sabes?

—¿Qué?

—Gruber se está muriendo —la voz de Javier se volvió más grave, áspera—. Le diagnosticaron cáncer hace un par de años.

—Y por eso decidió filmar de nuevo —dije.

—Esta película es su testamento. Está en fase terminal. Ha renunciado a la quimioterapia, dice que prefiere morir trabajando en su película y no solo y anestesiado en un hospital.

—No lo sabía —repuse.

Excelente historia, magnífico pretexto. La agonía de un artista, la muerte de un poeta. Por eso todo lo que toca se convierte en oro, sus ideas son sagradas y hay que grabar cada una de las palabras que pronuncian sus divinos labios. Excelente actuación. Aplausos, por favor. Un Óscar al mejor director moribundo.

Lo peor es que era cierto. Gruber sí padecía un cáncer terminal y sí era uno de los más grandes cineastas vivos. Y, sabiéndolo, consciente de ambas cosas, él se encargó de llevar a sus límites la experiencia creadora. No tenía qué perder. Se dedicó a interpretar su propio papel, a inventarse un mundo a su medida, a llenarlo con personajes cuidadosamente seleccionados. La escenografía era tan buena que acabó convenciéndonos de su realidad del mismo modo que él y sus actores eran tan sólidos que hasta parecía que en realidad actuaban. Por fin, Gruber, nuestro creador, nuestro Dios, estaba por aparecer en la tierra de sus creaturas.

Libro cuarto

MEMORIAL DE SOPHIE

Lugano, Suiza, 12 junio de 1967

Amado Carl,

Me ha sido muy difícil decidirme a escribirte estas líneas. Discúlpame si lo hago de este modo. ¿Qué puedo decirte? Conforme transcurrían los días y no respondías a mis llamados me sentía peor, como si ya no pudiera escapar a la inercia que ha conducido a nuestra separación. A fin de cuentas creo que será lo mejor. Hasta el día de hoy me sentido como una prisionera dentro de una jaula desde la cual resulta imposible ver el exterior.

¿Qué fue lo que pasó entre nosotros? ¿Cuándo nos extraviamos? Estoy segura de que durante muchos años fuimos felices, mis recuerdos me hablan de ti con una sensación de ternura. ¿Qué sucedió entonces? Los últimos meses se volvieron insoportables para ambos, lo sé, pero ¿crees que ello invalida lo anterior? ¿Es imposible reconciliarnos? Acaso fue verdad lo que tú decías y mi carácter no estaba diseñado para adaptarse a los cambios de ambiente. ¿Has visto esas plantas que cuando las cambian de tierra no se marchitan pero dejan de florecer?

Háblame aunque te parezca absurdo, aunque a los demás les digas que he perdido por completo la razón: necesito saber que existo y sólo tú, mi creador, mi dueño, tienes el poder de comprobarlo.

Perdona mi atrevimiento, no pretendo molestarte. Incluso durante las peores peleas que hemos sostenido jamás he buscado herirte o lastimarte. ¿Por qué no me respondes? ¿Por qué te niegas a escribirme o a buscarme? ¿Qué te he hecho? No soy una cualquiera para que de repente decidas desaparecerme de tu vida, como si nunca hubiese estado ahí, a tu lado. No puedes, Carl: no es justo que me olvides o que me eches a este basurero de los Alpes con plena tranquilidad de conciencia. ¿Qué fue lo que te hice? Mi error, mi crimen, es haberte querido con todas mis fuerzas. ¿Vas a negarlo, Carl? Todos mis sacrificios, todo lo que cedí mantenía un solo propósito: que tú también me quisieras. ¿Es eso tan terrible? Sí, lo es, me contestarías si no fueras tan cobarde, si tuvieses un poco de valor y viajaras unos kilómetros hasta Lugano y te enfrentaras a mí. Pero no eres capaz de hacerlo —éste es uno de tus grandes defectos—, nunca has logrado vencer tu orgullo y reconocer tus errores. Va contra tu naturaleza. Ya he perdido la cuenta de las veces que me lo repetiste: las personas no cambian, decías, yo soy así y ni en mil años vas a poder modificar mi conducta ni yo la tuya. Valiente pretexto. Uno soporta a las personas hasta que no las soporta más. Qué fácil. Yo siempre toleré tus manías y en cambio tú ahora has decidido que ya no me quieres contigo. Qué sencillo. Pues no, Carl, no va a ser tan simple: te perseguiré hasta encontrarte, de mí nunca tendrás escapatoria. Te resultará imposible olvidarte de mí, Gruber.

¿O piensas que es sencillo convivir contigo? Siento decepcionar a tus admiradoras, a esa Birgitta que ahora ostenta mi papel en tu película, el papel que escribiste *para mí*: eres tan vano y tan superficial como cualquiera, tan mezquino y tan vulgar, aun cuando te hayas esforzado en inventarte una personalidad de artista puro y de poeta clandestino. Te conozco demasiado bien.

Pero no te asustes, no voy a revelar lo que sé de ti; imagínate lo que pensarían tus seguidores y Birgitta cuando les contase las infamias que hiciste para salir de nuestra patria. O si se enteraran de tus actividades en el partido comunista, de las veces que transmitiste información o de cuando traicionaste a decenas de compañeros tuyos... No sería capaz de hacerte eso, Carl, porque te amo, porque te amo profundamente, más que a mí misma. Jamás te vendería, aun sabiendo que tú sí lo harías conmigo.

No he tenido más noticias de ti que las de la prensa de Zürich. No había querido creer nada de lo que me decían hasta que vi esas horrendas fotos. ¿Por qué? Prometiste nunca hacerlo público. Al fin pude verte besando a la ahora famosa Birgitta. ¿En realidad es tan buena actriz? ¿O es mejor en la cama? Y lo más grave es que sé por qué razón lo has hecho —bien te encargaste de advertírmelo veladamente en cientos de conversaciones—: jamás permitiré que nuestra vida se vuelva aburrida, decías, haré *cualquier* cosa con tal de liberarnos del hastío. ¿Es así, Carl? No lo niegues, te conozco mejor que tú mismo. De una buena vez decidiste acabar con la monotonía de veinticinco años. Decidiste que la vida tranquila y feliz que llevábamos ya no te satisfacía. Tuviste que hacer que tu vida se pareciera a las de los grotescos personajes de tus películas, debíamos sufrir y violentarnos y herirnos con el solo propósito de *introducir un poco de arte en nuestra cotidianidad.* Casi escucho tu voz contándole esto a tus amigos, a Braunstein y a los demás, como si se tratara de un acto heroico.

¿Por qué dejaste a Sophie?, te preguntarían. Y tú, ufano, estarías encantado de responder: porque sin emociones un artista se desgasta y muere. Echarle la culpa al arte por una canallada como ésta. Birgitta contra Sophie, la juventud contra la madurez, la ambición contra el conformismo, el ímpetu contra la serenidad: hasta tus sentimientos transformados en pésimas metáforas. ¡Basura, Gruber! No eres otra cosa. Qué arte ni qué demonios. Es el colmo que para fornicar con esa niñita sin sentirte culpable tengas que inventar esta historia, invocar a las musas y conformar una tragedia completa. No tienes agallas. Pobre directorcito, déjales la pasión a tus actores, tú y tu arte son muy poca cosa comparados con las tormentas de la realidad, a la mera hora no te atreverás más que a huir. Te imagino aterrado en tu piso de Múnich, esperando que ya no te lleguen más cartas mías, que me esté calladita en mi sanatorio en Suiza. Lo peor que podría pasarte es que estuvieras en la situación de decidir. No lo soportarías, ¿verdad? Por eso te escondes, no eres capaz de hacer frente a las fuerzas que —en honor del arte, claro— te encargaste de liberar. Pues por mí tu arte puede irse a la mierda. Quédate con la ninfa idiota, a ver si consigues aguantar sus caprichos más de dos meses. Es toda tuya. A mí no me importa. Coge con ella hasta el cansancio, acábatela, consúmela como si fuera de pasta hasta que te seques por dentro.

Perdóname, no quise ofenderte, de veras: te necesito. No me importa lo de Birgitta, te lo juro. Haré como si nada hubiese sucedido, ¿de acuerdo? Entiende estas líneas como mi rendición incondicional. Sólo pienso en verte. Ven, por lo que más quieras. Siento que voy a morir aquí, sola, sin ti. No puedo más. *No puedo más.*

Olvídalo, no pienso hacerte ninguna reclamación. Por fin he comprendido que no volveremos a vernos. No te preocupes por darme explicaciones, ya no son necesarias. Hemos terminado definitivamente. A mí también me parece lo mejor, no tiene sentido torturarnos más, enloquecer con nuestras respectivas manías. ¿De qué sirve estar juntos si no podemos dejar de hacernos daño?

No creas que esta decisión no me ha costado trabajo, la he meditado mucho y he sufrido infinitamente con sólo imaginar que no volveré a estar contigo. Ha sido un dolor terrible y no niego que todavía lo tengo clavado en el pecho. Pero al fin me he resignado. El amor, el inmenso amor que guardamos el uno por el otro —estoy segura de que es así aunque tú no me lo digas—, no basta para mantenernos unidos. El cariño que nos profesamos no dice nada a nuestro favor. El amor que construimos entre nosotros, desgarrador y violento, es vano cuando se trata de sobrellevarlo a cualquier costo. Las personas se quieren y no por ello dejan de lastimarse hasta que las heridas son demasiado profundas e impiden la convivencia. Éstos son los mismos conflictos de tus películas sólo que en la realidad resultan —perdona que te lo diga— más desagradables que en la pantalla. Así son las cosas y debemos resignarnos ante lo inevitable. Me reconozco como uno de tus personajes más débiles, incapaz de seguir luchando por lo que quiero. Lamento mi derrota, mi indiferencia, pero ya no tengo energías ni carácter para desafiarte de nuevo.

¿Te complace oírme? ¿No son estas palabras las que habías estado esperando de mis labios durante tanto tiempo? Advierto tu alivio. Ya no voy a perseguirte ni a taladrar tu mente con reclamaciones; ya no vas a recibir más cartas ni telegramas desde Suiza; no volverás a escuchar de mí. ¿Qué te parece? ¿Feliz? ¿Al menos tranquilo? Los dos estaremos tranquilos después de tantos tormentos y luchas y peleas y después de tanto amor. Empezaremos una nueva vida. Seremos felices y sólo a ratos recordaremos que estuvimos casados y que trabajamos juntos y que fuimos arte y que nos quisimos hasta devorarnos. Éste será nuestro futuro. Sin más problemas ni decepciones. Libres para hacer cuanto queramos.

Ya estoy acostumbrándome a Suiza. Hasta el italiano me va gustando. Te echaré de menos, no lo dudes, pero estaré bien. Adiós, Gruber. Espero te acuerdes de mí en alguno de esos momentos que, según tú, rescatas del vacío y de la cotidianidad. Como si yo fuera uno de los escasos fragmentos de arte que aparecieron en tu vida. Un instante que no serás capaz de olvidar.

Por siempre,
Sophie

Libro quinto

ASÍ QUE USTED ES GRUBER

Traté de no sentir ninguna emoción, de no predisponerme, de comportarme naturalmente: a fin de cuentas sólo iba a conocer a nuestro director, a uno de los más grandes cineastas alemanes vivos y pilar del Nuevo Cine Alemán, como lo definía la Enciclopedia. Eufemio pasó por mí después del desayuno; disimulando un poco para que los demás no sospecharan, o al menos eso me pareció a mí, me sacó del comedor y me condujo a la casa principal.

—¿Trabajas con Gruber desde hace mucho?

—Desde que llegó a México —me respondió—. Carl es una gran persona, señorita. Ha hecho mucho por el pueblo, por mí.

—¿Vive aquí solo?

—No, señorita. Con su esposa, la señora Magda. Sólo que ellos ya casi no se ven.

—¿Están peleados?

—En absoluto, sólo que sus horarios no coinciden.

—¿Sus horarios?

—La señora se levanta al mediodía, mientras Carl ya está trabajando a las seis de la madrugada. Ella se acuesta temprano y él prácticamente no descansa.

—¿Duermen en habitaciones separadas?

—Para ser su primer día hace usted demasiadas preguntas —concluyó—. Vamos, ya falta poco.

Javier me había contado algunas de las excentricidades atribuidas al director; no podía evitar imaginarlo, entonces, como un ser oscuro y resentido, un viejo lleno de amargura y tristeza, desahuciado, en quien difícilmente podría reconocerse la vehemencia de su juventud.

—Carl continúa sin sentirse bien, si a usted no le molesta prefiere recibirla aquí.

Me irritaba la familiaridad con que Eufemio se refería a su jefe.

—Como él prefiera.

Las cortinas de la habitación permanecían cerradas y sólo al fondo, a un lado de la cama, se apreciaba un hálito de luz.

—Ábrelas por favor, Renata —esa voz ya no era la de Eufemio, el cual se había retirado cerrando la puerta tras de sí, sino la del eximio director.

Conforme yo manipulaba los hilos y las paredes tapizadas se llenaban de luz, mi miedo se acrecentaba; temía reconocer sus facciones de pronto, sin estar lista. De reojo vi su pesada figura erguida sobre las mantas.

—Acércate —me ordenó—, quiero mirarte de cerca.

No parecía un hombre acabado; por el contrario, ni siquiera se le notaba enfermo. Su voz era ronca y no admitía dudas.

—Así que usted es Gruber.

—¿Te decepciono? No me hables en ese tono, por Dios, que no soy tu abuelo. Ven acá, junto a mí.

Caminé hasta su lado; él me tomó el rostro con sus manos gruesas, callosas, pasando sus dedos por encima de mi frente y mis mejillas.

—Perfecta —dijo.

—Gracias —le respondí bruscamente y me alejé unos pasos.

—Eres demasiado desconfiada. Aunque eso me gusta, después de todo.

Hablaba con una prepotencia que no dejaba de irritarme, como si tuviese que probarse a sí mismo que continuaba siendo el genio de siempre, capaz de manejar a su antojo a los demás.

—Supongo que Braunstein ya te contó lo necesario sobre este proyecto —me dijo mientras se ponía una bata de fieltro rojo.

—No ha hecho otra cosa que hablar de usted...

—De ti —interrumpió.

—De ti —repetí—, y sin embargo en realidad no tenemos idea de qué vamos a hacer.

—¿Y eso te preocupa?

—No, pero tampoco encuentro justificación para tantas reservas. ¿Por qué no nos han dado nuestras copias del guión? Parece como si fueran a obligarnos a trabajar a ciegas.

—Ésa no sería la definición más exacta —se acercó a una cómoda, sacó un cigarro de un cajón y lo encendió—. ¿Te importa?

—Me da lo mismo. Son *tus* pulmones.

—Aunque Braunstein debió explicártelo, a veces mi viejo amigo no resulta muy claro cuando habla —añadió después de una sonrisa—. Yo pienso que no debe haber una separación entre el arte y la vida. ¿Habrás escuchado mis teorías, no?

—Sí...

—Entonces, si en la vida no tenemos un guión, es decir, si no podemos saber exactamente qué es lo que pasará después, en una película debe suceder lo mismo.

—Sólo Dios conoce el argumento por anticipado.

—No quiero ser tan arrogante, pero así es.

—¿Y qué quieres que hagamos nosotros?

—Que se comporten normalmente —dio varias fumadas, el

aire se llenaba con el aroma a tabaco—. Yo únicamente me encargaré de introducir ciertos elementos de ficción en la historia, pero ustedes fueron escogidos para actuar tal como son en realidad. Incluso los nombres que tendrán en la película serán los verdaderos.

Me senté en la cama, sorprendida.

—Poco a poco, igual que los demás, te irás enterando de cuál es tu papel y de qué relaciones mantienes con los otros dentro de la película. Claro que esto tú no debes comentarlo con ellos todavía...

—¿Entonces por qué me lo dices?

—Me inspiras confianza —se acarició la barbilla y al fin dejó de mirarme—. Dime, ¿te simpatizan los otros miembros del grupo?

—No los conozco bien. Ruth es muy amable, Javier ha sido muy atento, Sibila me parece simpática.

—¿Qué piensas de Zacarías?

—Es un tanto insoportable, aunque casi no he hablado con él.

—¿Y de Gonzalo?

—¿El gordo? Perdón, ni siquiera tenía idea de cómo se llama.

—¿Y Gamaliel?

—Es simpático —mentí.

—¿Y por qué no lo mencionaste al principio? —insistió Gruber.

—Lo olvidé.

—¿Te parece atractivo?

—No es feo —me ponía nerviosa y él se daba cuenta.

—¿Te acostarías con él? —me preguntó en un tono neutro que yo sabía cómo interpretar.

Me quedé en silencio. Gruber se había detenido junto a mí y no me quitaba los ojos de encima. Sentía el humo de su cigarro en el rostro, cegándome.

—Te lo pregunto, porque en la película él hará todo lo posible por acostarse contigo. Va a ser su única preocupación.

—Que haga lo que quiera —respondí confusa, esforzándome para que mi tono sonase despreocupado.

—¿Ves cómo se va armando el argumento de la película por sí mismo? Nada más hay que darle algunos empujones...

Me inquietaban sus palabras; no estaba segura de si se trataba de una coincidencia, de si él estaba adivinando o si sabía lo que había ocurrido entre Gamaliel y yo en la capilla. Traté de tranquilizarme; nadie nos había visto y, con la excepción de Javier, nadie tenía conocimiento de lo sucedido. ¿Estaba segura? ¿O acaso Gamaliel lo habría contado a alguien más? ¿Al propio Gruber? La sola posibilidad de que así hubiese sido bastó para enfurecerme. Gruber lo notó.

—Te voy a contar otra parte de la historia, Renata: en la película, Zacarías será tu padre; y Arturo y Javier, tus hermanos.

—Y Ruth será mi madre.

—Exacto. Ustedes conforman el núcleo de la trama. De nuevo, los fragmentos del guión van apareciendo poco a poco... Lo importante no es que tú estés auténticamente convencida, al momento de actuar, de que ellos *son* los miembros de tu familia, de que son tu *única* familia. Es lo que debemos lograr juntos.

En sus frases había un entusiasmo exagerado, poco convincente, como si fuese él quien pronunciase un monólogo aprendido de memoria.

—Háblame de tu padre —exclamó de pronto.

—Sabes que no puedo.

—Haz el intento.

—Apenas lo recuerdo —me negaba a padecer terapia por enésima ocasión—. Mi madre tuvo que abandonarlo cuando nosotras éramos muy pequeñas y desde esa época no lo he vuelto a ver.

—¿Por qué? ¿Por qué dices que *tuvo que abandonarlo*?

—Se volvió loco. Así, de manicomio. Me vienen a la mente decenas de pleitos que yo alcanzaba a escuchar entre ellos. A mi hermana y a mí nos encerraban para que no nos enteráramos, pero resultaba peor. Oíamos los golpes que él le daba y llorábamos hasta la desesperación. Luego, cuando nos abrían, ella sangraba o se le notaban los cardenales en los brazos. Un día, mi madre no resistió más; le arrojó un cenicero y lo echó de la casa con la ayuda de mis tíos.

—¿Desde entonces no has sabido de él?

—No. Ha llamado a la casa, a veces llorando y a veces insultándonos. Mi abuela siempre nos obligó a colgarle.

—¿Te gustaría verlo?

—Creo que no lo soportaría.

—Pues ahora vas a tener que enfrentarte con él —Gruber pronunció las palabras con la mayor seriedad.

No estaba de humor para juegos, bastante había cedido contándole sobre mi pasado para tolerar sus comentarios.

—No me parece gracioso.

—Y no lo es. Por fin, después de tanto tiempo, vas a reencontrarte con tu padre. Con Zacarías.

—Es de muy mal gusto ponerlo de este modo.

—Olvida tu susceptibilidad. Él es tu padre, el *único padre que tienes ahora*.

No pude evitar que algunas lágrimas comenzaran a escurrir por mis ojos. Era demasiado para unos cuantos días: mi rompimiento con Carlos, lo sucedido con Gamaliel y ahora ese recuerdo impostado.

—De hecho —continuó, implacable— a partir de ahora no podrás recordar a tu padre más que con el rostro de Zacarías.

Me sentía deshecha. Hice un esfuerzo por poner en mi mente los escasos rasgos que recordaba de mi verdadero padre e inevitablemente, en contra de mi voluntad, se confundían con los de Zacarías. ¿Es que ya ni siquiera era capaz de reconocerlo? Tras unos segundos, Gruber me tomó entre sus brazos y, olvidando su rigidez y su autoritarismo, hizo lo posible por consolarme. Me aferré a su cuerpo, llorando; necesitaba abrazarlo y golpearlo al mismo tiempo.

—Tranquila —murmuró.

Yo había perdido conciencia de mí, como si le hubiese entregado mi voluntad y me dejase llevar únicamente por sus deseos. No sentía más que un inmenso vacío, un hueco que lentamente se iba apoderando de mí. Pero, ¿cómo salir de ahí? ¿Cómo escapar de la maraña que me rodeaba?

—¿Te sientes mejor?

—Sí. Me sobresalté, no volverá a ocurrir. ¿Así que éste es tu sistema de trabajo?

—A lo largo de mi vida he aprendido que muy pocas cosas son verdaderas. Si hubiera podido filmarte cuando llorabas hace un momento, hubiese sido un gran triunfo para mí y para el arte.

—¿No te importa jugar con las emociones de los demás?

—No me lo reproches —se enfadó—, nadie tiene derecho a reprocharme nada a *mí*. He hecho doce películas, cada una catalogada como una obra maestra, y sin embargo ahora me doy cuenta que no valen un comino. ¿Jugar con las emociones de la gente? Por favor, eso lo hacemos en todo momento; siempre que convivimos con alguien sucede lo mismo, así que no me vengas *a mí* con tus prejuicios moralistas...

—Ahora entiendo que hayas dejado de filmar durante tantos años, lo que no me queda claro es por qué lo intentas de nuevo. ¿Crees que ahora será distinto?

—No voy a permanecer mucho tiempo más en este planeta —su sarcasmo era frívolo y torpe—. Pero no pienses que quiero hacer mi testamento fílmico; no te dejes engañar por las apariencias. Sólo *quiero* filmar esta película y *voy* a hacerlo.

—¿Así de simple?

—Sí.

—¿Y no admites que te contradigan?

—*Nunca.* Voy a rodarla y nadie podrá impedirlo. Aunque me cueste la vida.

EL JUICIO (III)

Cuatro son los humores que reconoce la teoría griega clásica: la sangre, la flema, la bilis amarilla y la bilis negra o *atra* bilis. A su vez, a cada una de estas sustancias, de acuerdo con su preponderancia en el organismo humano, le corresponde un carácter determinado. La preeminencia de la sangre genera el temperamento sanguíneo, que se caracteriza por su fortaleza, su esencia caliente y húmeda, y su relación con el fuego; su estación propicia es la primavera y su planeta protector, Júpiter. La flema produce el temperamento flemático, caracterizado por la templanza; su esencia es fría y húmeda; su elemento, el aire; su estación, el invierno y su planeta, Venus. La bilis amarilla provoca el temperamento colérico, notable por su irascibilidad; es caliente y seco y se relaciona con el agua, el verano y el planeta Marte. Por último, la bilis negra conduce al temperamento melancólico frío y seco, cuyo elemento es la tierra; su estación, el otoño y su planeta, Saturno.

Según Galeno, la base de esta división se debe a Hipócrates, aunque en realidad el texto en que primero se hace referencia a ella de modo definitivo, *De la naturaleza del hombre*, pertenece al siglo IV. Sin embargo, es a la melancolía a la que le ha correspondido un papel principal en la historia, pues por diversas razones se ha considerado que artistas y creadores —a más de ladrones y perezosos— se encuentran dentro de esta categoría. A partir de ese siglo, justamente, la idea de la melancolía comienza a teñirse con significados que no le eran propios; la locura poética de las tragedias y el llamado furor platónico impregnaron el concepto al grado de señalarse que ambas manifestaciones sólo se asociaban con este temperamento. Con la aparición del denominado *Problema XXX, 1*, erróneamente atribuido a Aristóteles, la melancolía se une indisolublemente al arte y a la sabiduría. "¿Por qué todos los que han sobresalido en la filosofía, la política, la poesía o las artes eran manifiestamente melancólicos", comienza el fragmento, "y algunos al punto de padecer ataques causados por la bilis negra, como se dice de Heracles en los mitos heroicos?" (traducción de R. Klibansky). La bilis negra, según se creía, operaba como una especie de alcohol que era rápidamente absorbido por el cuerpo y afectaba directamente la disposición del alma. De acuerdo con esto, los melancólicos oscilan entre un variado espectro de actitudes, que van desde la inmoderación sexual, la avaricia y la vehemencia hasta la sutileza del pensamiento y la invención artística. De los melancólicos, Galeno dice que son firmes y sólidos; Vindiciano que son astutos, pusilánimes, tristes y soñolientos; Isidoro que son "hombres que no sólo rehúyen el trato humano, sino que desconfían hasta de sus amigos queridos", y Beda que son estables, serios, ordenados en sus costumbres y falaces. Incluso fisiognómicamente se les dibuja con la piel azafranada, el cabello y los ojos negros y muy delgados.

Es durante la Edad Media y el Renacimiento cuando los melancólicos pasan de ser individuos apocados y más bien despreciables a la condición de artistas y poetas como lo prefiguraba el *Problema XXX, 1*, al desarrollarse su vinculación con Saturno.

Cronos, como se le conocía en la antigüedad, era un dios ambivalente que lo mismo era portador de desgracias que el benéfico protector de la agricultura. De acuerdo con Vettius Valens, la influencia de Saturno hacía que los hombres se rechazaran a sí mismos, que tuviesen gustos solitarios, que fuesen delirantes, cabizbajos, hipócritas al mirar, entecos, de corta estatura, vestidos de negro y con la piel amarillenta, postulados que en gran medida se acercaban a los de los melancólicos. A lo largo de toda esta época, pues, la melancolía fue no sólo identificada con los artistas, sino que éstos no dudaron en convertirla en uno de sus principales motivos, debido a su asociación con Saturno. La llamada *Dame Merencolye*, es decir, su personificación femenina como consejera de poetas y pintores, comenzó a popularizarse en Europa y pronto se convirtió en un emblema de los desafíos de la creación. Entre miles, los ejemplos más importantes de estas manifestaciones los constituyen el famoso grabado *Melencolia I* de Albrecht Dürer y la ahora desaparecida *Malancolia* de Andrea Mantegna.

¿A qué se debe esta identificación de la Melancolía con el Arte? La cuestión no parece tan complicada —aunque aún tenga aristas indescifrables—: la Baja Edad Media y el comienzo de la modernidad fueron épocas en las que el arte y el conocimiento eran vistos como las porciones fundamentales de la vida del hombre. Nunca antes los creadores habían sido valorados con tanto entusiasmo y nunca antes la confianza en el poder de invención y fantasía de los hombres había sido tan fuerte. Músicos, poetas, pintores y escultores viajaban de pueblo en pueblo dejando testimonio de sus obras que pronto empezaron a suplantar a la realidad. Ciudades como Roma o Florencia son ejemplos perfectos de la sustitución de la naturaleza por trabajos surgidos de la mente humana. El individuo transformaba el mundo y por primera vez conscientemente se enfrentaba a Dios. Ocupando el lugar de la religión, el arte se convirtió en un instrumento profano para conseguir la salvación, la trascendencia. Pero, si observamos al personaje alado de la *Melencolia I* de Durero, difícilmente podremos apreciar esta confianza. ¿Qué fue lo que sucedió en el transcurso de estos pocos años? Ni el arte ni el conocimiento parecen satisfacer ya al artista —al hombre abandonado en el universo—, y la desolación no tarda en invadirlo.

Contemplando la vacuidad de su obra y del saber, el artista melancólico emprende una carrera fútil contra su propio destino. Crea porque no tiene otro remedio, convencido de la falsedad de su intento. El arte —lo entiende ahora, lo sufre, lo medita— corrompe a los hombres. No es más que un vil sustituto, un trabajo vano, una jaula de mentiras. Como dice Barting, es "un genio con alas que no va a despegar, con una llave que no usará para abrir, con laureles en la frente, pero sin sonrisa de victoria". O como señalan Klibansky, Panofsky y Saxl en el más importante estudio sobre este tema que se haya emprendido, *Saturno y la melancolía*: la protagonista del grabado "permanece sentada delante de su edificio inacabado, rodeada de los instrumentos del trabajo creador, pero cavilando tristemente con la sensación de no llegar a nada". Por qué todos los que han sobresalido en la filosofía, la política, la poesía o las artes son manifiestamente melancólicos, preguntaba el *Problema XXX, 1*. Porque todos ellos, filósofos y políticos, poetas y artistas, reconocen la abrumadora inutilidad de su esfuerzo.

DISPUTAS CONYUGALES

Gruber pareció animarse después de su conversación conmigo y aceptó vestirse y comenzar el resto de las entrevistas. A mi regreso, los primeros en ir a la casa principal, nuevamente acompañados por Eufemio, fueron Ana y Arturo. Partieron cerca de las doce del día y nos los vimos volver hasta las seis. El resto, en cambio, no teníamos una agenda programada, ni siquiera parlamentos para estudiar como se haría en cualquier otra película; algunos se quedaron en sus cuartos leyendo o conversando —Sibila y Braunstein se perdieron desde temprano y nadie dudaba de que estaban a punto de reiniciar las relaciones que, según ella, él había interrumpido hacía cinco años—, pero la mayoría aprovechó para interrogarme sobre mi visita. No estaba de humor para responder a sus interminables preguntas, pero tampoco podía evadirlas: a fin de cuentas todos estábamos en la misma situación y teníamos el mismo derecho a saber lo que ocurría.

Lo repetí claramente: la película trata de una familia —nosotros— que se reúne en una vieja propiedad para pasar unas vacaciones en la que parientes y amigos que no se han visto en mucho tiempo tienen la oportunidad de volver a relacionarse. Zacarías es el jefe de la familia, un pintor retirado; Ruth, su esposa, y Arturo, Javier y yo, sus tres hijos. Los papeles de los demás aún no los conozco. Es una especie de saga familiar o algo así. En la conjunción de tantos caracteres diferentes, los problemas y las explosiones no tardan en aparecer.

—¿Y ésta es la gran película del siglo? —se burló Zacarías—. Al menos me dieron el personaje que me correspondía, pero no veo por dónde esto se convertirá en una obra maestra. Parece una telenovela.

—Esa historia también podría ser de O'Neill, lo importante es cómo vaya a desarrollarla —lo corrigió Ruth.

—¿Lo ven? —repuso Gamaliel con gracia—. Los esposos nunca se pueden poner de acuerdo...

Apenas reímos, como si algún tipo de punzada lastimase nuestra piel; con Zacarías la tensión jamás llegaba a relajarse.

—¿Y cómo es él? —intervino Luisa—. Físicamente, digo.

—Igual que en las fotos, sólo que más viejo.

—Hijos míos —nos amonestó Zacarías—, yo creo (y ustedes que dependen de mí deben aceptarlo) que deberíamos ir a romperle la madre. Estoy harto de estos jueguitos adolescentes.

—¿Por qué tanta prisa? —replicó Javier—. Ya te tocará tu turno y entonces podrás decirle lo que se te antoje.

—Es el colmo que los hijos no respeten a sus padres —gruñó Zacarías—. A este muchachito parece que no logré educarlo como debía.

—Lo siento, yo me voy —dije—, tengo mejores cosas que hacer...

—Otra desobediente —continuó Zacarías.

Ni siquiera lo volteé a ver y me marché; Javier no tardó en seguirme.

Ana y Arturo reaparecieron entre nosotros por la tarde, pero se mostraron aún más reacios que yo para hablar de lo que habían hecho con Gruber. Permanecían en silencio, distantes y visiblemente contrariados. Esquivaron con brusquedad la retahíla de preguntas del resto del grupo y las ironías de Zacarías y Gamaliel. Lo más que hicieron fue confirmar lo que yo ya les había dicho.

—¿Y tú, Ana? —le dijo Luisa.

—Soy la esposa de Arturo —respondió.

—Los que siguen son Sibila, Ruth y Zacarías —explicó Arturo—. Eufemio no debe de tardar en venir por ustedes.

A los pocos minutos, el secretario repitió sus nombres y los acompañó en lo que comenzaba a convertirse en una especie de rito iniciático. La cena se llevó a cabo con los que nos quedamos en un ambiente opaco y desganado. De vuelta en nuestros cuartos, coincidí con Ana en nuestro baño compartido y, un poco a disgusto, nos sentamos a conversar en su habitación. Me dijo que no estaba molesta, sino absolutamente enfurecida.

—Jamás pensé que ser actriz fuera tan difícil —dijo—. Me obligó a actuar como si el pendejo de Arturo en realidad fuera mi esposo, ¿te imaginas?

—Estás acostumbrada a fingir, no es para tanto.

—Esta vez fue diferente. Como si todo fuese cierto. Nos obligó a pensar que era cierto.

—¿Tanto así?

—No teníamos otra opción. Quiero estar en la película. Gruber dijo que no iba a filmar simulaciones. Nos hizo conversar durante horas sobre nuestro pasado, sobre cómo nos conocimos, sobre nuestras peleas y nuestra boda... Nos hacía preguntas y teníamos que contestarlas, si no, se molestaba y gritaba. Hacía mucho que no sentía tanta presión —más que lamentarse, parecía no soportar que la trataran con rudeza, que lastimaran su orgullo—. Al final nos quedamos Arturo y yo solos y de veras parecía como si estuviésemos casados. Él trataba de tranquilizarme y yo no resistía oír su voz.

—¿No te das cuenta de que cayeron en su trampa? Gruber quería que *realmente* pelearan ustedes dos.

—¡Y vaya que lo consiguió! A ese pendejo no quisiera volver a verlo en mi vida.

—Arturo tiene la culpa.

—Claro que la tiene, se dejó llevar por Gruber. Y todavía se atrevió a tocarme, el imbécil.

—Tu reacción me parece excesiva.

—Excesiva porque tú no tuviste que aguantarlo. Carajo, no quiero seguir discutiendo. Me voy a dormir.

A la mañana siguiente aparecieron los tres visitantes nocturnos: Ruth, Sibila y Zacarías. Como era de esperarse, el resentimiento de las dos mujeres hacia nuestro improvisado líder se había agravado. De acuerdo con lo que Sibila me contó más tarde —Ruth se mantuvo férreamente callada y más distante que de costumbre—, el mecanismo no fue muy diferente del empleado conmigo y con Ana y Arturo. Básicamente Gruber volvió a interrogarlos sobre su vida y, con base en sus conocimientos previos, se dedicó a inventarles un pasado común lleno de altercados y conflictos que ahora intentaba sacar a relucir. Según la ficción del director, la situación era la siguiente: Zacarías, el pintor retirado, lleva casado más de treinta años con Ruth, pero su relación se ha enfriado completamente. Sibila, profesora de danza, ha sido amante de Zacarías y durante este tiempo se ha convertido en un apoyo invaluable para el excéntrico pintor, pero sus exigencias de que deje a Ruth para casarse con ella han hecho que él, por su parte, abandone a la coreógrafa. Pero lo más grave era que Gruber estaba logrando su objetivo y la distinción entre verdad y mentira, certeza y fabulación se desvanecía poco a poco.

DEL CUADERNO DE NOTAS DE GRUBER, LEÍDO A ESCONDIDAS POR RENATA (I)

Necesito filmar esta película. Debo hacerlo. *Porque mi película sobre el Juicio será mi propio juicio. El arte es el único juez ante el que puedo enfrentarme con la mínima esperanza de ganar o de que, al menos, se retiren los cargos contra mí.*

Una película con sólo dos temas: El Juicio y la Melancolía.

¿Les asusta el fin del mundo? ¿Le temen a lo que vendrá, a las terribles consecuencias, al Juicio? ¿A la ira del Creador? No deja de ser curioso que los seres humanos seamos tan cobardes. Incluso podría decirse que el miedo es una de nuestras características básicas. Pues déjenme decirles esto: el fin del mundo se verifica todos los días cada vez que muere alguien. Y lo mismo sucede con el Juicio: se lleva a cabo, con el mismo furor divino, en las mentes de todos los moribundos. Sólo aquellos agraciados con una muerte repentina escapan de sus dictados. Nietzsche decía, en uno de sus aforismos más bellos (y también más engañosos) que el Reino de los Cielos no es un lugar fuera de este mundo, sino un estado del corazón. ¿Acaso se imaginan ustedes al loco de Sils-Maria, con su

enorme bigote de escoba y su hermana vigilándolo sin tregua, hablando de los estados del corazón? Lo que yo quiero decir es que con el final de los tiempos y el Juicio sucede lo mismo: son estados del corazón (tampoco me hubiese imaginado a mí mismo usando semejantes palabras). Acontecen a cada instante, en las vidas de las personas. De eso tratará mi película. El fin del mundo y el Juicio convertidos en muertes individuales y en remordimientos del alma.

No hay peores castigos que la culpa y la incertidumbre. Éstas serán, a su pesar, las principales características de mis personajes.

Me han diagnosticado cáncer pulmonar. Si los dictámenes médicos se cumplen, no me queda siquiera un año de vida, en el mejor de los casos. Cuando te lo dicen, la muerte se instala en tu cuerpo como un inquilino que se niega a pagar la renta y a quien no puede echarse por ningún medio. Uno termina acostumbrándose a la idea y deja de oponer resistencia. Aprende a sobrellevarlo. La idea de morir, pues, no me asusta. He terminado por resignarme, por considerar que estoy sometido a un plazo improrrogable. Está bien, no me quejo. Lo único que lamento es que en realidad transcurra ese año —o más— sin haber fallecido. Es demasiado tiempo para pensar. A pocas personas se les condena a un Juicio tan largo, sobre todo sabiendo de antemano que está perdido.

Me siento como el personaje de La canción del verdugo de Mailer. Se me ha condenado a muerte pero lo peor es que los malditos no se deciden —o no se atreven— a ponerme la inyección letal o a conectar la silla eléctrica. Decenas de abogados interceden por mí en cientos de trámites e incontables instancias. Y yo no lo pido. Lo que quiero es que lo hagan ya, sin más titubeos. Quiero morir de una buena vez. Sin embargo mis apoderados —mi propia voluntad, mi horror al suicidio— se niegan a detener la maquinaria. ¿Hasta cuándo tendré que soportarlo?

Diez personajes. Los últimos hombres. Los sobrevivientes, los que han quedado tras la destrucción de la Tierra. Juntos, unidos inseparablemente en un espacio cerrado: la familia. Parientes y amigos, nada más, para estrechar la vigilancia. Ellos son los que tendrán que pagar por los demás. Todos son criminales, aunque no se den cuenta. Nadie, nadie escapa a la responsabilidad, a la culpa.

"Existe una maldad que no se puede explicar, una maldad virulenta y terrible que, de todos los animales, sólo la posee el hombre" (Bergman).

Los seres humanos —y los actores por encima de todos— son criaturas frágiles que con gusto ceden su voluntad al primero que se presenta. Entre menos decisiones tenga que tomar uno, mejor. Nada más fácil, entonces, que llevarlos, por el camino de sus propios instintos, hacia su destrucción. Lo único que hay que hacer es explotar la abstrusa, sórdida y oculta maldad que todos poseemos en el fondo de nuestra alma.

"El miedo a la libertad es el miedo a la soledad, sólo quien está solo es libre, por eso nos aferramos a los otros, es la constatación de nuestra debilidad" (R.W. Fassbinder).

Once individuos aislados teniendo que convivir entre ellos. La idea no es nueva, pero el sistema hace posible que las emociones se conviertan en una especie de caldo de cultivo. Muy concentrado, además. Se puede experimentar con ellos, enfrentarlos, obligarlos a amarse y odiarse casi sin que se den cuenta y sin que tengan posibi-

lidad de escapar. Una versión reducida de cómo Dios nos mantiene en el mundo.

¿Sería posible reconstruir las vidas de esta gente? Infiltrar elementos nuevos, crear entre ellos relaciones artificiales al grado de que las consideren propias? ¿Después de intensas terapias, aún serán capaces de distinguir lo que eran de lo que han pasado a ser?

Como dice Bergman, el arte sólo es una serpiente muerta rellena de hormigas. Parece como si estuviera viva, pero en realidad es apenas una simulación, un engaño. La tarea del artista, del auténtico artista, al contrario de lo que dice él, no es lograr por caminos sinuosos impulsos emocionales que el público interprete como verdaderos, sino provocar sentimientos verdaderos en los actores.

Sophie. En el fondo no sé hasta dónde hago todo esto por Sophie.

RECUERDEN QUE NO ESTÁN ACTUANDO

Eso es, sigue besándole el cuello y mientras tanto mete las manos por dentro de su falda. Exacto. Bájasela poco a poco mientras le acaricias las nalgas. Así, apriétaselas y comienza a besarle el pecho. Y tú continúa aferrándote a su espalda, dóblate ligeramente hacia atrás y concéntrate en sentir su lengua y sus manos sobre tu piel. Perfecto. Ahora los dos deben caminar juntos unos pasos, como si no se diesen cuenta de lo que hacen. Llévala hacia aquella pared y haz que se recargue en ella. Muy bien. Sube las manos por su cintura, con fuerza, sí, súbelas más, ya puedes quitarle el sostén, tíralo al piso bruscamente sin dejar de besarla. No puede haber ni un solo momento de relajación, ni un respiro. No debes dejar que ella piense lo que está haciendo. Si se lo permites se empezará a sentir mal, el remordimiento aparecerá demasiado rápido y no querrá llegar hasta el final. En cambio si su excitación no disminuye no tendrá oportunidad de pensar, las mujeres excitadas no piensan, no se concentran más que en su placer, son placer puro. Lo están haciendo muy bien. Tú mientras tanto levanta la cabeza y cierra los ojos, déjate llevar por lo que estás sintiendo. Y tú no pares, no puedes descansar aunque sientas los músculos fatigados. De acuerdo, desliza tu lengua por su piel, fíjate en las pecas doradas que hay en su cuello, pégate a ella para que sienta tu miembro por debajo del pantalón, junto a su sexo. Que sienta lentamente la humedad de tu saliva sobre sus pezones, decídete por el izquierdo y rodéalo con la boca, disfruta cómo se eriza junto a tus dientes y por fin atrévete a morderlo, con fuerza pero sin lastimarla, y mientras tanto con la mano apriétale el otro, haz como si trataras de meterlo adentro del seno, toma la punta entre el índice y el medio y restriégale el pulgar por encima. Y tú comienza a gemir, ahora te toca el turno de bajarle el pantalón y de aferrarte a sus nalgas. Que tu voz suene apagada, rítmicos los quejidos. Ya no, para, dile al oído, apenas. Por favor, ya no. Repite ese no decenas de veces, casi en silencio. Tú al contrario replícale, te encanta que se resista, al menos que haga el intento: te la voy a meter de todas maneras, porque eres una puta, mi puta, ¿verdad que eres mi puta? Y ella no dejará de decirte no, suéltame, es suficiente, hoy no. Con las yemas no dejes de restregar sus pezones, empújala contra el muro y ve deslizando tu rostro entre sus senos y luego por el vientre. Con los dientes bájale el calzón y después también con las manos, por detrás. Ponte de rodillas delante de ella y muérdele el pubis, siente su vello en tus encías, y con las manos sepárale las nalgas. Maravilloso, los dos están espléndidos. Tú ya no puedes más, casi no puedes más, estira todo tu cuerpo hacia arriba, pon las palmas de las manos contra la pared, como si necesitaras detenerte, como si fuera tu único apoyo. Y tú no la sueltes, no cedas ni por un segundo. Acaríciale el ano y mete tu lengua en su vagina, llénate de su humedad y de su olor, lámela toda en tanto buscas su clítoris, exacto, ábrele las piernas al máximo sin que ella se caiga. Chúpala, lo mismo que hiciste antes con sus pezones hazlo en esta ocasión con su clítoris. Tus no deben escucharse por todo el cuarto, más juntos, tu respiración agitada. Y comienza a intercalar no, así, muy bien, no, no, así, eso, no puedo más, por favor, así... Llévala hasta el final, tienes que llevarla hasta el final, ella no te está tocando y tú también estás a punto de venirte, pero no, tú no, sólo ella, es tu obligación. Eso, sigue, no descanses. Perfecto. Diez, veinte, treinta, cincuenta... Ya casi, ahí la tienes, métele un dedo por detrás, está a punto. Tú también lo sabes, o ya no sabes nada, no entiendes nada, eso, ahí. ¿Qué te pareció, Braunstein?

LA CÓMPLICE

—Sigo sin entender porqué después de casi treinta años vuelves a filmar —le dije—. Con un silencio de tanto tiempo traicionaste tu obra y con tu regreso traicionas tu silencio.

Me había llevado a otra de las habitaciones de la casa, una especie de sala con muebles rústicos y grandes reflectores por todas partes. Su set de pruebas, según me explicó, aunque más bien parecía una copia de la auténtica estancia de Los Colorines. Estaba vestido con un pantalón de mezclilla, una camisa a cuadros y botas, como un *cowboy* extraviado en otra película. Me advirtió que íbamos a trabajar muy duro, pero no resistía la tentación de evadir sus instrucciones.

—Sólo si realizo este proyecto le doy un sentido a lo que hice antes y a la inactividad intermedia. Aunque no lo creas es un intento desesperado de salvación.

—¿De salvación? —me atreví—. No me hubiera imaginado que fueses creyente.

—No lo soy. Cada hombre es el único y desgastado Dios que posee. Y yo necesito justificarme ante el mío —hizo una pausa—. Ahora siéntate acá y ayúdame a pensar en esto. ¿Sería posible que Ana engañara a Arturo, su marido, con Gamaliel?

—Sin duda —le respondí—. Nada más hay que verlos para saber que se gustan.

—Yo no creo que a Gamaliel le guste Ana, pero tampoco dudo que quiera acostarse con ella. Hay una diferencia.

—Pues tampoco pienso que Ana esté loca por él. Más bien lo haría, porque sin duda también ella lo haría, para vengarse de Arturo, para castigarlo y para reivindicarse.

—¿Tanto sería su odio, Renata? —exclamó—. Veo que vas comprendiendo los mecanismos del juego. ¿Y por qué querría vengarse? ¿Qué motivo le puedes imponer? Cuando se inventan personajes siempre hay que estar contestando preguntas en torno a ellos. ¿Porque ella no lo quiere?

—Al contrario. Porque ella lo quiere (no sé cuánto, quizá no está enamorada, pero al menos le importa conservarlo) tiene que cobrársela. Él es quien, por alguna causa, no la valora a ella. No es que no la quiera, sino que simplemente, con el paso de los años, se ha vuelto indiferente para él. Por eso, para echárselo en cara (el orgullo de Ana es más grande que su estatura), haría el amor con Gamaliel.

—¿Supones que Arturo tiene una parte homosexual?

—Tal vez.

Colaboraba con Gruber sin remordimiento. En el fondo me divertía su forma de crearles características nuevas a todos esos actores de segunda. Era como si introdujese verdaderos personajes en ellos, como si al llenarlos con emociones inexistentes los volviese de carne y hueso. Menos planos y más interesantes de lo que eran en la realidad.

—Puede ser —comentó distraído, como si fuese un elemento que no había considerado con demasiado detenimiento en su plan original—. Habrá que comprobarlo.

—¿Cómo?

—Ya encontraré un modo, no te preocupes.

Todo parecía tan irreal. De alguna manera me convertía en coautora del guión que nos disponíamos a rodar y ello sucedía con la mayor facilidad, sin conflictos. Al principio me había resistido a cualquier cosa que viniera de Gruber y de pronto, sin habérmelo propuesto, incidíamos juntos en la vida de mis compañeros. Había algo en el director que fascinaba y atemorizaba a la vez, un resentimiento que se apreciaba en sus ojos y al mismo tiempo una profunda tristeza que él se encargaba de disfrazar.

—Aquí estamos disponiendo de los destinos de los demás —le dije—, ¿pero qué pasa con el tuyo? ¿Y tu esposa?

—¿Magda? ¿Quieres que te la presente? No creo que valga mucho la pena...

—¿Por qué dices que no vale la pena?

—Oh, Magda es una mujer espléndida —se disculpó—, aunque tiene pocas cosas que decir.

—No la amas.

—No —contestó, fastidiado, como si él mismo se lo hubiese cuestionado decenas de veces—. Pero eso no importa. Es mi mujer, ella me quiere, me acuesto con ella de cuando en cuando, se preocupa por mi salud, no veo para qué pueda necesitarse el amor.

—Qué pobre racionalización. Si fueras el personaje de una de tus obras nadie te creería.

—No me importa que me creas —estalló—. ¿A ti qué puede interesarte? Por desgracia eres muy joven y todavía te tragas el cuento de que el amor existe y, lo que es peor, te deprimes si no lo encuentras. Cuando se ha llegado a mi edad uno descubre que lo más natural y lo más sano es olvidarse de él, sin discutir sobre si existe o no. Sólo olvidarlo. Igual que con Dios —tomó un respiro, se sentó en uno de los sillones, a mi lado—. Ya basta, continuemos con lo nuestro, ¿quieres?

—¿Quiénes son las siguientes víctimas?

—¿Te burlas de mí, verdad? —rió—. Está bien, no me molesta. Revisemos esto ahora. Javier te ama.

Me inquieté un poco, por momentos aún dudaba de si se refería a lo real o a la película.

—Pero si es mi hermano... —dije.

—Aun así. En el fondo él no ama a su noviecita, Luisa, es más, no *puede* amarla. Ella sí lo quiere a él, pero inexplicablemente eso hace que a Javier le resulte imposible corresponderle.

—Es de un carácter difícil. Siempre busca lo que sabe que no va a obtener.

—Por eso te busca a ti. Ya te habías dado cuenta, ¿no? Quizá ni siquiera es muy consciente de lo que siente por ti. Aunque no deja de haber detalles, aspectos de cómo se comporta contigo que no es capaz de controlar... ¿Crees que en algún momento podrías hacerle caso?

—Definitivamente, no.

—¿Por qué?

—Yo también lo quiero —exclamé, metida absolutamente en el personaje, en mi nueva personalidad—. Lo quiero mucho y me preocupa. Me agradaría verlo bien. No estoy dispuesta a hacerle daño.

—¿Qué daño?

—Podría besarlo o podría incluso hacer el amor con él, pero para mí sería como hacerle un favor, no me involucraría, en cambio para él...

—¿Estás segura? —rió de nuevo—. Me parece que te sobrevaloras. A lo mejor después de acostarse contigo en vez de enamorarse sucede lo contrario. ¿No temes ser tú la que se enamore?

—No.

—Yo no estaría tan seguro. Todavía me parecería un poco más lógico que lo rechazaras por miedo a perderlo definitivamente. En fin, lo único que estamos haciendo es plantear posibilidades.

Se levantó y fue a encender uno de sus acostumbrados cigarros. Por primera vez me detuve a mirarlo detenidamente, sin los prejuicios que había sobrellevado siempre que me le enfrentaba. No parecía un hombre enfermo, yo nunca lo hubiera adivinado si no me lo hubiesen dicho antes. Al contrario, aparentaba gozar de una vitalidad atroz, como si su mente no descansara ni un solo instante, como si cientos de ideas, reflejadas en los movimientos de sus manos y en sus gestos, lo llenasen de pronto y le fuese difícil acomodarlas linealmente. Sus ojos azules albergaban una mirada que traspasaba a las personas, un fino instrumento con el cual las analizaba al detalle. Me sentía indefensa ante él, convencida de que no podía ocultarle nada, de que con verme le era suficiente para conocer mi presente y mi pasado, mis angustias y mis decepciones, mis virtudes y mis defectos. Fascinada y aterrada, con una mezcla de atracción y asco, me daba cuenta de que cuando estaba con él yo era suya. Le pertenecía aun en contra de mi voluntad.

—Analicemos un último caso —dijo mordiendo el cigarro.

—Sólo voy a ayudarte si lo apagas —me atreví.

—Ni mi esposa se atrevería a pedírmelo.

—No te lo estoy *pidiendo*.

—¡Lo que tiene uno que hacer por el trabajo!

—¿Por el trabajo?

—De acuerdo: lo que uno tiene que hacer *por ti* —y restregó el cigarro contra un cenicero—. Pero te va a costar caro. Una hipótesis más compleja. Te voy a contar la historia de tus padres. Un lastre que cargan y del cual no hán podido desprenderse, que no han podido olvidar. ¿Quieres que continúe?

—Sí.

—Zacarías y Ruth llevan cinco años de casados. Arturo, tu hermano mayor, tiene cuatro años y Javier tiene dos. Sin embargo, las cosas entre ellos no marchan muy bien. Ruth está segura de que Zacarías la engaña constantemente con otras mujeres, lo cual es absolutamente cierto. Está desesperada. Es muy orgullosa y no puede permitir que alguien maltrate su vanidad. Por fin se decide a enfrentarse con su esposo. Le dice (aunque él no lo crea y ella tampoco) que quiere conocer a su amante. Que quiere verlo hacer el amor con ella. Que quiere que estén los tres juntos. Zacarías se espanta, jamás hubiese imaginado una proposición así de su esposa, pero la sola idea lo excita enormemente. Su esposa y su amante al mismo tiempo. Al principio se niega, aunque tras varias peleas y los interminables reclamos de Ruth finalmente accede.

—Entonces aparece Sibila...

—Exacto. Las dos mujeres se conocen en esta peculiar circunstancia, compartiendo a Zacarías.

—Lo que nunca entenderé es cómo alguien puede pelearse por un tipo como él.

—Es tu padre.

—Por eso lo digo.

—De acuerdo, pregúntaselo a ellas. Sólo llevan a cabo este particular *menage à trois* una vez, suficiente para trastornarlos a todos. Luego de un tiempo, Zacarías se deshace de Sibila, que prácticamente no entiende lo que sucede. Pero lo peor (óyelo bien), lo peor es que Ruth a las pocas semanas descubre que está embarazada. Y no puede quitarse de la cabeza que *ocurrió* esa noche.

—No puede estar segura.

—Eso no importa. Ella está segura de que *tú* eres el producto de *esa* noche. Es algo que no puede perdonarse. Que nunca podrá perdonarse. ¿Ahora comprendes mejor la situación general? La familia se reúne veintitantos años después en Los Colorines y Sibila también se presenta. Para que *tú* la conozcas. ¿Te imaginas el estado de tu madre cuando la ve y cuando tu padre la invita a quedarse? —en verdad Gruber parecía disfrutar con las perfidias que introducía en nosotros, quizá él ya tampoco advertía sus mentiras. De pronto cortó la conversación, como si nada de lo que hubiese dicho fuese relevante—. Bueno, ya casi es hora de comer. Te dejo para que medites en torno a las siguientes conductas de tu *familia*. Para que decidas cómo te vas a comportar con ellos ahora que conoces sus secretos.

ZACARÍAS, PINTOR

Toda una vida dedicado a pintar. A desgastar los pinceles, las brochas y las espátulas sobre infinidad de superficies; decenas, cientos de colores y texturas, de formas y de rostros, miles de horas consumidas para crear una obra que ahora reconozco inútil. Lo mejor que se podría hacer con cada uno de mis cuadros —lo descubro resignado y con vergüenza— sería quemarlos en una plaza pública, utilizarlos como carbón en las estufas, desaparecerlos de la faz de la tierra, convertidos en humo. ¿Qué mejor destino? Reincorporar ese material desperdiciado a la naturaleza, reintegrarlo a ese espacio que yo había pretendido sustituir con mis absurdas representaciones. Lo lamento, he corrompido mi vida a causa del arte y no me queda otro remedio que reconocerlo. Quizá sea tarde, pero más vale decir la verdad antes que morir en medio de la mentira. Mis pinturas no son más que fatuos intentos de aproximarme al arte. Jamás he alcanzado a rozarlo siquiera, lo he utilizado como pretexto para sobrellevar la miseria en la que me encuentro.

Por eso me he decidido, tras largas y dolorosas ausencias, a reunir en mi finca de Los Colorines a mi familia; les he extendido a todos, a Arturo y a su esposa, a Javier, a su novia y a su amigo, e incluso a Renata, una invitación para que vengan a pasar unos días con su madre y conmigo, para que reencuentren su niñez en esta casa y para que juntos expiemos las culpas de tantos años. No será fácil, pero valdrá la pena resucitar el cadáver de nuestros sentimientos: se trata de algo que *debemos* hacer, de una obligación que nos sobrepasa. Es un imperativo al que yo mismo me rindo, la necesidad de reconocernos en el seno de la institución familiar que decidimos abandonar hace unos años.

Aquí les anunciaré mi propósito de retirarme para siempre de la pintura al terminar este proyecto. No se trata de mi obra más ambiciosa, sino de la única que quizá tenga sentido: será la culminación de la historia de la pintura. El fin de mi carrera, el juicio sobre cuanto he hecho hasta ahora y sobre cuanto han hecho también los artistas de todos los tiempos. Mi testamento.

Mi buen amigo Gonzalo, uno de nuestros más destacados críticos de arte, me asesorará en este trabajo. Él, uno de los más grandes expertos en la Edad Media y el Renacimiento, es el único capacitado para colaborar conmigo. Casi no me atrevo a revelarlo. No se trata de un secreto, sino de una revelación, de un proyecto que a muchos les parecerá una locura, la obsesión de un demente. Será la realización de todas mis preocupaciones estéticas y morales: más que una obra de arte, la expresión conjunta de mi vida. Deseo reconstruir la *Malancolia* perdida de Andrea Mantegna. Y esa recuperación sólo podrá llevarse a cabo como contraparte de la destrucción de mi familia.

EL MUNDO HA QUEDADO ATRÁS

—¿Qué quieres que te diga, Javier? Yo tampoco lo hubiese imaginado. Es un tipo extraño pero sabe lo que hace.

—Y tú lo estás ayudando... —me respondió.

—Es un estilo de trabajo muy peculiar, pero funciona. Como si tuviéramos que sumirnos en nuestros papeles *todo el tiempo*. Así nuestras reacciones son mucho más espontáneas.

—Cuando yo fui con Gamaliel y Luisa la situación no me pareció divertida. Primero se dedicó a trabajar con ella y conmigo e hizo que Gamaliel nos esperara en otro cuarto en el que, según nos dijo después, se oía todo lo que hablábamos —a veces a Javier se le cortaba la voz pero hacía lo posible por que yo no lo notara—. Gruber se dedicó a inventar nuestra historia: repasamos la forma como ella y yo nos conocimos, nuestras discusiones y nuestras diferencias. Y la verdad es que me pareció que Luisa en realidad le creía, como si ya no notara la diferencia entre las palabras del director y su propio pasado.

—¿Ves a lo que me refiero? Logra convencernos de que no estamos actuando.

—Esto va más allá, Renata. No quiero sonar antipático, pero

yo de veras sentía que ella se enamoraba de mí, tal como Gruber se lo indicaba.

—¿Te molesta? —me burlé.

—Luego nos obligó a besarnos. Yo seguí con el juego, pero cuando me di cuenta, ella había dejado de actuar. Me besaba y me tocaba como si me quisiera, y esperaba que yo hiciera lo mismo. Te lo juro.

—No sé de qué te quejas —le contesté—. Siempre estás llevándole la contraria a los demás, ése es tu problema. Al principio tú eras el más entusiasta y yo desconfiaba; ahora los papeles se han invertido. Créeme, estoy segura de que podemos hacer una gran película.

—Ni siquiera suenas como antes —me regañó dolido—. ¿Él te pidió que me convencieras?

—No —me enfadé.

—No pensé que fueras tan influenciable. No alcanzas a comprender hasta dónde puede llegar esto. ¿Por qué eres tan insegura?

—Si ésa es tu opinión, no tenemos nada más que hablar —me di la vuelta y me alejé.

Javier tenía razón, pero entonces no supe —no supimos— comprender sus temores. Los ensayos, los extraños ensayos de Gruber, comenzaron a desarrollarse a un ritmo frenético. Incluso en nuestra vida cotidiana, convencidos de la utilidad de su método, empezamos a comportarnos con las personalidades que él nos había asignado. Los primeros días por seguirle la corriente al director, y después conducidos por una especie de inercia que sobrepasaba nuestras voluntades, nos dimos a la tarea de representar, prácticamente sin interrupción, nuestros respectivos papeles. De este modo, en las comidas Ruth y Zacarías se sentaban juntos y discutían como esposos, lo mismo que Ana y Arturo, Luisa y Javier (aunque ciertamente había notorias reservas por parte de algunos de los componentes de las respectivas parejas); de manera similar, Gamaliel galanteaba conmigo (yo había optado por olvidar lo sucedido entre nosotros) y, por extraño que parezca, tanto Ana como Arturo con el propio Gamaliel; sólo Gonzalo parecía no integrarse a los mecanismos de la historia. Mientras tanto, Braunstein continuaba sin alejarse un momento de Sibila.

El director había echado a andar la rueda del argumento, nosotros alimentábamos la caldera, y él ya sólo se dedicaba, en ensayos aislados, a pulir las emociones, los odios y las confrontaciones que quería provocar. Sin mucha conciencia, nos dejábamos arrastrar por sus indicaciones veladas, convertidos —como él buscaba desde el inicio— en vagos conjuntos de sentimientos puestos a su disposición. Sólo las repentinas dudas de Javier o la oscura lejanía de Ana o de Ruth enturbiaban a veces la univocidad de los resultados, pero en general no sólo tomábamos muy en serio nuestros personajes, sino con auténtico entusiasmo, como si en ellos se nos fuese la vida. Más dóciles que niños, nos convertíamos poco a poco en sus criaturas, en los brutales delirios que él se había encargado de introducir en nuestros cuerpos. Como si nuestro mundo, el mundo del que proveníamos, hubiese sido destruido sin remedio, la película de Gruber se había convertido en nuestro único hogar posible.

DEL CUADERNO DE NOTAS DE GRUBER, LEÍDO A ESCONDIDAS POR RENATA (II)

Sé que lo que voy a escribir es un error: no puedo dejar de pensar en ella. No como actriz ni como colaboradora. Su imagen, sus labios, el perfil de esta mujer del fin de los tiempos. Me odio. Tengo que quitarme esta idea de la cabeza, por el bien de la película. Sería intolerable. Mi perdición absoluta. Y también la de ella.

El otro día la obligué a actuar en un ensayo: tenía que desnudarse enfrente de Zacarías, como una muestra de obediencia hacia su padre y un argumento más para que ella lo odie. Es mucho más bella de lo que podía imaginar. En otra ocasión, sabiendo que sometía su voluntad y que violentaba sus deseos, la obligué a besar apasionadamente a Gamaliel. Lo hizo a la perfección sólo porque yo se lo ordené. Puedo intuirlo y me asusta. Lo peor es que, sólo por un instante, sentí celos.

Ellos se comportan inmejorablemente. He logrado apoderarme de sus almas. Me las han entregado como si yo fuese una clase de Mefistófeles. ¿Hasta dónde será posible conducirlos? No importa, ellos y sólo ellos serán los responsables de su propia condena.

No puedo negar que me preocupa Javier. Es el único que, por alguna razón (que no desconozco), se resiste a someterse. Pero a fin de cuentas quizá su rebeldía resulte utilizable.

Creo que podremos comenzar a rodar en un par de días. De cualquier modo he conseguido que parezca que el tiempo ha cesado de fluir. Nos hallamos en un continuum cerrado que nos absorbe por completo. La sucesión lineal de los instantes ha desaparecido.

¿Por qué la Melancolía? No debería ser tan difícil adivinarlo. Ella define el carácter de toda la película. El sentido que tiene para mí. Casi me darían ganas de titularla: El temperamento melancólico. Es tan simple: el ángel de Durero, postrado ante su creación, medita sobre el sentido de cuanto ha hecho. La Melancolía es el juicio del artista.

"Mis películas son más importantes que las vidas de los que se oponen a ellas" (W. Herzog).

No comprendo la razón por la cual ella me recuerda tanto a Sophie. Sophie hace cuarenta años. Un poco como en Rebecca, la va suplantando, al menos en mi memoria, sin darse cuenta. Pero lo repito: las consecuencias serían terribles para todos.

A veces dudo. ¿En realidad tendrá un sentido cuanto hago? ¿De veras vale la pena el enorme esfuerzo? ¿Para qué? Nada detendrá mi muerte, mucho menos el arte, ¿entonces para qué seguir? ¿Hacer una obra de arte que compruebe la inutilidad de las obras de arte? ¿Eso busco? ¿No supone un absurdo aún mayor en vez de una salida, de una salvación? Si la melancolía y el hastío fueran auténticos ya no me permitirían continuar. En cambio estoy aquí, sometido por propia voluntad a la absurda idea de alcanzar la verdad. ¿No la negué en tantas ocasiones, no me opuse siempre a los absolutos? Eliminar las mentiras y sustituirlas por emociones auténticas, aun a riesgo de destruir a los actores y en última instancia a mí mismo. ¿De dónde diablos pienso que debo hacerlo?

"Toda idea de Dios creada por seres humanos crea necesariamente un monstruo" (Bergman).

Ya no puedo detenerlos. Los he visto comportándose a solas y Braunstein me ha comentado sus impresiones, y coinciden con las mías. Nunca pensé tener tanto éxito. Han asumido sus papeles a la perfección, apenas distinguen mis lucubraciones de sus recuerdos. Han formado una auténtica familia, la de los últimos hombres. Ahora no puedo echarme atrás. Ellos son quienes están obsesionados por llevar sus relaciones hasta las últimas consecuencias. Tampoco pueden detenerse. El amor y el odio hasta las últimas consecuencias.

"En aquellos días buscarán los hombres la muerte y no la encontrarán; desearán morir y la muerte huirá de ellos" (Apoc., 9:6).

PERO MAGDA, SI USTED ES SU ESPOSA

A lo largo de las semanas que llevábamos en Los Colorines, la esposa de Gruber había sido como un fantasma, una especie de aparición —no muy diferente de los técnicos— a la que sólo veíamos de vez en cuando a lo lejos, apartada no únicamente de nosotros sino del mundo en general. Era una figura gris que por las tardes paseaba, acompañada de una sirvienta y una perra salchicha, por las vastas extensiones de la ex hacienda; nunca se nos acercaba ni intentaba establecer algún tipo de comunicación, como si no le estuviese permitido o como si el contacto humano la intranquilizara demasiado. Por los comentarios que Eufemio hacía de ella —siempre sarcásticos y malignos—, la actual mujer de Gruber no convivía con nadie a excepción de su perra, y en realidad desarrollaba todas sus actividades en un mundo aparte. Vivía en el ala poniente de la casa principal, en una espaciosa habitación en la que cada día con menor frecuencia se presentaba el director a charlar o a cumplir con sus deberes maritales. De hecho, las actitudes de todos, de ella y de los que la rodeaban, parecían negar su existencia como si padeciera una enfermedad contagiosa o fuese víctima de un vicio vergonzante. No dejaba de ser una presencia oscura que se resistía a abandonarnos y que, desde su lejanía, nos vigilaba en todo momento.

La situación se me hacía extrañísima; hasta donde me había contado Javier, Magda von Totten, la actual esposa de Gruber, había sido una de sus actrices favoritas a lo largo de muchas de sus películas. Habían trabajado juntos durante mucho tiempo y sólo varios años después de la muerte de Sophie habían decidido casarse. Yo no comprendía cómo esa mujer que había dedicado su vida a la actuación y al cine se desentendía con tal facilidad de la actividad de su marido, y tampoco que él no la tomase en cuenta para nada, manteniéndola apartada de nosotros.

Un día no resistí la tentación, dejé a mis compañeros y corrí a alcanzarla en uno de sus acostumbrados paseos. En cuanto me acerqué a saludarla sus facciones se contrajeron y sus mejillas perdieron el rubor. Tendría unos cuarenta años, pero continuaba siendo muy hermosa, de una palidez exagerada. Su cabello era rubio, casi blanco, y sus ojos de un color verde pálido. Me miró apenas, devolviéndome el saludo con una inclinación de la cabeza, y continuó su camino. "Espere", le dije, "¿puedo acompañarla un rato?" Su educación le impidió negármelo —tenía la voz aguda y suave— y comenzamos a pasear juntas. La sirvienta con la perra nos seguía unos pasos atrás.

—Disculpe —le dije—, no es mi intención importunarla.

—No lo hace —me respondió con marcado acento alemán.

—Perdone mi atrevimiento —insistí—, tenía mucha curiosidad por conocerla.

—No veo por qué —me interrumpió con ironía.

—Pero, Magda, si usted es la esposa de Gruber.

—¿Cómo sabe mi nombre?

—Todo el mundo la conoce.

No sabía hasta dónde ella iba a soportar mis preguntas, las

indagaciones que me obcecaba en hacer sobre su vida. Traté de sonar más amigable.

—Está usted casada con uno de los más grandes directores de cine vivos...

—¿Y usted cree que no lo sé? —repuso, amarga—. Lo que sucede es que ni usted ni sus miles de admiradores ni él mismo se dan cuenta de que en el fondo es un hombre como cualquier otro...

—¿A usted no le parece un gran hombre?

—Por favor, querida, lo que a mí me parezca no le importa a nadie. Yo soy la única que lo trata como persona. Los demás sólo lo ven como símbolo o como figura, sólo se fijan en su fama o en sus excentricidades. A mí eso me tiene sin cuidado.

—¿Puedo hacerle una pregunta íntima?

—Antes no pidió permiso y ya las ha hecho —su tono era neutro, agresivo por su parquedad.

—¿Es usted feliz? ¿Se puede ser feliz con alguien como él?

Magda hizo una larga pausa. Luego sonrió y casi soltó una carcajada frente a mí.

—Mi querida Renata —me contestó, demostrándome que también ella sabía quién era yo—, eso es algo que usted va a comprobar muy pronto.

Llamó a la sirvienta, me hizo una reverencia poco cortés, y emprendió el camino de regreso.

PERORATA DE GONZALO

Aunque ni yo lo crea, no me queda otro remedio que repetir aquí algunas de mis manías de siempre. Amablemente, Gruber me ha pedido, *entre-nous*, que lo asesore sobre algunos aspectos de su película. Mi papel, pues, será doble e idéntico: en el filme soy amigo de Zacarías y lo asesoro para llevar a cabo su proyecto pictórico, mientras en la vida real soy amigo de Gruber y lo asesoro para llevar a cabo su proyecto cinematográfico, que es justamente el de ser amigo de Zacarías y asesorarlo, etcétera. Muy borgiano, *n'est pas?* La historia dentro de la historia. ¿Será necesario entonces explicarles que Gruber ha creado en Zacarías una especie de *alter ego*; que la ficticia obra artística del supuesto pintor no es más que el espejo de la película que estamos realizando? Desde luego no se necesitaba poseer mi talento para descubrirlo, *ma chère* Renata lo hizo hace unos días, pero faltaba mi claridad de ideas para exponerlo de modo que no hubiese dudas ni desconfianzas. En efecto, nos hallamos en medio de la multiplicada locura del director alemán: como si Gruber fuese Dios y Zacarías su demiurgo —perdonarán que los inunde con mis terminajos técnicos—, nos encontramos ante la representación dual de la autoridad. Uno, el director, manejándonos desde afuera, y otro, su embajador en la tierra, como delegado de su potestad. ¿Esto los deja un poco más sorprendidos, señores? Oh, pues sólo resulta una mínima contribución al esclarecimiento de nuestro entorno. En fin, escuchen algunas de las consecuencias derivadas de lo anterior: la impresión que tengamos de Gruber se reflejará en Zacarías y viceversa, las reacciones que manifestemos ante las conductas de uno u otro tenderán a unirse, el significado de sus actos nos parecerá unívoco...

Por otro lado, también quiero contarles cuál será mi doble misión: tanto al director como al personaje, debo asesorarlos (como les decía) en dos temas fundamentales —que, debo comentarlo con humildad, conozco como la palma de mi mano—: por una parte, el año 1000 y sus características cataclísmicas y escatológicas y, por el otro, una revisión, en el marco de la historia de las ideas y del arte, del concepto de melancolía y de sus figuraciones iconográficas en la Edad Media y el Renacimiento.

Respecto al primer asunto he de explicarles que, como sabrán, en el año 1000 de la era cristiana se desarrolló el sentimiento de que el mundo se acabaría y de que el Señor volvería a la Tierra a juzgar a los justos y a los pecadores, de acuerdo con las profecías del Apocalipsis. Pues bien, aunque no ha podido comprobarse que la histeria mesiánica en el último año del pasado milenio fuese tan estrujante (algunos expertos dicen incluso que el temor ante el Juicio fue una invención posterior), lo cierto es que existe toda una imaginería en torno a esta posible hecatombe. En dicha época algunas plagas —notoriamente la peste bubónica— hicieron su aparición y los piadosos hombres de entonces no pudieron interpretarlo sino como una confirmación de sus peores y más íntimos miedos (la verdad es que en esos siglos *todo* era interpretado como una señal divina). Apareció, así, una moda premilenaria que dio al mundo decenas de opúsculos y libelos (auténticos *best-sellers*) con títulos como So-

bre los signos que aparecerán antes del fin de los tiempos y similares, los cuales eran leídos con verdadero furor para descubrir las claves del Gran Día. Pero, ¿a qué viene tanta explicación? No desesperen, mis atentos escuchas, la cosa es muy simple. ¡Una indulgencia para quien sea capaz de decirme en qué año estamos! 1998. Perfecto, señorita, se acaba usted de ganar diez años menos de purgatorio. Exacto, ya han empezado las especulaciones sobre un nuevo fin del mundo en el año 2000; quizá ahora un poco más científicas o más técnicas, pero no duden que la moda premilenaria ha reaparecido en las más variadas formas (ya imagino, en un extremo, a los adventistas tocando a sus puertas e implorándoles que se arrepientan de sus pecados antes de esa fecha, y en el otro las camisetas, botones y gorritas con el *logo* oficial del fin del mundo y programas de televisión en los que se discutirán temas como "¿Qué hacer cuando aparezcan los Cuatro Jinetes?" o "¿Cuál es la mejor opción, el desenfreno o la penitencia, ante la mirada del Ángel Exterminador?"). Bueno, para no aburrirlos más, terminaré diciéndoles que el tema central de nuestra película es, justamente, esta asfixiante y encantadora moda premilenaria.

Respecto al segundo, la situación es la siguiente: decepcionado del arte, ensombrecido, Zacarías al menos ha encontrado, aparte del gusto por hacernos infelices a todos los demás, una última entretención: quiere reconstruir un cuadro perdido desde hace siglos cuya existencia es conocida sólo por referencias: la *Malancolia* del pintor italiano Andrea Mantegna. Mantegna —ésta es una cápsula cultural gratuita a cargo de su amigo Gonzalo—, fue un pintor renacentista nacido en Vicenza, pero que pasó la mayor parte de su vida al servicio de Ludovico Gonzaga, duque de Mantua (como el de *Rigoletto*, sí, y ya no me interrumpan). Se le considera uno de los más grandes artistas del siglo XV y su obra se ha comparado a la de Miguel Ángel, Leonardo y

Rafael; su influencia sobre otros pintores posteriores fue, asimismo, altísima. Precisamente a uno de estos hombres se debe uno de los mejores grabados de toda la historia y, sin duda, la mejor representación de la melancolía en el ámbito pictórico: Alberto Durero, *né* Albrecht Dürer. Hasta donde se sabe, su *Melencolia I* se basa en la pieza de Mantegna, justo la que Zacarías desea reproducir. Este proyecto es la obra de su vida e involucra a toda su familia, porque en cierto modo el arte, en este caso la pintura de Mantegna o la película, es sólo una metáfora de la vida. Como ven, una y otra cosa están íntimamente relacionadas. No es mi intención preocuparlos o crear una especie de alarma, pero quizá estemos interpretando papeles más complejos de lo que nos habíamos imaginado.

DUDAS RAZONABLES

¿Cómo podía interpretar las palabras de Magda? Era obvio que yo no le había simpatizado e incluso advertía en su actitud cierto rencor hacia mí; me había reconocido y quizá sabía más de lo que aparentaba. Me sentía incómoda; había aún muchas cosas a las que yo no tenía acceso, por más que Gruber me tratara con una familiaridad y una confianza que distaba de dispensarles a los demás. Por primera vez en varios días me quedaba claro que no había dejado de ser un componente de su plan, que yo no pertenecía a su círculo íntimo y que continuaba ignorando —a pesar de mi intervención en el guión— hacia dónde se dirigía aquel enredado conjunto de relaciones que el director tendía entre nosotros. ¿Sería posible que su cercanía conmigo no fuese sino otra de aquellas emociones inducidas, provocadas para conseguir los objetivos de su obra? Me resistía a creerlo, pero de algún modo, en detalles de su conversación y en sombras y recovecos de sus actos, notaba una reticencia que me hacía desconfiar. Los comentarios de Javier, recrudecidos en las últimas semanas, también me provocaban una inseguridad asfixiante. Gruber me conocía infinitamente mejor de lo que lo conocía yo a él, y aunque esta desventaja me fascinaba, asimismo me llenaba de temor. No únicamente hablaba conmigo de mis problemas, sino también, con la misma desenvoltura, de asuntos de mi pasado y de sucesos recientes a los que yo no me había referido y a los cuales no podía tener acceso. Recurrentemente, como por casualidad, tocaba el tema de Carlos, hacía un esfuerzo por explicarme su comportamiento y trataba de justificar algunas de sus reacciones. Al mismo tiempo me sentía halagada y molesta por su preocupación. Del mismo modo, en cuanto terminaba de excusarlo, volvía a mostrarse cariñoso pero sin dejar de pasar a otro de sus temas favoritos: Gamaliel. Era imposible que Gruber se hubiese enterado de lo sucedido con el actor y sin embargo siempre asociaba su nombre al de Carlos y al mío, hacía insinuaciones que según él se dirigían sólo al campo de la ficción y de su película, pero la repetición constante de las mismas preguntas y de los mismos consejos me parecía artificial. ¿Jugaba conmigo como con los otros? ¿O había una diferencia que me separaba de ellos y me acercaba al director? Acaso él mismo se introducía en sus invenciones como personaje, dispuesto a afrontar las consecuencias de semejante decisión.

Ahora que todo ha terminado, que he hecho un esfuerzo por olvidar lo que ocurrió durante las semanas siguientes, al momento de iniciar el rodaje, de borrar los rostros de mis compañeros y de modo principal el de Gruber, me cuesta trabajo imaginarme en aquella época. La irracionalidad nos había invadido: nuestros movimientos no podían juzgarse con la lógica de la normalidad, por ello no atino a comprender qué me atraía del director, por qué seguía sus indicaciones ciegamente —igual que los demás— y cómo había despertado en mí una admiración tan grande hacia sus modos de actuar. A pesar de mis dudas, entonces me hallaba en sus manos, por más que quisiera resistirme, oír las advertencias de Javier y de mi conciencia, incapaz de sustraerme a su dominio. A lo largo de aquellas semanas Gruber hizo conmigo cuanto quiso con mi consentimiento; poco a poco me rendí ante él. Sin embargo, tratando de evitar los prejuicios que he acumulado tras el fin del rodaje, creo que en el fondo, al menos en lo que se refiere a mí, Gruber tampoco era dueño de todas sus cartas. No pretendo disculparlo ni restarle responsabilidad a su conducta, pero estoy convencida de que en lo que toca a nuestra relación, él también perdió el control. Quizá ésta haya sido una razón más para que los acontecimientos se precipitaran posteriormente de modo tan violento.

UN PEQUEÑO PAPEL

—Tienes que tener muy claro lo que vas a hacer, Eufemio, de ello depende tu participación en la película, ¿lo entiendes? No me digas sí, señor, limítate a no equivocarte, a no tomar riesgos y a evitar cualquier escándalo. Nadie debe enterarse de lo que sucederá. ¿Estás seguro de que puedes lograrlo? Además, a fin de cuentas, tú también lo vas a disfrutar, ¿o no? Porque te gusta, ¿no es así? Mi querido Eufemio, te conozco mejor que tú mismo, me di cuenta desde la primera vez que lo miraste. Tienes un instinto especial para descubrir a la gente que te agrada y a la cual tú también podrías agradarle. Pues en este caso pienso que has tenido razón. Si sigues mis indicaciones al pie de la letra (sí, reconozco que nunca me has fallado), ambos obtendremos lo que buscamos. Es necesario someterlo a una prueba, a una especie de iniciación que reafirme mis sospechas, y tú vas a ser el instrumento privilegiado para lograr los resultados que planeo. Con ello podré elevar su capacidad histriónica en la película a niveles que ni siquiera él mismo imagina, por más que se vea sorprendido con nuestra táctica (de la cual no debe enterarse él ni ningún otro de sus compañeros, te lo advierto).

"Lo que tienes que hacer es lo siguiente: hoy por la noche, después de la cena, una vez que todos se hayan retirado a sus habitaciones, debes asegurarte que él se quede solo. Luego debes esperar un tiempo razonable, hasta la una de la mañana aproximadamente, para que todos se hayan dormido y existan menos posibilidades de que te descubran. Toma, ésta es una copia de la llave de su cuarto. A esa hora, asegurándote de no hacer ruido y de no ser observado, comprueba desde afuera que su luz esté apagada; si es así, abre cautelosamente su puerta y mira si ya se encuentra acostado en su cama. Si no alcanzas a distinguir su figura, primero cerciórate si aún está despierto, haz lo posible porque no te escuche y retírate otro rato. Cuando tengas la seguridad de que por fin se ha dormido, introdúcete en el cuarto, desnúdate y cúbrete bajo las mantas, junto a él. Se trata de que lo hagas, lo más —¿cómo decirte?—, delicadamente posible. Sin exabruptos, sin dar posibilidades de que se niegue o llame a los otros o se dedique a contarles lo que suceda. Tiene que ser algo natural, en el fondo estoy seguro de que no opondrá resistencia. Tócalo poco a poco, pega tu cuerpo al suyo hasta que lo despiertes y entonces ya no tenga la voluntad de resistirse. Habla lo menos que puedas, sólo dile que ha sido algo superior a tu voluntad y que no se lo contarás a nadie, que tiene tu palabra. Él no va a rehusarse, lo sé. A fin de cuentas, después del desconcierto inicial, se va a rendir a su deseo, la oportunidad que había esperado toda la vida y que, conscientemente, se había negado a aceptar o propiciar. No me importa cómo le hagas, la única condición es que lo convenzas de tu honestidad, ¿está claro? Por lo demás me da igual lo que consigas de él. Bueno, también tienes prohibida otra cosa, como podrás comprenderlo: no debes enamorarte. ¿Has comprendido lo que te he dicho, Eufemio? Sabré recompensarte."

EL JUICIO (IV)

¿Qué haríamos si supiésemos con absoluta certeza que el mundo se va a acabar el día de mañana? ¿O la semana próxima, para especificar un plazo un poco más amplio? ¿Qué reacción tendríamos al conocer el dictamen de que nuestro universo está desahuciado, de que no hay salvación posible? Estas preguntas, que a nosotros nos suenan retóricas, han sido reformuladas infinidad de veces a lo largo de la historia; en episodios individuales han determinado las vidas de incontables personas. Las contestaciones, sin embargo, varían y definen de un modo bastante preciso el carácter de quienes las profieren, enfrentados de pronto a su inminente desaparición.

Respuesta racional: Continuaría mi vida como si nada, llevando a cabo mis actividades normales y tratando de olvidarme del futuro. Así se desecha el pánico —del todo innecesario— y se toma una postura congruente con lo que hemos realizado hasta el momento. Seguir así es una justificación de nuestra existencia y de que estamos contentos con lo que se nos ha concedido (Respuesta de Javier y Renata).

Respuesta eudemónica: Trataría de ser feliz, lo más feliz posible, durante el tiempo que me quede. Me olvidaría de todo aquello que me desagrada y me dedicaría únicamente a aquello que me proporcionara el mayor placer. Si al final todo va a acabarse, más vale disfrutar lo que está a nuestro alcance. Si no lo hiciéramos sería como renunciar a la posibilidad de lograr lo que deseamos al menos antes de morir (Respuesta de Ana y Gamaliel).

Respuesta nihilista: Ya que sabemos con absoluta precisión que el fin está cerca, podemos estar seguros de que nada de lo que hagamos valdrá la pena. De plano no le encuentro el caso a esforzarse para conseguir algo cuando se conoce de antemano la inutilidad del esfuerzo. Más vale esperar el fin sentados, convencidos de nuestra derrota (Respuesta de Arturo).

Respuesta mística: Al saber que el mundo está por terminarse, cada uno de los actos que precedan a la destrucción se carga con un significado especial que no tuvo antes ninguno de nuestros comportamientos y ninguna de nuestras decisiones. Cada paso que tomemos es relevante, pues nos ofrece la opción de salvarnos o condenarnos. De alguna manera nos volvemos un poco divinos o cercanos a la divinidad: nuestra conducta, ensalzada de este modo, ofrece una fuerza inimaginable (Respuesta de Ruth y Gonzalo).

Respuesta penitente: Ya que se nos ofrece como un regalo el conocimiento del futuro, no nos queda otro remedio que agradecerlo porque tenemos la opción de arrepentirnos de nuestras fallas, si así lo queremos, o de proseguir en nuestros errores, si es que nuestra decisión es desafiar al Creador (Respuesta de Luisa).

Respuesta agnóstica: Para mí será un día como cualquiera. Ni disfrutarlo al máximo ni arrepentirse ni hacer como si no sucediera nada. Existimos algunos que siempre pensamos que estamos viviendo nuestras últimas horas (Respuesta de Sibila).

Respuesta autoinmolatoria: No soportaría la agonía de tantos días u horas antes de la hecatombe. Simplemente no sería capaz de aguantarlo. Preferiría, de estar completamente seguro del final próximo, acabar de una vez con el sufrimiento (Respuesta de Zacarías).

Pues el fin del mundo estaba a punto de iniciarse.

Libro sexto

FRAGMENTOS DE UNA HISTORIA QUE NO LLEGÓ A FILMARSE

1

"Esto no debería ser así, ¿verdad?", le dice la joven con una voz alegre aunque con ciertas reservas. Él la tiene apoyada contra su pecho, las sábanas los cubren hasta la cintura y dejan ver los senos pequeños, perfectamente redondos de la muchacha. Su cabello cae sobre la piel del hombre, que se limita a sostenerla extendiendo su mano sobre el antebrazo de Renata. Ella tiene un poco de miedo, mitigado sólo por la confianza que ha sabido imbuirle el director. Gruber no habla, pero su silencio es confortante, acaso mejor que sus palabras; como si por primera vez la actriz sintiera conocerlo, como si fuese la primera ocasión en que él ha sido completamente sincero. Por debajo de la tela ella aprieta con sus rodillas los muslos de Gruber. Lo único que se escucha es la respiración tímida de Renata y el ruidoso resoplido del director.

Ella continúa sintiéndose extraña, como si no fuese real cuanto la rodea. Es cierto, siempre le han gustado los hombres mayores, incluso Carlos es varios años más grande, pero Gruber podría ser no sólo su padre sino su abuelo. La diferencia de edades —hace la sustracción mental casi con vergüenza, de modo que él no adivine sus pensamientos— es de casi cuarenta años. ¿Es posible que funcione algo así? Ella mira por casualidad los vellos plateados del pecho del director y se da cuenta de en qué medida se está equivocando. Pero tampoco es capaz de resistirse, ya no puede mirarlo como a un viejo o como al famoso cineasta que en realidad es. Tampoco como al mito ante quien todos hacen reverencias ni el personaje oscuro, amargo y atrozmente inteligente que siempre le pintaron. Ahora es apenas una persona más, sólo un hombre que está desnudo —indefenso— a su lado y que la abraza con cariño para protegerla. Por fin ha llegado a conocerlo y ha resultado muy diferente de lo que imaginaba, el extremo contrario: nada que ver con los prejuicios acumulados durante esos meses.

"¿Por qué no me respondes?", insiste ella, ávida de su voz, aun cuando en el fondo conoce la respuesta. Se arriesga a tenerla, a desencantarse de una vez por todas de él. Pregunta porque debe hacerlo, aunque preferiría que aquel silencio continuara eternamente; con cautela acaricia su carne cetrina, las arrugas que indudablemente, a pesar del ejercicio que hace y de la persistente firmeza de sus músculos, señala la decadencia de su cuerpo. "Tú sabes la razón", le susurra él, arrastrando las vocales y besándole el cabello. Gruber aspira el aroma de la joven, su sudor joven, sus sueño. "Es la única escena que no me debí haber permitido", le explica afectuosamente, como si no dijera nada importante, sólo un consuelo después del amor físico.

Renata exige la contestación a pesar de que no la quiere; el miedo, un temor buscado a propósito, vuelve a aparecérsele: en el trascurso de unas cuantas semanas ha transitado de Carlos a Gamaliel y ahora a Gruber. ¿Qué insania la acosa? ¿Es acaso ella la culpable principal de semejantes tramas, la responsable de los actos de los demás? Se siente dueña de un poder que no sabe cómo manejar. ¿En realidad es tan fácil? Siempre ha logrado satisfacer su vanidad, pero en estos momentos cobra conciencia de cuán dañino puede resultarle —repasa los ejemplos con cuidado y se convence más de su maldición—, de que el orgullo lo único que ha hecho al final ha sido consumirla. Se resiste a seguir pensando, a torturarse con esos presentimientos de desastre. Trepa sobre el cuerpo del director y lo besa en la boca, un beso interminable, no quiere que acabe, se rehúsa a que el tiempo consuma la imagen que tiene frente a sí.

Gruber recibe su lengua con frenesí y comienza a acariciarla de nuevo, la carga y la cambia de posición sobre la cama, él ha quedado encima y ella debajo, sus cuerpos se unen, él comienza a besar todo su cuerpo, su cuello, sus senos, su vientre, su pubis, sus piernas y sus pies pausadamente, sin cansarse, como una indecible muestra de cariño. Renata se deja ir, confiada, en las manos del director.

2

"Recuerdo las palabras de un escritor que leí hace poco", le dice a la joven dolido, con el rostro devastado. "Cuanto más se aman las personas más se violan. ¿Es terrible, verdad? El amor nos hace querer saber todo del otro, destruye la intimidad y los secretos. Pero si los amantes no se violan entre sí, decía McCormack, el amor muere."

Ella comprende por qué motivo le habla de este modo, a lo largo de su relación se la ha pasado haciendo preguntas, interrogándolo, en los foros y en la cama, en sus paseos y durante los ensayos, sobre todos y cada uno de los aspectos de su vida. Gruber, en cambio, fuera de la preparación de la película, apenas la ha cuestionado, pero quizá sólo porque ya la conoce completamente, piensa Renata para no sentirse culpable. Sí, de algún modo ha intentado escarbar en sus recuerdos, poseerlo como si lo hubiese tratado desde siempre, como si fuese irreal esa distancia de cuarenta años que la separa de él. ¿Por qué saliste de tu patria? ¿Cómo era Sophie? ¿Qué razón tuviste para casarte con Magda? ¿Qué piensas del arte? Gruber piensa que toda su vida ha estado sometido a un interrogatorio interminable, como si tuviera que explicarle al mundo cada una de las decisiones que ha tomado y cada uno de sus actos. Como si necesitase justificarse ante un público inexistente y estuviese sometido a las opiniones ajenas. Tanto en su vida pública como en la privada se ha comportado así. ¿Es que acaso se exhibe voluntariamente, que su deseo es ser visto y juzgado a cada instante, inseguro frente a las afirmaciones de cualquier otro? Por un momento él cree que en realidad funciona de este modo.

"Si tuvieras mi edad", le dice a Renata, "entenderías que a veces es mejor no saber, no indagar más de la cuenta. Si llegaras a conocerme tal como me conozco yo, no te quedaría otro remedio que detestarme. Te asquearías y me abandonarías de inmediato. Si sigues preguntando te arriesgas a que las respuestas sean demasiado difíciles de soportar. Investigar no es cosa sencilla, debes ser lo suficientemente dura para aceptar la responsabilidad de lo que obtengas. Aunque no te guste, aunque te mate".

Renata sólo quisiera llorar a su lado.

3

Se bañan juntos. Renata se desnuda y juguetea con el agua, desviste al viejo con una mezcla de ternura y picardía. Le salpica la cara, pone su mano fría sobre su espalda y mira cómo él se estremece, divertida. Por fin lo lleva consigo y lo sumerge, ella ríe y hace bromas, le arrebata cualquier solemnidad a la situación. Gruber también sonríe, por primera vez Renata lo ve sonreír sin reprimirse, sin ser sarcástico o sin masticar una ironía. Sonríe como un niño. Ella se llena las manos con jabón y comienza a deslizarlas por la piel húmeda del director. Le da pequeños golpecitos que se magnifican por el eco de sus palmas mojadas. Lo lava y lo frota con una esponja verde, se la pasa por las mejillas y los hombros, por las piernas y las nalgas. Por una vez él no siente vergüenza de que ella lo observe a plena luz. Gruber se retuerce como un niño. Como un niño, se repite Renata, emocionada. Sin embargo, no puede dejar de pensar que es el cuerpo de su padre el que resbala entre sus manos.

4

"¿Aún sigues pensando que el amor es una mentira?", le pregunta ella.

"¿Y cómo sabes qué es lo que yo pienso", las palabras de Gruber surgen con dificultad, intentando romper la solemnidad de Renata.

"Lo leí en algún lado, una entrevista o algo así."

"Nunca confíes en las entrevistas. En cierto modo por eso dejé de hablar en público: siempre falsean lo que dices y, lo que es peor, ponen en tu boca términos u opiniones que no son los tuyos. Es la peor forma de *desacreditarte*. Te obligan a hacerlo tú mismo."

"Bueno, sólo dime qué quieres de mí."

"Todo", responde Gruber, galante, evitando comprometerse.

"De acuerdo", Renata entra al juego, "¿pero qué es *todo*?"

"Todo es todo", gruñe el director, "tu cuerpo, tu alma, tu compañía, hasta las estúpidas preguntas que me haces".

Ella juega a enfurecerse y por fin lo consigue. Son tantas las veces que la trata como a una niña; quizá ella lo ha provocado, en ocasiones le agrada, pero no cuando está *hablando en serio*.

"No te burles de mí", le reclama caprichosamente.

"Por Dios", ríe Gruber, "¿quieres que hablemos del amor *en serio*?"

"Sí."

"Renata", el tono del director vuelve a ser paternal, "tú y yo no tenemos ninguna posibilidad, lo sabes perfectamente. Esto no debería estar pasando. ¿Qué sentido tiene que nos torturemos?"

"Tú eres quien no comprende", Renata se torna agresiva, "porque yo no soy una más de tus aventuras."

"Claro que no, Renata, por favor", por un lado a Gruber le hace gracia estar metido en los problemas sentimentales que siempre ha evitado, pero por otro se siente intranquilo. No está seguro de hasta cuándo va a ser capaz de controlarla.

"Sólo quiero saber qué estoy haciendo aquí."

"Haces lo que se te antoja", la reprende, "siempre impones tu voluntad sobre los demás, así que tampoco te sientas la víctima. Desde el principio tenías muy claro lo que iba a pasar".

"Sólo falta que digas que yo te seduje."

"Así fue", él quiere hacerla rabiar, le gusta verla enojada. "¿O de veras piensas que yo siempre tengo todo planeado?"

5

"Quiero mostrarte algo", le dice Gruber.

Eufemio la ha despertado bruscamente en su habitación, son las cinco de la mañana, luego la ha urgido a vestirse y por fin —de mala gana— la ha llevado con el director. A ella apenas le ha dado tiempo de lavarse la cara y vestirse con lo primero que ha encontrado a mano: unos pantalones azules de pana, una blusa y un suéter de cuello redondo con grecas verdes y guindas. En medio del sueño imagina que se trata de algo urgente y se impacienta. El secretario y Renata nunca han simpatizado, se guardan una cortesía sólo aparente, llena de desconfianza. Con la llegada de la joven Eufemio ha visto mermada su cercanía con el director, por eso la trata con un desdén y un recelo que a la actriz le parecen indicadores de una relación que va más allá de los celos profesionales.

"¿Sabes montar?", le pregunta el director a Renata mientras besa sus párpados hinchados.

"Sí, ¿por qué?", responde ella con un tono que sale del sueño y entra en la irritación.

"Eufemio", continúa Gruber dirigiéndose al sirviente, "¿los caballos están ensillados?"

"Listos para cuando dispongas", repone Eufemio sin ocultar su desagrado. El director abraza del hombro a Renata que no ha comprendido bien lo que sucede y le acaricia el rostro con la otra mano. Le susurra algo al oído, jugueteando con su cabello sin peinar, y los labios de ella casi esbozan una sonrisa. Le dan la vuelta a la casa y caminan hacia las caballerizas.

"¿Tenía que ser tan temprano?", dice Renata ahogando un bostezo. "¡Si es tardísimo!", el director la toma de la mano y la hace correr hasta donde los esperan dos espléndidos animales, una yegua cetrina y un macho pinto. Le dice que se llaman Caligari y Loulou. Eufemio hace como si conversara con los alazanes y los dispone a partir.

El propio Gruber ayuda a Renata a montar y luego él hace lo mismo. Le dirige una mirada cómplice y da un grito con el cual ambos corceles se ponen en movimiento a paso rápido. La joven se tambalea un poco, él le da algunas indicaciones, le dice que esa yegua tiene un carácter igual al de ella, así que para lograr controlarla debe hacer como si se hablara a sí misma, y al fin las bestias comienzan a galopar velozmente de acuerdo con las hábiles instrucciones de su dueño. Eufemio y Los Colorines han quedado atrás y frente a ellos se extiende una llanura todavía indescifrable.

"¿Adónde vamos?", exclama Renata emocionada. "Tú sólo sígueme y mira hacia adelante", le contesta Gruber acelerando el paso.

Difícilmente ella puede hacer algo diferente de sostenerse en la montura, sin embargo alcanza a mirar el cielo grisáceo y las copas de los árboles que se extienden a lo lejos idénticas a figuras humanas. La mañana es fría y oscura.

"Detengámonos un momento, está a punto de amanecer", indica Gruber aferrado al estribo de su caballo; la yegua de Renata instintivamente imita a su compañero. "Mira hacia allá, hacia el Este."

En lontananza se distinguen las siluetas marrones de las montañas, el cielo que las rodea es de un azul más claro, que contrasta con la penumbra del resto del paisaje.

"Hay un cortometraje muy bello de Eric Rohmer que trata justo de lo que vamos a ver ahora", explica el director. "Dos niñas salen diariamente al campo en espera de la *hora azul*. Ocurre precisamente un instante antes del amanecer. Escucha, se hace un silencio absoluto. Ni aves ni perros ni nada. Por un segundo vas a oír el silencio. Sólo que este lugar es infinitamente más hermoso que la campiña francesa. Aguarda."

Los dos se callan hasta que los primeros rayos del sol comienzan a atravesar las nubes como si intentasen escapar del cenagoso velo que los contiene. Poco a poco se van superponiendo los ruidos de tractores lejanos, chillidos de aves, ladridos y ecos de voces humanas. También aparecen las siluetas de arbustos y ramas, la interminable extensión de la planicie que la luz del alba y la niebla de la mañana tiñen de tonos borrosos.

"¿Te fijaste? Es uno de esos momentos únicos que debemos rescatar del olvido", las palabras de Gruber tardan en hacerse audibles, toma aire antes de cada sílaba, haciendo un esfuerzo terrible para respirar.

Renata no sabe si en verdad escuchó el silencio o no, fue tan rápido, pero le sonríe asintiendo, preocupada por su salud y no por sus devaneos líricos. Con dificultad el director baja del caballo y apoya el cuerpo contra el tronco de un árbol llevándose las manos al pecho en un espasmo. No puede hablar. Renata desmonta inmediatamente y se acerca a ayudarlo. Él le dice que no es nada, que está bien, que en un segundo desaparecerá la molestia, que quizá no debió forzarse tanto. Pero ella sólo mira el dolor en sus ojos. Un irrefrenable dolor clavado en las pupilas de Gruber. Y entonces por primera vez se da cuenta de que él va a morir.

6

Renata le da una bofetada.

Él está a punto de devolvérsela, como hubiese hecho con cualquier otra mujer, pero en esta ocasión se contiene. Estuvo bebiendo toda la tarde y cuando ella llegó apenas era capaz de mantenerse en pie. Comenzó a desvariar, a gritos anunció su muerte, sollozó un instante y luego, antes de volver a un mutismo exacerbado, se lamentó frente a la actriz del suicidio de Sophie. "Fue mi culpa", repitió varias veces, "todo ha sido mi culpa". Conmovida, Renata trató de consolarlo, se le acercó y quiso abrazarlo fuertemente, pero él se hizo a un lado y la apartó con violencia. "Déjame en paz", le dijo, "siempre he estado solo y tú no vas a poder remediarlo". Ella se hizo a un lado, aunque todavía mirándolo con pena y miedo. Intentó tranquilizarlo sin éxito. Luego fue como si él hubiese concentrado su rencor en la actriz, como si en ese momento, liberado de su voluntad, hubiese tenido las fuerzas suficientes para despecharla. Con un tono burlón y grave se refirió a la vida anterior de Renata, habló de su pasado con Carlos, de su terrible inseguridad, de su egoísmo, de su permanente deseo de gustar y de cumplir sus caprichos, de su inmadurez. Ella se resignó a oírlo calmada, consciente de la embriaguez del director. Sin embargo, ante su indiferencia, Gruber arremetió con más coraje; le dijo que era una hipócrita y, quién sabe si midiendo el sentido de su comentario, le reprochó haberse acostado con Gamaliel sin siquiera conocerlo. "¿Lo ves?", se rió de ella, "¿dónde está tu integridad, la honestidad de la que hablas tanto? No eres diferente de las otras. Es falso que hayas venido aquí para superarte, te la pasas huyendo de las personas sólo para darte cuenta de que no eres capaz de estar sola, de Carlos a Gamaliel y de Gamaliel a mí en un mes. Buen récord, ¿no?"

Es entonces cuando Renata le da la bofetada. Tampoco está dispuesta a que la trate así, peor que a los demás. Tiene ganas de llorar pero se controla; se torna agresiva, tanto o más que él. Sus reclamos no son menos crueles. Aunque no lo parezca, sabe dónde hacer daño, cuáles son las partes débiles de su oponente: bruscamente le reprocha su autoconmiseración, la triste fachada de miseria que se esfuerza en representar. "El *gran* Gruber no existe", le dice, "eres tan frágil como cualquiera, pero lo peor de tu carácter es que, sabiéndote *grande*, haces lo posible por parecer derrotado. Eres un ególatra invertido, un megalómano de tu mierda". Ahora él trata de disculparse y de abrazarla, necesita sentir su cuerpo, pero a Renata le tomará un buen tiempo poder perdonarlo.

7

Ni siquiera espera a que se desnude. Gruber le abre la falda con fuerza. Casi parecería que va a violarla, de algún modo lo hace. Con rudeza la voltea y la coloca boca abajo sobre la cama, ella no sabe si resistirse o permitirlo. Él toma un tarro de crema y la esparce sobre su piel. Ella sólo advierte una sensación de violencia que difícilmente podría asociar con el placer.

8

"¿Si la amabas por qué no fuiste a buscarla?", le pregunta Renata.

Gruber se queda callado, no medita, más bien parece no querer recordarlo. ¿En realidad tendría algún motivo para haber abandonado a Sophie en Lugano? ¿Por qué nunca respondió a sus telefonemas, a sus cartas, a sus telegramas? ¿Por qué se desentendió de ella? Estas preguntas lo han acosado siempre, y había hecho lo posible por evadirlas: ahora las formula ella, Renata, quien se esfuerza por enfrentarlo con su pasado.

"Cuando regresé de un viaje a Italia, donde se proyectaban por primera vez algunas de mis películas, le dije que lo mejor sería que nos separáramos. Lo había estado pensando a lo largo del trayecto y me parecía la única opción. Si me preguntas por qué, difícilmente podría responderte. Pero entonces la decisión se me hacía tan clara", la voz de Gruber se hace más profunda, como salida directamente de su visión de aquellos años. "Simplemente creía que ya no podíamos seguir viviendo juntos. Es algo que escapaba a mi control."

"No entiendo", repone ella, "¿lo decidiste así nada más?"

"La verdad es que había varias causas, no fue tan sencillo. Empecé a sentirme acosado por ella, ya no soportaba sus depresiones y sus angustias todos los días. Lloraba horas y horas sin motivo. En esa época yo necesitaba apoyo, no más problemas..."

"Y encontraste a alguien que sí te lo daba..."

"Siempre he negado que mi relación con Birgitta haya tenido que ver con nuestra separación, pero quizá no haya sido mera coincidencia. Todo eso fue un tremendo error."

"¿Qué?", insiste Renata.

"Lo de Birgitta, desde luego", Gruber se impacienta. "De pronto se me vino todo encima y ya no podía hacer nada. Veía el rostro de Sophie e inmediatamente sentía asco, no era capaz de soportarlo. Su dolor me trastornaba demasiado."

"¿Y por eso te alejaste de ella?"

"Sí."

"Porque no tolerabas hacerte responsable de su sufrimiento."

"Sí", el director se explaya, "exactamente era como dices: no quería seguir siendo responsable de ella".

"Y cada día te resultaba más difícil volver a verla; temías enfrentarte a tu propia culpa."

"Tal vez, sí."

Él descansa sobre el hombro de Renata. Ella piensa, asombrada, que ese cuerpo endeble y ese espíritu mezquino le pertenecen ni más ni menos que a Gruber. Que ése es Carl Gustav Gruber.

9

"¿Nunca pensaste tener hijos?", de nuevo es Renata.

"No. Quién sabe por qué desde pequeño le he tenido horror a la paternidad", en las facciones del director hay cierta vergüenza. "Todas esas cosas de que tener un hijo es avalar el mundo en el que vivimos o de que es cometer el peor de los pecados. En el fondo es muy fácil darse cuenta de que constituye otra variante de mi miedo a hacerme responsable de otra persona. Cuando uno no es capaz de ser responsable solo, menos debe intentarlo con un inocente."

"No estoy de acuerdo, pero lo que me asombra es que se trata de una postura muy moral. A fin de cuentas eres mucho más moral de lo que dices."

"Quizá tengas razón, Renata", dice él resignado, "quizá a lo largo de mi existencia no he hecho más que contradecirme".

10

Cuando él comienza a acariciarle los pechos ella comienza a llorar. Repentinamente y sin poder contenerse, estalla en un llanto frío e incontenible.

"Sólo quiero que me abraces", le dice ella, "que me abraces mucho tiempo".

Por el contrario, Gruber se hace a un lado y la deja sola. No consigue evitar el asco ante cualquier muestra de sentimentalismo, ante su propia debilidad.

11

Nunca pensó que fuera a gustarle el sexo de un viejo. Ella toma el miembro con su mano y lo mira detenidamente, observa cada uno de sus detalles sin ninguna intención erótica, más bien como si realizara un análisis anatómico. No es distinto a otros que ha visto. La única diferencia es que no está circuncidado. No hace mucho que hicieron el amor y el minucioso contacto que ella lleva a cabo no logra provocar una erección. Los testículos quizá le parezcan un poco más grandes, juega un poco con ellos, siente su consistencia como si los persiguiera por dentro de la piel. Le parece curioso, nunca se hubiera imaginado encontrar canas entre su vello púbico. Está encantada con sus descubrimientos, como una niña que se divierte desvistiendo a su hermano menor.

12

"Lo que pasa es que tú manipulas a tus actores en vez de dirigirlos", le dice ella. "No admites opiniones divergentes, eres un dictador."

"Será porque provengo de una doble tradición autoritaria", ironiza él. "Primero los nazis y luego los comunistas, por más liberal que se sea y por mayor que resulte tu oposición al régimen, es difícil escapar de tus raíces."

Ésa era una de las preocupaciones básicas a las que regresaba el director constantemente. Enfrentado a la muerte, intenta mirarse con una objetividad a la que nunca ha tenido acceso; se cuestiona de qué modo su vida, que ha estado marcada siempre por una reacción negativa contra los prejuicios y los valores que le inculcaron en su infancia, no ha terminado regresando a ellos. En parte Renata funciona como un espejo para él: apenas lo conoce, no parece muy impresionada por su pasado y le hace observaciones que nadie más se atrevería. Ella es a la vez su juez y su abogado, confía ciegamente en sus palabras aunque no cese de burlarse de su orgullo. La mira con la facha del Ángel Exterminador, de Abbadón, permanentemente dispuesto a destruir sus máscaras y a evaluar su conciencia. Su juventud, la profunda inocencia que esconde detrás de sus perversiones, la fragilidad de un carácter aparentemente inviolable, constituyen para él un desafío digno de sus últimos días frente a la asfixiante necesidad de reconocerse ante la muerte. La hija que nunca tuvo, la simulación velada de Sophie, la desfachatez impúdica de Birgitta y hasta los cuidados obsesivos que le dispensaba su madre se mezclan en la figura de Renata, su Gran Puta y su Redentora, su consuelo.

Ella continúa interrogándolo, cuestionando sus decisiones, interviniendo en su modo de vivir, en su forma de tratar a la gente y de comportarse en privado, criticando sus fallas y, a fin de cuentas, introduciéndose en todos los aspectos de su existencia. A pesar de sus enojos, de lo mucho que lo hace rabiar, del coraje que le dan sus impertinencias, Gruber la acepta como la única porción auténtica de sus días, como el reloj de arena que marca lentamente su derrota final. Y sólo lamenta que, para cumplir con ese mismo implacable destino, también tendrá que sacrificarla a ella.

13

"Supuestamente tú querías que la historia que vas a filmar se fuera desarrollando poco a poco entre nosotros de modo natural, ¿no?", Renata se divierte sin saber que toca uno de los temas principales de su relación con el director.

"Así es."

"Según tú, de ese modo en lugar de filmar sentimientos falsos te acercarías a presentar emociones más cercanas a la realidad..."

"Exacto."

"...Todo el tiempo nos la pasamos representando nuestros papeles, que de hecho han pasado a formar parte de nosotros. Ficción y verdad se confunden."

"Sí, ya lo sabes, no entiendo adónde quieres llegar."

"A una cuestión muy simple", Renata se moja los labios. "¿Qué es entonces lo que está pasando entre nosotros? No es algo irrelevante para tu historia, así que ¿en qué nivel puedes explicar nuestra relación?"

Gruber medita unos momentos. Ella ha llegado justo a una de las preguntas que, aunque intuía, hubiese preferido no escuchar. ¿Cómo explicarle que, aunque fuese un elemento que no había considerado desde el inicio, ahora ya lo había introducido también dentro del proyecto? ¿Cómo decirle sin lastimarla y sin echar a perderlo todo que ambos, actriz y director, se han asimilado a su universo cinematográfico? ¿Que su amor es utilizable en términos de la estructura narrativa de la película?

"Lo que suceda entre nosotros sólo nos importa a ti y a mí", le miente. "Es irrelevante para la filmación y no debe salir de este cuarto."

Renata le cree a pesar de todo. Como si un ser humano —ella— hubiese alcanzado un nivel superior y mantuviese relaciones íntimas con un demonio. Al menos le gusta repasar esta idea que no deja de fascinarle por su aspecto mitológico. Ella, apenas una actriz, logró conquistar al director. Como Proserpina con Plutón.

14

"Mi amor al cine es más fuerte que cualquier moral", le dice él, furioso, como conclusión de sus infinitas discusiones.

15

"Mañana será el día", Renata le da un masaje en el cuello mientras le habla al oído.

Gruber asiente.

Ahora Renata ha pasado a besarle el cuello, le va quitando la camisa y pasa su boca con los labios cerrados por la piel bronceada del director. Él la toma entre sus manos, la carga y la lleva al piso. Después de unos instantes hacen el amor con languidez, conscientes de que a partir del siguiente día las cosas no podrán ser iguales. Se acarician con fruición pero a la vez despacio, prolongando lo más posible los movimientos, las texturas y los olores. Es una especie de última oportunidad de gozar imponiendo sus propias leyes, alejados del mundo; el viejo y la joven que no se miran como tales, sólo dos cuerpos, dos mentes que se unen y se arrebatan hasta el cansancio. Luego ya no podrá ser así, no están seguros de lo que sucederá, pero al menos saben que será diferente, que el ritmo del rodaje los llenará también, que estarán concentrados todo el tiempo y que sus fuerzas se desvanecerán mientras éste se prolongue. Por una vez no piensan si se aman o no, o si su amor es verdadero, no se detienen a medir sus actos ni a enjuiciar los del otro, sólo se dejan llevar, perdidos, por las sensaciones, mientras sus voluntades se anulan y se acercan al vacío. A fin de cuentas reconocen que esta parte de la historia —la historia de sus encuentros— deberá desaparecer como si nunca hubiese existido, como si nadie la conociese, ni siquiera ellos mismos. Iniciada la película, volverán a ser extraños, director y actriz, jefe y subordinada, sometidos a las imprevisibles fuerzas de la ficción; su destino común se habrá esfumado y sólo quedarán algunas huellas, pequeños atisbos, los fragmentos de una azarosa e imposible historia que no llegó a filmarse.

Libro séptimo

EL JUICIO

Escena 1. "Los Siete Espíritus y los Cuatro Vivientes"

Gruber sigue minuciosamente cada una de las acciones. Mientras el equipo técnico se ha instalado en la sala principal de Los Colorines, Braunstein, vestido como militar con pantalones y camisa verdes, se aposta detrás de la cámara y hace pruebas de iluminación. El camarógrafo atiende fielmente sus indicaciones y hace ajustes con la ayuda de un asistente; en el *set* los electricistas arreglan cables y reflectores mientras los utileros colocan los muebles, adornos y decorados en lugares precisos (los mismos que tuvieron siempre). Por su parte, el ingeniero de sonido alerta a su microfonista y a sus operadores en su olvidada pero fundamental labor: un *boom* en la pantalla basta para destruir una buena secuencia. El director ha aparecido con una camisa de lana a cuadros, un pantalón beige y una pañoleta roja anudada alrededor del cuello; da voces a diestra y siniestra más para imponer su autoridad que para dar órdenes precisas.

La estancia se compone de una larga mesa de cedro apolillado y un conjunto de sillones rústicos cubiertos con un tapiz de diminutas flores verdes. Un pesado candil lleno de polvo pende del techo y varias lámparas de pie permanecen inútilmente en las esquinas con sus cubiertas ampulosas y desgarbadas con ribetes dorados y telarañas perdidas en su interior; también hay una especie de librero con muy pocos libros y una cómoda sobre la que se apoyan algunos ceniceros, figuras de madera y marcos vacíos de fotografías, el piso es de duela desgastada pero se encuentra escondido bajo una media docena de tapetes de diversos tamaños y colores cuyos bordes carcomidos son aplacados por las patas de las sillas. Bajo el techo altísimo, a lo largo de las paredes grisáceas, penden innumerables cuadros: mujeres desnudas y hombres desgarbados, manchas multicolores, cuadros y calaveras, presumiblemente pintados por Zacarías.

La película debe funcionar como una perfecta maquinaria de relojería, nos ha advertido Gruber cientos de veces; cada quien tiene una función que cumplir y no puede equivocarse al hacerlo. El error de uno es suficiente para echar a perder horas e incluso días de trabajo. Cualquier movimiento en falso, cualquier desliz, bastan para obligarnos a empezar de nuevo; el principal aspecto técnico de la filmación —lo que hará el trabajo más arriesgado y menos susceptible de rectificaciones— es que todas las escenas serán filmadas como *planos secuencia*, es decir, sin cortes (como *La soga* de Hitchcock); según el director, este método permite un verdadero acercamiento a la realidad al permitir que los actores desarrollen sus papeles sin interrupciones, evitando esos vacíos —los minutos y a veces las horas de espera entre una toma y otra— que corrompen la interpretación histriónica. Braunstein y sus muchachos, nos dijo, han estado trabajando arduamente para conseguir una sincronización perfecta y no dar paso a yerros en el momento en que la cámara siga a tal o cual personaje (cuando oyó esto, Braunstein dibujó en su rostro una sonrisa perfecta).

Zacarías es el primero en aparecer en el *set* después de la sesión de maquillaje; viste como Gruber, con un pantalón beige, camisa escocesa y la característica pañoleta roja en torno al cuello: a distancia, uno podría confundirlos. Las sombras dibujan en su rostro formas más violentas, los ojos más hundidos y la nariz más amplia y desafiante. Su boca, envuelta con los pelos grises de la barba, de un carmesí subido, se mueve como si fuese una especie de molusco: al abrirse sus labios muestran unos dientes amarillentos y fríos, pétreos. Entre los dedos cuarteados de la mano derecha sostiene un cigarro cuyo olor se desparrama a lo largo del foro. Al fin, exasperado por las luces y el ruido, se sienta en uno de los sillones de dos plazas, cruza las piernas, le solicita una revista a un tramoyista y se dedica a hojearla y a llenarla con su humo.

A los pocos minutos aparece Ruth; su porte, de por sí distinguido, ha sido resaltado con una blusa blanca rematada con encaje y una falda color zarzamora que le llega casi hasta los tobillos. Su cabello negro brilla con los resplandores que le llegan de lo alto; sus ademanes pausados la conducen hasta cerca de donde está Gruber, sin siquiera saludar a Zacarías, como si esperase indicaciones sólo de su verdadero jefe y no de su esposo. La tensión en el ambiente comienza a volverse intolerable. En cambio el director, aunque no hace ninguna seña evidente, parece encantado.

El rodaje está a punto de iniciarse. Cada uno de los que intervienen en él se coloca en su puesto, Gruber se sube a una silla alta desde la que se contempla todo el panorama, y los demás, nerviosos, sólo aguardan sus mandatos. A los otros actores no les ha sido permitido contemplar el inicio de los trabajos, uno de los acuerdos iniciales (en realidad una de las primeras órdenes de Gruber) fue que sólo aparecerían cuando efectivamente participasen en el desarrollo de los acontecimientos; mientras no fuera así deberían permanecer fuera del *set*, en espera de ser llamados.

Intimidados por las miradas del director, Zacarías y Ruth ocupan sus respectivas posiciones, dispuestos a escuchar de un momento a otro las palabras que anuncien el comienzo. Gruber se acerca a conversar unos instantes con los dos actores, les da sus últimos consejos, les dice que cuanto suceda a partir de entonces sólo dependerá de ellos, que nada hay fuera del mundo cerrado que los contiene en esa habitación; luego se aleja y les recuerda que, para ellos, él también ha dejado de existir; ni Braunstein ni ninguno de los técnicos que los rodean poseen verdadera sustancia, sus presencias se han desvanecido. Ruth y Zacarías lo escuchan atentamente y le hacen algunos comentarios, pero sin hablarse entre sí. Zacarías regresa al sillón con su puro y ella sube las escaleras hacia el segundo piso, donde están sus habitaciones.

El Juicio, escena uno, toma uno. *Corre.*

Ruth empieza a bajar los escalones de nuevo para dirigirse a la cocina. Zacarías oye sus pisadas y la mira de reojo con una expresión que desde el inicio demuestra impaciencia. Sin voltear a verla, aparentemente concentrado en su revista, le habla.

ZACARÍAS (*con voz áspera*): ¿Por qué diablos no ha llegado tu hija?

RUTH: ¿Cómo quieres que yo lo sepa? Es tan obstinada como tú.

Ruth camina hacia la puerta y se adentra en la cocina. Zacarías regresa a su lectura como si no le preocupara otra cosa. Después de unos instantes arroja la revista sobre la mesa y deja el cigarro sobre un cenicero. Mira su reloj y hace un gesto de molestia.

Silencio.

Zacarías se dispone a retirarse. Suena el timbre. Furioso, se dirige a la puerta y abre. Tras un minuto deja pasar a Arturo y a

Ana que llegan con un par de maletas. Se les ve sudorosos y cansados, él viste con una camisa rosa y pantalón de mezclilla, mientras ella lleva bermudas, una camiseta anaranjada y un sombrero de paja. Zacarías ni siquiera les extiende la mano, no voltea a verlos para no tener que ser más cortés de lo que pretende, los otros dejan su equipaje sobre la alfombra y se limpian el sudor de la frente.

ARTURO (*presentándolos*): Papá: ésta es Ana. Ana: mi padre.

A Zacarías no le queda otro remedio que hacer una inclinación de cabeza a la que ella responde educadamente pero sin entusiasmo.

ARTURO: ¿Quién más ha llegado?

ZACARÍAS: Tu hermano Javier está en su habitación. Vino con una muchachita y un amigo.

ARTURO: ¿Y Renata?

ZACARÍAS: Yo qué sé.

Eufemio aparece desde el otro lado del cuarto y se presenta ante los visitantes. Eufemio carga los bultos; Arturo y Ana lo siguen hasta las escaleras y comienzan a subir.

ZACARÍAS (*regresando a su sillón*): Ya sabes que en esta casa se come a las dos en punto.

Ana observa a los dos hombres, padre e hijo, con idéntico desprecio. La cámara deja de lado a Zacarías y sigue a los huéspedes hacia el piso de arriba, adonde los conduce Eufemio; éste abre una puerta y suelta el equipaje en el piso.

Ana y Arturo entran en la habitación, él se acuesta sobre las colchas rojas de la cama y se queda mirando el techo; es un cuarto amplio con un gran ventanal al fondo cubierto por cortinas de gasa blanca, hay un buró en el lado izquierdo y un escritorio con una silla en el otro extremo. Ana, mientras tanto, examina cada rincón, abre el armario y la puerta que da al baño, se quita el sombrero y lo arroja junto a Arturo; se mira en el espejo que pende de la pared que está frente a la cama.

Ella comienza a desempacar sus cosas y a acomodarlas rigurosamente en los cajones de la cómoda y en el ropero. Arturo permanece tirado sobre la cama sin hacer nada.

ANA: Así que ése es tu padre.

Arturo asiente. Se desanuda los zapatos y los arroja al piso.

ANA: Me lo imaginaba distinto. Hablas tanto de él que pensé que sería más duro. No sé bien cómo, sólo diferente. (*Continúa doblando blusas y faldas y acomodándolas con cuidado.*) No comprendo por qué se odian tanto.

ARTURO: Espera a que pasen unos días.

ANA: ¿Entonces por qué quisiste que viniéramos?

ARTURO: Por mi madre.

Ana empieza a desnudarse, se queda sólo con la ropa interior, toma una toalla azul y se dirige al baño; Arturo ni siquiera se mueve. Se escucha cómo el agua de la regadera comienza a caer, Arturo se yergue, vuelve a ponerse los zapatos y sale al pasillo. La cámara lo sigue hasta que por fin se detiene frente a una puerta y, sin tocar, la abre de un empujón.

Adentro están tres jóvenes sentados sobre la cama viendo televisión. De inmediato se levanta uno de ellos —un tanto desconcertado— para extenderle la mano; los otros lo miran de reojo.

Pasan varios minutos de silencio incómodo. Luisa mira a Javier.

JAVIER (*a Arturo*): Perdón, siéntate, estamos viendo una película.

ARTURO (*burlón*): ¿A la una de la tarde, hermanito? Deberías de llevarlos a conocer los jardines...

JAVIER: Acabamos de regresar. Ya casi es hora de la comida y no encontramos nada mejor que hacer.

GAMALIEL: ¿Tú eres el hermano mayor de Javier y de Renata?

ARTURO: ¿Ya la conoces?

GAMALIEL (*misterioso*): Sí.

ARTURO: Por cierto, Javier, ¿ya viste a mamá?

JAVIER: La saludamos al llegar: está feliz de vernos.

JAVIER: ¿Y tu esposa?

ARTURO (*seco*): Se está dando un baño.

JAVIER: ¿Qué te parecen los cuartos? Están igualitos a como los dejamos. Se nota que mamá ha querido conservarlos así.

ARTURO: Me siento muy extraño. Regreso después de mucho tiempo y todo sigue como antes. Me da cierta tristeza, como si durante mi ausencia me hubiese tratado de convencer de que esto ya no existía... y ahora de pronto lo encuentro de nuevo tal como lo dejé, imborrable.

Mientras los hermanos conversan, la lente enfoca a Luisa y a Gamaliel; él no deja de mirarla, ajeno a las discusiones de la familia. Tan absortos están que incluso Luisa se ha levantado a apagar la televisión y ellos ni siquiera se dan cuenta.

ARTURO: ¿De veras encontraste mejor a mamá? Me da un poco de miedo verla.

JAVIER: A nosotros nos recibió como si nada... Sabes lo sensible que es.

Eufemio ha vuelto a subir las escaleras y pasa de cuarto en cuarto anunciando que la comida está lista; deja aparecer el rostro a través de la puerta entreabierta del cuarto para repetir la indicación de Zacarías.

JAVIER: También Eufemio es el mismo.

ARTURO: Yerba mala nunca muere...

JAVIER (*disculpándose*): Será mejor que bajemos.

ARTURO: Voy por Ana y los alcanzo.

Arturo sale de la habitación y se dirige hacia la suya; Gamaliel y Ana se levantan para seguir a Javier.

Los tres atraviesan la sala y pasan al comedor: una sala más o menos del mismo tamaño que la estancia, forrada en caoba; la mesa ha sido preparada lujosamente con un mantel de encaje, copas y platos para varios comensales. A un lado de la cabecera, de pie, Zacarías conversa con un hombre gordo. Entrando y saliendo de la cocina, dándoles órdenes a los meseros, Ruth apenas se detiene en un solo lugar. Cada asiento tiene un personalizador con el nombre de quien debe ocuparlo, trozos de melón, papaya y plátano se apiñan en pequeños recipientes dispuestos en cada lugar.

LUISA (*a Javier, susurrándole al oído mientras caminan*): ¿Quién es él?

JAVIER (*en voz baja*): Gonzalo, un amigo de mi padre, crítico de arte.

Los tres se acercan a saludar al invitado y Zacarías se los presenta a Luisa y Gamaliel. A los pocos minutos aparecen Arturo y Ana; ella se ha cambiado de ropa, ahora lleva una falda negra y una blusa brillante con dibujos de flores verdes y doradas, sin cuello; su cabello húmedo todavía se le pega un poco a la cara en mechones compactos. También se acercan a saludar al invitado. Por fin, cuando todos se hallan reunidos, Ruth hace su aparición, Arturo se le acerca y la abraza durante unos minutos; después los demás también se aproximan respetuosamente.

GONZALO (*haciendo una reverencia*): Señora, es un infinito placer para mí saludarla el día de hoy. Luce usted bellísima.

Se escucha una risa, luego silencio. Zacarías da una señal para que los demás puedan sentarse; él ha quedado en una cabecera y Ruth en la otra; luego, en línea, a su derecha, Gonzalo, Luisa y Gamaliel, y a la izquierda Arturo, Javier y el lugar vacío de Renata. De inmediato los meseros se les acercan y ofrecen vino; sólo Zacarías pide que le llenen su vaso con whisky.

JAVIER: ¿Y Renata?

ZACARÍAS: Son las dos y cuarto: ya conocen las reglas, nadie tiene derecho a hacernos esperar. Comiencen, por favor.

Suena el timbre.

JAVIER: Aquí está ya.

Un sirviente sale a abrir, Zacarías es el único que ha empezado a comer. Renata se presenta en el comedor: tiene el cabello revuelto y viste unos *jeans* azul claro y una blusa roja de botones abierta hasta la mitad del pecho; de su cuello pende un pequeño collar de oro y de sus oídos unos pendientes de laca negra. Gamaliel de inmediato se yergue para saludarla con un beso en la mejilla, Gonzalo y Arturo sólo le hacen una inclinación de cabeza.

ZACARÍAS: Tarde como de costumbre.

RENATA: Hay cosas que nunca cambian, papá.

ZACARÍAS: Ciérrate ese botón, que no estás con tus amigotes.

Ella lo hace de mala gana.

ZACARÍAS: ¿Lo ves, Ruth? (*Pausa. Dirigiéndose a los demás.*) Perdonen ustedes, a veces no logro controlar mi descontento. ¿No opinan que lo más importante para un padre es su familia? Pues mis tres hijos, Arturo, Javier y Renata, no piensan así: siempre tienen otras cosas que hacer.

GONZALO (*melifluo*): Zacarías, por Dios, no seas tan dramático. Los muchachos de hoy siempre están ocupados...

ZACARÍAS: No importa, me da mucho gusto que estemos reunidos otra vez, que de nuevo seamos una *familia*, como debe ser. Éste no es el momento oportuno, pero esta noche, durante la cena, les diré por qué razón los hice venir; ni siquiera Ruth sabe exactamente de qué se trata...

RENATA: ¿Para qué tanto misterio, papá?

ZACARÍAS: Desesperada como siempre: de chica teníamos que darle los regalos de Navidad el día anterior para que no tuviese insomnio y nos dejase dormir en paz... No, Rana, esta vez no puedo complacerte... Hay tiempos que *deben* respetarse.

RENATA: Sabes que odio que me llames así.

ZACARÍAS: Perdón, lo había *olvidado*. (*Pausa.*) Pero ustedes coman, ¡coman, por favor! Voy a callarme para que se sientan en confianza. Cuéntenme cómo les ha ido desde que abandonaron, disculpen, desde que se mudaron de esta casa...

ARTURO (*tartamudeando*): Hemos estado bien, papá, mamá; nos da gusto verlos.

Un par de meseros se llevan los trastos sucios y en su lugar llegan con un par de soperas humeantes.

ZACARÍAS: A Renata no le sirvan, acuérdense de que aborrece el apio.

GAMALIEL (*tratando de relajar el ambiente*): En cambio yo he venido sólo porque Javier me había hablado de la maravillosa sopa que cocina su madre.

Todos se llevan las cucharas a la boca sin hacer comentarios.

RENATA: Madre, ¿y tú cómo te has sentido?

Arturo y Javier se miran, asustados.

RUTH (*distante*): Más o menos, hija. Mi cabeza ya está normalmente en su sitio.

ZACARÍAS: ¿Y qué pasó con tu *novio*, Rana? ¿Cómo se llamaba? Carlos, ¿qué pasó con Carlos? ¿No iba a venir contigo?

Renata voltea hacia la cámara un segundo, con furia.

RENATA: Terminamos, papá, te lo dije por teléfono.

ARTURO: Pues te felicito, Renata.

ZACARÍAS: ¿Y por qué terminaron? (*Ruth hace le hace un gesto a su esposo para callarlo, en vano.*) ¿Puedes decírselo a tu padre, a tu familia, no?

Zacarías suelta una carcajada, Ruth se lleva una mano a la frente y Gonzalo trata de interrumpir a su amigo sin conseguirlo.

ZACARÍAS: ¿Él te abandonó o tú lo dejaste? (*Pausa.*) ¿Así que al fin te decidiste a dejarlo? ¡Te felicito! Como dice tu hermano, ese imbécil no te convenía. ¡La pareja perfecta, cómo no! Apuesto a que ese refinadito tenía eyaculación precoz...

RUTH: Zacarías, ya fue suficiente. Déjala en paz.

GONZALO: Señores, tranquilidad, estamos celebrando...

ZACARÍAS: Así es, Gonzalo, y ahora tenemos otro motivo para celebrar: que Rana haya dejado a ese imbécil. Bueno, si no es que se fue con otra...

Renata se levanta de la mesa y se acerca adonde está su padre. Zacarías la detiene fuertemente de una muñeca, Renata hace un movimiento brusco, éste la suelta y ella sale de la habitación; Javier está a punto de seguirla, pero Gamaliel se le adelanta.

ZACARÍAS (*limpiándose la boca con una servilleta*): No hagan caso, son nuestras peleas habituales, además no pueden perderse el guisado, el pato es inmejorable...

Corte.

Escena 1a.

Gruber parecía feliz; tal como le señaló Braunstein, la filmación había resultado perfecta: no se detectó ni un solo inconveniente, ningún detalle fue descuidado y el trabajo de cada uno de los que intervinieron en esa primera toma fue preciso como la maquinaria de reloj que el director imaginaba. Al comprobarlo —más bien al intuirlo, pues todavía tendría que revisar las pruebas de laboratorio— comenzó a lanzarnos gritos de felicitación que difícilmente nos arrancaron del estado de ánimo en el que nos encontrábamos.

Al contrario de lo que él pensaba, a nosotros —y a mí en lo particular— nos resultaba sumamente complicado regresar a la realidad después de dejar nuestras emociones sobre el *set*; al recordarlo ahora incluso me parece grotesco, pero entonces yo no podía desprenderme del papel de Renata, de la Renata que Gruber había fabricado conmigo, la hija de Ruth y Zacarías, la hermana de Arturo y Javier. La pelea que habíamos tenido había sido *real*, no un producto de nuestro profesionalismo histriónico; yo de veras sentía un coraje extraño aunque no menos violento hacia Zacarías: me había insultado, se había reído de mí frente a los demás —el director y los técnicos incluidos— y los sentimientos que eso provocaba en mí distaban mucho de apagarse con sólo escuchar la palabra *corte*. Las lágrimas que habían salido de mis ojos eran auténticas, igual que la impotencia que representaba no poder vengarme. Y en los demás sucedía algo similar: Ruth se hallaba verdaderamente nerviosa, al borde del colapso, Gonzalo demostraba su incomodidad habitual, e incluso la forma de actuar de Zacarías era más que una parodia de sí mismo; su agresividad hacia mí —y en el fondo hacia los demás— no era producto de un esfuerzo dramático: su rencor me calaba los huesos y aumentaba mi ira. Como Gruber me lo había dicho antes, él *era* mi padre, o al menos suficientemente parecido a como me lo imaginaba para aborrecer su presencia; sentía un hueco en el estómago y me temblaban las piernas. Sólo cuando Javier se acercó a abrazarme pude recobrar el control (lo peor es que en su personaje de hermano hubiera hecho lo mismo).

Braunstein, con un altavoz, anunció que el rodaje se reiniciaría en un par de horas.

Mientras los demás se retiraban a reposar a sus habitaciones, a tomar aire o a volverse a maquillar, Gruber me llamó, me dio la mano y alabó la fuerza de mi interpretación. Su voz, sin embargo, era distinta de cuando le dijo lo mismo a los demás, más ronca y sensual, como si tuviese que camuflarla para ocultar el temor que sentía ante mis posibles reacciones. La turbación hizo que me comportara bien, yo no sabía qué pasaba conmigo en esos momentos y aún me mostraba dispuesta a confiar en sus palabras, a hallar consuelo en su sabiduría. Dejé que me tranquilizara —los otros habían acabado de retirarse a descansar— y por fin durante los instantes en que nos quedamos solos yo lo abracé a él. Tampoco Gruber conocía de antemano la magnitud de las fuerzas que desencadenaba —en ello recaía la originalidad y la brillantez de su proyecto— aunque hacía lo posible por aparentarlo. Me dio un beso en la mejilla y me apartó de su lado; ve a lavarte la cara, luego hablamos, me dijo, y se retiró a buscar a Braunstein para oír su opinión respecto al, según él, prometedor inicio de la película.

En los cuartos de atrás, que habían sido ajustados como camerinos, me encontré a Ana sola frente a un desvencijado espejo. Se había quitado la blusa llena de sudor, y vestida sólo con el sostén, se dedicaba a peinarse, a pintarse los labios y a delinearse los ojos.

—Esto no fue real, ¿verdad? —me preguntó con una seriedad y una voz temblorosa que no le había escuchado.

—No —le respondí tratando de tranquilizarla (y de tranquilizarme a mí misma)—. Pero no deja de asustarme.

Se volvió hacia mí en vez de mirarme por el espejo.

—A mí también —dijo—. Oye, pero dime otra cosa —hablaba con desenfado, como si en realidad no quisiera ser indiscreta—. ¿De veras te acuestas con él?

Me dejó perpleja. ¿Cómo podía saberlo? ¿Nos habría visto juntos?

—¿Con quién? —pregunté.

—Con Gruber, obviamente.

—¿Cómo has podido pensar eso? —le dije—. Desde luego que no.

—Está bien, no te enojes —dijo a la defensiva—. Sólo tenía curiosidad.

Tomé uno de los cepillos que estaban sobre la cómoda que estaba enfrente de nosotras y lo deslicé por mi cabello disimulando el pánico. Me temblaba la mano pero creo que ella no alcanzó a notarlo.

—¿Por qué me lo preguntaste? —me equivoqué al seguirle la corriente.

Ella se puso desodorante en unas axilas mal afeitadas y volvió a ponerse la blusa.

—Porque a mí me encantaría hacerlo.

Escena 1A. Segunda "El libro"

Al término de la comida y de la discusión, los invitados se van retirando del comedor. Arturo y Ana se van por su lado luego de agradecerle brevemente su gentileza a Ruth. Luisa y Javier hacen lo mismo rehusando quedarse a tomar café.

ZACARÍAS: Gonzalo, tú no te vayas, quiero conversar contigo.

Zacarías le da la indicación a los meseros para que le traigan lo que ha pedido y después le hace una indicación a Ruth para que los meseros terminen de recoger los platos sucios. Los sirvientes se acercan y en grandes charolas de madera se llevan los restos del pato, las copas y las botellas de vino, y con un aparatito recogen las migas de pan que se han esparcido sobre el mantel. Al mismo tiempo otro de ellos sirve a Gonzalo su postre y le lleva su minúscula taza de café. Parece haber cierto alivio, el ambiente se ha relajado con la salida de los demás y Zacarías toma una postura menos áspera y más cordial. Atrás se observa cómo la tarde va cayendo sobre los ventanales, nubes informes llenan de gris el cielo y las copas de los árboles.

GONZALO (*entre cucharada y cucharada*): Creo que no debes ser tan rudo con esa muchacha, a fin de cuentas es tu hija...

ZACARÍAS: Ni siquiera de ello puedo estar seguro.

GONZALO (*olvidándose de comer*): No me vas a decir que dudas de Ruth.

ZACARÍAS: Dudo de todos.

GONZALO: Pero las infidelidades eran tuyas, no de tu esposa.

ZACARÍAS: De algún modo fueron de ambos, tú no la conoces

lo suficiente, es capaz de cualquier cosa. Es una mujer acostumbrada a cumplir siempre su voluntad. Así la educaron.

GONZALO (*regresando a su tono habitual*): Ruth te adora, la conozco. Su, como decirlo, *maladie*, se debe a un exceso de amor por ti.

ZACARÍAS: Eso es lo que me preocupa. Una mujer despechada es el enemigo más temible que hay.

GONZALO: La verdad no te entiendo. ¿Tú no la quieres?

ZACARÍAS: Mentiría si te dijera que sí.

GONZALO: ¿Entonces por qué has aguantado treinta y no sé cuántos años viviendo con ella?

ZACARÍAS: Porque así tenía que ser.

GONZALO: ¿Y eso quién lo dice?

ZACARÍAS: Yo, obviamente.

GONZALO (*dando sorbitos al café*): Con tu perdón, tus teorías me parecen no sólo *démodés* sino de veras absurdas. Antes dijiste una cosa y ahora otra. ¿Quieres estar con ella o no?

ZACARÍAS: No importa lo que quiero, sino lo que *debo* hacer.

GONZALO: Y me imagino que anteriormente no querías, sino que *debías* engañarla, ¿no?

La mirada de Zacarías se transforma. Al principio veía las actitudes rebuscadas y grandilocuentes de Gonzalo con diversión, pero ahora es como si sus ojos se incendiaran con el odio. El otro, en cambio, ni siquiera lo contempla, concentrado en su café y los últimos restos de su dulce. Su cuerpo obeso se desborda sobre la silla, el estómago le impide acercarse a la mesa, por lo cual debe hacer un complicado movimiento para llevarse a la boca la tacita sin derramar gotas del líquido caliente sobre su camisa.

ZACARÍAS: Acompáñame al estudio. Quiero mostrarte algo.

Gonzalo le da un último trago a su café y penosamente se levanta del asiento. Los dos salen del comedor, pasan a la estancia y comienzan a subir las escaleras, Zacarías detrás de Gonzalo. En la planta alta vuelven a encontrar otras escaleras, esta vez de caracol, que la cámara va siguiendo con la intención de marear a los espectadores. Por fin llegan al estudio, una pequeña buhardilla llena de ventanas acondicionada como cuarto de trabajo. La cámara examina el espacio, se acerca a los restiradores y a las brochas sueltas en el piso, y hace un recorrido minucioso por cada una de las pinturas que cuelgan de las paredes. En *close up* se llega a ver la firma de Zacarías en cada una de ellas, como si la lente entrara en el cuadro. La mayoría son escenas familiares con el común denominador de la sordidez de las figuras; los personajes son casi sombras, siempre grises y negros, mientras los colores vivos —especialmente rojos y naranjas— abundan en los espacios vacíos con una agresividad muy pronunciada. También se observan risas, ojos al acecho, miembros cercenados como si por todas partes hubiese vigilancia, como si los protagonistas —hombres y mujeres— nunca pudieran estar solos. La cámara va de uno a otro de los cuadros, los rodea por todas las esquinas, escarba minuciosamente las pinceladas en tanto Zacarías y Gonzalo hablan.

GONZALO: Sorprendente. ¿Por qué te habías rehusado a enseñármelas? ¿Por qué las escondes en este lugar en vez de mostrarlas en público?

Gonzalo, como la cámara, observa detenidamente las pinturas y se desplaza de una a otra. Las revisa con detenimiento, primero se les acerca para contemplar los detalles y luego se aleja como buen conocedor.

GONZALO: Éste, por ejemplo, es un verdadero *capolavoro*.

ZACARÍAS: Te equivocas.

Zacarías saca de una cajita recamada un par de puros y le ofrece uno a Gonzalo, quien lo toma aún más extrañado que antes.

ZACARÍAS: No pongas esa cara, Gonzalo. Son una *mierda*.

Zacarías saca de su bolsillo un encendedor para prender los cigarros, pero en vez de eso acerca la llama a una de las pinturas, la que más le había gustado a Gonzalo. En la esquina comienza a dibujarse una mancha negruzca con ribetes amarillos que se extiende un par de centímetros. Casi prende una flama cuando Gonzalo hace que el otro retire su mano. Un poco de humo llena la habitación.

ZACARÍAS: No estoy loco, si es lo que piensas. Simplemente me he dado cuenta de que como estas cosas hay miles, decenas de miles en el mundo. Quizá no sean malas, pero no son auténtico *arte*. A la historia le daría lo mismo si las quemara todas y no sólo una. No pasaría nada, incluso si lo supieran muchas personas —colegas y dueños de galerías— terminarían agradeciéndomelo.

GONZALO: ¿Y cómo puedes saberlo? Si Leonardo o Rembrandt hubiesen pensado como tú…

ZACARÍAS: ¿A quién le importaría si desaparecieran todas mis obras? A nadie, Gonzalo, a nadie en absoluto. ¿Y sabes por qué? No menosprecio mi trabajo, sólo reconozco que estas pinturas son únicamente eso: *pinturas*. Nada tienen que ver con la vida de las personas. En cambio antes, con Leonardo y Rembrandt, como tú dices, el arte y la vida eran una sola cosa, las suyas no eran pinturas, *eran parte indispensable de sus vidas*.

Gonzalo se moja un dedo e intenta reparar el trozo de tela maltratado por el fuego.

ZACARÍAS: Para que una obra verdaderamente *valga* es necesario que esté impregnada con la vida de uno, con su historia. En cambio hay pinturas —así como libros y obras musicales— cuya pérdida deploramos a pesar de los siglos. ¿No sería mejor intentar recuperarlas?

GONZALO: Por eso me llamaste. Por eso me pediste que reuniera todo el material existente sobre Mantegna.

ZACARÍAS: Quiero volver a pintar uno de sus cuadros extraviados, *La Malancolia*.

GONZALO: ¿Y por qué ésa precisamente?

ZACARÍAS: Porque será un resumen de mi vida. Una representación de mí y de mi familia, de mis obsesiones, de mi sentido del arte. Es algo que tengo que hacer antes del fin. Y quiero que tú me ayudes.

Zacarías se pasea por el estudio; ya ha encendido su puro y lo fuma dando grandes bocanadas. Gonzalo lo mira expectante.

ZACARÍAS: Como sabes, al contrario de la de Durero, la de Mantegna mostraba a la Melancolía rodeada de *putti* —los ángeles niños— que representaban a las artes...

GONZALO: Sí, otra caracterización, la de Lucas Cranach, también la muestra de esta forma, y probablemente se haya inspirado en el cuadro de Mantegna.

ZACARÍAS (*toma unas notas de uno de los restiradores*): Mira, la única descripción que existe del cuadro es ésta de Campori (*lee*): "*Un cuadro su l'ascia di mano del Mantegna con 10 fanciulli, che suonano e ballano, sopra scrittovi Malancolia, con cornice dorata, alta on. 14, larga on. 20 1/2*". Evidentemente, y es lo que trato de probar, esos niños, esos *putti*, representan al arte.

GONZALO: En esa época se había popularizado la idea de Ficino de que las artes eran uno de los pocos remedios frente a la enfermedad melancólica... Es posible que ésta fuera la intención de Mantegna.

ZACARÍAS: No lo creo. Mantegna es un antecedente directo de Durero, tanto en las figuras como en las ideas que representan. Imagínate esto: los 10 niños juegan, bailan y tocan sus instrumentos alrededor de una Dame Merencolye que no les hace caso. Es el papel del artista frente al arte y también el del creador frente al mundo.

GONZALO: Y el del pintor frente a su familia...

ZACARÍAS: Con el arte de por medio.

La cámara se concentra en el rostro turbulento de Zacarías.

ZACARÍAS: Y supongo que ya sabrás quiénes serán mis modelos...

Corte.

Escena 2. "Los cuatro jinetes"

De nuevo la estancia de la casa. En dos de los sillones permanecen sentadas Ruth y Ana, quienes conversan sobre Arturo y se hacen preguntas intrascendentes. Mientras tanto los meseros sirven té en tres tazas que reposan encima de la mesa de centro.

RUTH: ¿Entonces se conocieron por casualidad?

ANA: Así es, señora. Si al muchacho con el que salía en esos días no le hubiese parecido muy *chic* invitarme al teatro, jamás hubiera conocido a Arturo. A mí la actuación no me interesaba. Ahora me gusta mucho, y no porque Arturo me obligue a verlo. Él es un espléndido actor.

Las dos toman las tazas de té con cuidado, Ruth levantando educadamente el meñique, y se las llevan a la boca dando sorbitos. Ana se siente incómoda, no hace gran esfuerzo para disimular la molestia que le provoca la rigidez de la señora.

RUTH: Te agradezco que hayas preferido quedarte conmigo en vez de acompañar a los jóvenes.

ANA: Al contrario, es un placer para mí.

Se hace un silencio ominoso mientras las dos dan sorbos a sus bebidas.

RUTH: Cuéntame, Ana, ¿y tú qué haces?

ANA: Trabajo en una comercializadora.

RUTH: ¿Una qué?

Suena el timbre de la entrada. Eufemio sale a abrir. Regresa a los pocos minutos.

EUFEMIO: Es una señora que dice ser amiga suya. No quiso darme su nombre.

RUTH: Déjala pasar.

Ella se levanta del asiento y espera. La cámara se fija en la expresión de su rostro. Hay en ella una especie de horror contenido, como si quisiera gritar y no lo consiguiese. Al fin se escucha la voz de una mujer y luego se observa la mano extendida y la sonrisa cínica de Sibila.

SIBILA: Hola, Ruth. Parece que viste un fantasma.

Ruth ni siquiera puede contestarle.

SIBILA: ¿No vas a invitarme a pasar?

RUTH (*furiosa, en voz baja*): ¿Cómo te atreves?

SIBILA: Por favor, Ruth, no hagas una escena. Charlemos como las buenas amigas que siempre hemos sido.

Sibila carga una maleta gris que de inmediato introduce en la casa. Es una mujer que de joven debió ser muy bella, con el cabello pintado de rubio, los labios muy rojos y la piel blanquísima con pecas. Viste una blusa blanca con flores guindas, una falda amplia, botas negras hasta el tobillo y una larga mascada verde pistache que se anuda en su cuello y cae en forma de pico sobre su hombro izquierdo. Ruth se hace a un lado y la deja entrar.

SIBILA (*a Ana*): Qué tal, mi nombre es Sibila, soy una vieja amiga de Ruth.

RUTH (*luego de cerrar la puerta, sin controlarse*): ¿Qué quieres aquí?

SIBILA: ¿Así tratas a una amiga a la que no ves desde hace tanto tiempo?

RUTH: Sabes que no eres bien recibida.

SIBILA (*sin hacerle caso*): Supongo que está lista mi habitación, ¿verdad? La de *siempre*.

Carga de nuevo su maleta y se dirige a las escaleras.

RUTH: ¿Adónde crees que vas?

SIBILA (*irónica*): No te preocupes por acompañarme, conozco el camino. (*A Ana.*) Con tu permiso.

Ruth intenta detenerla pero se arrepiente. Se advierte una profunda desolación en sus ojos. Sibila desaparece.

Ana se le acerca a Ruth, que está a punto de llorar, para consolarla.

ANA (*abrazándola*): ¿Qué le pasa, señora? ¿Quién es ella?

Ruth solloza. No puede hablar. Ana la lleva al sillón de orejas y la ayuda a sentarse.

ANA: ¿Está usted bien?

Ruth inclina la cabeza para decir que sí.

Ana va por un vaso de agua a la cocina y se lo da de beber.

RUTH (*con dificultad*): Gracias. Prefiero estar sola.

Ana vuelve a detenerla y la lleva en brazos por la escalera. Luego Ruth se le desprende y continúa su camino tambaleándose, sostenida penosamente del barandal.

Corte.

Escena 2A. "El día de la cólera"

De nuevo el estudio de Zacarías. La cámara realiza diversos acercamientos a los rostros de los protagonistas. Como si el espacio circundante hubiese desaparecido. Sólo hay sombras y luces que forman los rasgos tensos de padre e hijo.

ZACARÍAS: ¿Cómo te has sentido? ¿Qué te parece reencontrar a tu familia?

ARTURO: Todo sigue como antes. Pero, papá, con todo respeto, ¿por qué siempre la misma violencia? ¿No puedes entender que no somos, que no podemos ser como tú?

ZACARÍAS: Podrán decirme lo que sea, pero al menos una cosa es cierta: nunca, nunca he dejado de velar por mi familia. Dime, ¿cuándo les faltó algo? ¿Cuándo me negué a darles algo que me pidieran?

ARTURO: De veras, papá, no trato de reprocharte nada.

ZACARÍAS (*interrumpiéndolo*): Aún en contra de mis gustos y de mis propias necesidades... Claro que no tratas de reprochármelo, porque no hay nada qué reprochar. Lo que no comprendo es que ustedes, tú, tu madre y tus hermanos, jamás hayan sido capaces de sacrificarse por los *demás*. Lo único que les importa es lo suyo...

ARTURO: Tú no aceptas otros puntos de vista. Quieres que hagamos lo que *tú* consideras que debemos hacer, no otra cosa. Nunca nos diste la oportunidad de decidir por nosotros mismos.

ZACARÍAS: Yo siempre he querido lo *mejor* para ustedes.

ARTURO: Lo que tú piensas que es lo mejor...

ZACARÍAS: Sólo piensan en ustedes mismos, en cada uno, y se olvidan de que somos una *familia*.

ARTURO: ¿Una familia? Pues tú, a pesar de tu voluntad, te has encargado de hacernos infelices a todos...

ZACARÍAS (*perdiendo el control*): Tú no has hecho otra cosa que satisfacer tus instintos...

ARTURO: Ya vamos a empezar con lo mismo.

ZACARÍAS: Es mi vida y no tengo por qué tomarlos en cuenta. Eso es lo que nos dijiste.

ARTURO: Hay cosas en las que no puedes meterte.

ZACARÍAS: Acuérdate de cómo estabas en esa época, de cómo te sentías. Estabas destruyéndote. De no haber sido por nosotros no sé qué sería de ti en este momento.

ARTURO: Eso pasó hace mucho, papá. Y se los agradezco. Pero ello no te dio el derecho, como tú creíste, para ordenar toda mi vida.

ZACARÍAS: Pero tú sí puedes pedirnos ayuda cuando se te antoja, ¿verdad?

ARTURO: Papá, por favor. No quieras chantajearme.

ZACARÍAS: Es imposible hablar contigo.

ARTURO: Quiero que sepas otra cosa. Ana y yo vamos a divorciarnos.

ZACARÍAS: ¿Divorciarse?

ARTURO: Hace más de un año que no dormimos juntos. Lo nuestro es una farsa.

ZACARÍAS: ¿No la quieres? ¿Por qué la trajiste entonces?

ARTURO: Yo la amo, papá. Pero no puedo seguir con ella. Ya no lo soporto.

ZACARÍAS: ¿Qué quieres decir?

ARTURO: No lo sé, papá, de veras que no lo sé.

Por fin la cámara se aleja un poco de los rostros y permite ver el cuerpo de Zacarías. Se concentra en uno de sus puños que permanece cerrado con fuerza.

Arturo se le acerca y le toca el brazo para tranquilizarlo. La cámara se centra en el movimiento brusco con el cual Zacarías lo aparta.

ZACARÍAS: De haber sabido que un hijo mío... Pero no importa, ya es demasiado tarde para lamentarlo. Estamos tan cerca del final que ya nada importa... A la postre todo volverá a la destrucción...

En ese momento la cámara los deja a ellos y enfoca la puerta. Al abrirse, primero se ve una mano de mujer, luego su brazo y por fin —antes de que se le reconozca— se escucha su voz. Es Sibila.

SIBILA: ¿Interrumpo una charla familiar?

ZACARÍAS: ¡Sibila!

SIBILA: ¿Te sorprende?

ZACARÍAS: No te esperaba tan pronto. (*Nervioso*) No te acuerdas de mi hijo Arturo, ¿verdad?

SIBILA (*saludándolo*): La última vez que te vi eras un niño.

Arturo se retira.

Ella está vestida del mismo modo como llegó, sólo se ha arreglado un poco el cabello y ha pulido su maquillaje. Sus ojos se ven de un tono más intenso y también más profundo; sus labios, enfocados directamente, son de un bermellón brillante. La cámara la barre de arriba abajo para apreciar su cuerpo esbelto y su piel llena de pequeñas pecas. Su blusa blanca se pliega dejando ver las formas de sus senos.

Zacarías recobra su aplomo y se acerca a darle un prolongado beso en la mejilla; ella lo abraza un momento.

ZACARÍAS: Tenía muchas ganas de verte.

SIBILA: Cómo no.

ZACARÍAS: Me tomaste por sorpresa... (*Fingiendo*) La última vez que estuviste aquí fue hace veintitantos años.

SIBILA: Veinticinco.

Las facciones de Zacarías se ensombrecen. La cámara, al acercarse a los rostros, copia un teatro chinesco.

Zacarías pone sus brazos sobre los hombros de ella, conciliador, como si quisiera convencerla de que no hay peligro pero más bien intentando domarla. La mira fijamente a los ojos. Se acerca como para besarla en los labios, pero ella desvía la cara y entonces él se conforma con pasar la lengua por su cuello y el lóbulo de su oreja.

SIBILA: ¿Por qué querías que viniera?

ZACARÍAS: Era tiempo de que nos reencontráramos, Sibila.

SIBILA: ¿Pero por qué en tu casa, con tu familia?

ZACARÍAS: He llamado a todas las personas que han tenido un lugar importante en mi vida, y desde el primer momento supe que *debía* buscarte.

SIBILA: ¿Para qué?

ZACARÍAS: Se los diré por la noche, durante la cena.

En la expresión de Sibila no hay enojo sino una especie de ironía amarga, como si conociera a Zacarías perfectamente y esto le diera una ventaja considerable sobre él.

SIBILA: Ya no quiero que continuemos peleando.

ZACARÍAS: De eso se trata. Míralo como una especie de ajuste de cuentas. Como la última oportunidad que se nos concede de sopesar nuestras vidas antes del fin del mundo.

SIBILA: Tú siempre tienes que ver las cosas simbólicamente.

ZACARÍAS: No sabes cuánto te agradezco tu presencia. Con uno que hubiera faltado a la cita hubiese sido suficiente para que esta reunión se volviera inútil. Yo sólo existo porque existen ustedes, ustedes son una parte de mí, o más que eso, sin ustedes yo no existiría.

Corte.

Escena 3. "Los justos"

Atardecer. Cuatro personajes se encuentran a contraluz, por lo que sólo se aprecian sus sombras negras enmarcadas en un cielo que va del azul cian al rojizo. Han salido a apreciar la puesta de sol, que, al momento de iniciarse la toma, ya ha desaparecido tras las montañas. Hay muebles de jardín, dos pesados sillones de orejas de alambre blanco y uno más pequeño, cuadrado, de dos plazas. También, al centro, una pequeña mesita rectangular con una cubierta de vidrio en cuya superficie se reflejan los colores de las nubes y los últimos rayos del sol.

Javier permanece de pie mirando hacia arriba, mientras los demás están sentados viendo hacia la misma dirección. De pronto Luisa se pone de pie y se le acerca a Javier para abrazarlo. Le pone una mano en la espalda y él, con un poco de esfuerzo, coloca la suya en la cintura de la joven. Así se quedan unos cuantos segundos. Mientras tanto, Gamaliel y Renata han coincidido en el mismo asiento, el rectangular de dos lugares. Sus cuerpos casi están unidos aunque los dos aparentemente miran hacia el frente y no el uno al otro. Entonces Gamaliel sube el brazo y lo apoya en el respaldo del asiento, quedando su mano justo detrás de la nuca de Renata. Nadie dice nada. El atardecer ha concluido y el viento comienza a sentirse en la oscuridad. Luisa tiembla visiblemente y se aprieta al pecho de Javier, pero éste no hace ningún esfuerzo por estrecharla. Al contrario, de inmediato se vuelve hacia donde han permanecido Renata y Gamaliel.

LUISA: Maravilloso, ¿no?

Los demás permanecen en silencio. Gamaliel, primero sin querer y después a propósito, pasa sus dedos entre el cabello suelto de Renata. Más tarde, sin que los otros se den cuenta, desliza pulgar e índice acariciándole el pelo y luego, introduciéndose en medio de los mechones, llega a la piel de la parte posterior de su cuello. La roza apenas, para hacerle creer que ha sido un descuido, aunque también lo suficientemente fuerte como para que ella tenga que notarlo. Renata no se inmuta, incluso, ignorándolo, comienza a hablar. La cámara sigue cuidadosamente cada movimiento de Gamaliel.

RENATA: ¿Estás de mal humor, Javier?

Gamaliel tampoco se detiene ni siquiera cuando sabe que en cualquier momento un ademán de Renata podría delatarlo ante su amigo.

JAVIER: No quiero hablar de ello.

RENATA: Mira a Luisa, está muerta de frío esperando que la abraces.

LUISA (a Javier): Sólo préstame un suéter...

GAMALIEL (a Renata, al oído): ¿Y yo puedo abrazarte a ti?

Renata se levanta del asiento y entra en la casa.

RENATA (a Luisa): Yo te presto uno, espérame...

Javier se le queda mirando a su amigo con desconfianza intuyendo de lo que es capaz. Gamaliel, en cambio, no parece alterarse, continúa impávido observando el horizonte.

JAVIER (*a Gamaliel*): Oye, por cierto, no nos has contado qué pasó con Amanda.

GAMALIEL: ¿Quién?

JAVIER: ¿No se llamaba así tu última *amiga*?

GAMALIEL: Adriana.

JAVIER (*a Luisa*): Ya sabes cómo es Gamaliel para estas cosas. A él no le interesan las mujeres, sino la conquista. Así como hay quien se dedica a ser abogado o médico, Gamaliel se dedica a ligar. Donjuanismo puro. Una vez que consigue doblegar la voluntad de su víctima lo demás ya no le interesa.

GAMALIEL (*a Luisa*): Me sobrevaloras...

Renata regresa con un suéter de lana azul y se lo entrega a Luisa, quien de inmediato le da las gracias y se lo pone.

JAVIER (*a Renata*): Gamaliel nos iba a contar su última aventura con una señora que conoció que se llama ¿Adela?

GAMALIEL: Da igual... No hay mucho qué contar, no te creas. Casada.

JAVIER: Y muy rica, ¿no? ¿No le tienes miedo al marido? ¿Qué tal si manda un detective a espiarte o matones para que te golpeen?

GAMALIEL: No seas envidioso, Javier. A ti te encantaría que te pasara algo similar, sólo que a la mera hora te rajarías.

JAVIER: Bueno, ¿y qué pasó con ella?

GAMALIEL: Ya me aburrí... Aunque no me lo crean, a estas alturas no me excita, prefiero no verla. Llega a mi casa cada vez que se le antoja, sin avisar; la verdad yo preferiría estar solo y quedarme a leer...

JAVIER: ¿Le creen?

RENATA: Yo sí. Me parece normal que después de cierto tiempo uno se aburra, por más que esté enamorado de la otra persona. Son cosas que suceden a diario.

LUISA: Pues yo pienso que si te aburre es porque en realidad nunca lo quisiste o al menos no lo querías tanto...

GAMALIEL: El amor o el cariño no tienen nada que ver con esto. Parece muy complicado, pero no lo es. Resulta difícil aceptar, *primero*, que cuando amas a alguien no necesariamente quieras estar con él (lo que ocurre frecuentemente) y *segundo*, que, al contrario, todo el tiempo quieras estar con alguien al que no amas (lo que ocurre a cada rato).

LUISA (*mirando a Javier*): Cuando yo *amo* a una persona, todo el tiempo *quiero* estar con ella. Si no, es que no la *amo*.

GAMALIEL (*a Luisa*): La verdad a mí se me hacen las cosas más complicadas, pero quizá tú tengas razón.

RENATA (*en un tono que parece una declaración de principios*): A mí me han pasado las dos cosas que tú dices. Yo a... a una persona la quería con todas mis fuerzas, y sin embargo llegó el momento en que ya no toleraba estar a su lado. Y en cambio ha habido veces en las cuales apenas conozco a alguien, no dejo de pensar en él... Los sentimientos nos rebasan...

JAVIER (*a Renata*): ¿Quieres decir que, aun amando a *equis*, podría pasarte que prefirieras estar con *ye*?

RENATA: Sí...

LUISA: A mí me sería imposible...

GAMALIEL: Yo lo único que puedo decir es que por un lado están nuestras ideas, lo que pensamos de situaciones hipotéticas, y por el otro nuestros actos reales, lo que en verdad haríamos frente cada situación.

LUISA: No, de antemano hay actitudes que sé que yo nunca tomaría...

GAMALIEL: ¿Por ejemplo?

LUISA: Si yo estuviera enamorada de *equis*, o al menos creyera estarlo, y de pronto apareciera *ye* que me vuelve loca, se lo diría a *equis*...

GAMALIEL: Con todo respeto, si llegara a pasarte eso, dudo que hicieras lo que dices. A lo mejor sí quieres a *equis*, a lo mejor lo amas verdaderamente, mientras que hacia *ye* sólo sientes una atracción momentánea. Pero sabes que, si le cuentas a *equis* podrías perderlo para siempre, y por algo que ha sido un capricho nada más... ¿Aun así se lo dirías?

LUISA: Sí.

GAMALIEL: De acuerdo, tu integridad me parece admirable, pero creo que tiene más desventajas que ventajas...

JAVIER (*a Gamaliel*): Lo que tú no has considerado para nada es lo que siente *equis*.

RENATA (*a Gamaliel*): Uno nunca es el dueño absoluto de sus pasiones...

Gamaliel la mira fijamente.

JAVIER: Claro que sí. Si nos dejamos llevar por ellas es únicamente porque *queremos dejarnos llevar por ellas.*

RENATA (*riendo*): Javier, no lo creo, estás hablando como papá...

Javier se queda callado. Mira a los otros tres con desprecio.

Fundido en negro.

Corte.

Escena 4. "El silencio"

El cuarto permanece con la luz apagada. Por las ventanas abiertas entra el aire que mece las cortinas y un resplandor lejano, quizá de un farol de los que bordean la entrada a la casa. Ruth está sentada sobre la cama con la mirada fija hacia el piso. Sobre la cómoda hay una televisión a todo volumen, cuyos cambios de luces azules y verdes se reflejan en toda la habitación.

Zacarías entra y enciende la luz.

ZACARÍAS: ¿Qué demonios pasa aquí?

Se acerca al televisor y le baja el volumen sin apagarlo. Ve a Ruth que no se ha inmutado ante su presencia. Camina hacia ella mientras continúa hablándole.

ZACARÍAS: ¿Y ahora qué te pasa?

Ruth ni siquiera levanta la cara para mirarlo. Él la zarandea un poco pero ella no le hace caso. Luego da una fuerte palmada frente a su rostro, lo cual la hace despertar un poco.

ZACARÍAS: ¡Ruth! Despierta...

Ruth hace un esfuerzo por hablar. Se abraza al cuerpo de su marido y después, sin que medien más que unos instantes, se aleja de él como si le asqueara. Solloza en silencio, sin que se escuchen ruidos provenientes de su boca. La cámara se fija en sus dientes amarillentos y en los labios abiertos de los cuales no salen palabras. Zacarías se sienta a su lado.

RUTH (*apenas se le escucha*): ¿Por qué? ¿Por qué la trajiste de nuevo...?

ZACARÍAS: Yo no la traje, Ruth, lo juro. Se apareció aquí, de pronto. Ya le dije que se marchara.

RUTH: ¿Por qué me haces esto? Prometiste que no volvería a pasar. ¡Lo prometiste!

ZACARÍAS: Ya te dije que yo no fui. Vino porque se le dio la gana.

RUTH (*aferrándose a uno de los brazos de Zacarías*): Mientes igual que entonces. No es justo, Zacarías...

ZACARÍAS (*desesperado*): Ya le pedí que se fuera, ¿qué más puedo hacer?

RUTH: No importa que se vaya, lo que importa es que se haya atrevido a venir *aquí* otra vez.

ZACARÍAS: Por favor, Ruth: no tardará en irse, será como si nunca hubiese estado con nosotros...

Ruth: Eso me explicaste *entonces* y mira lo que sucedió después. Es un signo, una advertencia, Zacarías. Compréndelo.

Zacarías la abraza y trata de calmarla.

Zacarías: No va a pasar nada.

Ruth (*llorando*): No me engañes. ¿A qué vino?

Zacarías: ¿Por qué no se lo preguntas tú misma?

Ruth: No la quiero en mi casa.

Zacarías: Será por poco tiempo, Ruth. Te lo prometo.

Ruth: ¿Entonces sí sabes a qué ha venido?

Zacarías: De acuerdo, te lo diré.

La cámara se fija en los labios y dientes de Zacarías. En un *zoom* entra hasta su paladar y se ve cómo se mueve su lengua. Pero no se escucha ninguna palabra.

Corte.

Escena 5. "Música de trompetas"

Al contrario de las escenas anteriores, por primera vez se escucha música de fondo; de hecho ella es el protagonista principal de este pasaje. Está constituida por una serie de sobreposiciones del *Quatour pour la fin des temps* de Olivier Messiaen. El tema de las trompetas aparece cada vez que alguno de los personajes dice algo fundamental. La música es una especie de parodia a los comentarios de los protagonistas.

Alrededor de la mesa se encuentran todos los personajes, reunidos por primera vez. En la cabecera, vestido con un traje gris y con una corbata roja, está Zacarías. A su derecha, también vestido formalmente, Gonzalo; y a su izquierda, con un traje de noche que se nota visiblemente arrugado, Ruth. En la hilera de la derecha, en este orden, aparecen ahora Gamaliel y Renata; y en la izquierda, Arturo, Ana, Javier y Luisa. En la otra cabecera inopinadamente Zacarías ha colocado a Sibila, quien luce un despampanante vestido rojo.

La cámara, al tiempo que los meseros van sirviendo los platillos —primero un consomé al jerez puesto en tazones humeantes y luego un gran pavo que Gonzalo se encarga de partir gentilmente—, va enfocando las mandíbulas en movimiento de cada uno de los personajes, minuciosamente revisa sus reacciones y las miradas que se dirigen unos a otros. Zacarías se muestra sobrio y mucho más moderado que en otras ocasiones; Ruth, en cambio, tiene los ojos llenos de lágrimas y su tez se ve notoriamente descompuesta a pesar de las abundantes cantidades de maquillaje. Gonzalo, indiferente a las pasiones de los otros, se concentra en el pavo. Gamaliel no hace otra cosa que cuchichearle a Renata al oído, en tanto ella está pendiente de las palabras de su padre y del estado de salud de su madre. Ana y Arturo apenas se dirigen la palabra, ella más bien se la pasa mirando fijamente a Gamaliel. Luisa conversa con Javier animadamente, aunque éste por el contrario parece también más atento a tratar de escuchar lo que Gamaliel le dice a su hermana. Sibila, apartada del resto, evita las miradas llorosas de Ruth y más bien intenta pasar inadvertida o intercalar de vez en cuando algunos comentarios con Renata y Luisa, que son las personas que le quedan más cerca, pero, concentrados en sus respectivas pláticas, ellos hacen lo posible por evadirla.

La cámara se desliza al ras de la mesa, sobre el mantel, entre los platillos; sigue las miradas de unos a otros, como en un campo cruzado, danzando en torno a las copas, los trozos de pan, los platitos con mantequilla, los cubiertos y las manos de los invitados. De vez en cuando se escucha la voz nítida de alguno, y de inmediato la cámara intenta reconocerlo al tiempo que la música refuerza la búsqueda. Por fin es la voz de Zacarías la que sobresale por encima de las demás y los otros se callan para oírlo.

ZACARÍAS: Al fin ha llegado el momento de hacerles el anuncio que tanto habían estado esperando.

Mira a Sibila con sorna.

ZACARÍAS: Bueno, en realidad debo darles dos noticias, una buena y una mala. ¿Cuál quieren saber primero?

RUTH: Zacarías, por favor...

ZACARÍAS (*sin hacerle caso*): A ver, Arturo, ¿cuál prefieren saber antes?

Arturo no responde.

ZACARÍAS: De acuerdo, decidámoslo democráticamente. ¿Quién vota por la buena noticia? (*Pausa.*) ¿Veo una mano levantada por allá? ¿Dos? Perfecto. Yo también voto por la buena. Ahora la mala. ¿Quién? ¿Ninguno? ¿Nadie juega? La casa gana.

RENATA: Papá, dinos lo que tienes que decirnos y basta.

ZACARÍAS: ¿Es que en este tiempo han perdido su sentido del humor? De cualquier modo no voy a hacerles caso.

JAVIER: Nunca nos lo has hecho...

ZACARÍAS: Menos mal, Javier: por primera vez estás de acuerdo en algo conmigo. En fin, como supongo que el *suspense* los mata, voy a empezar por la mala. He decidido dejar la pintura para siempre. Bueno, de hecho no sólo la pintura, pero esa parte vendrá después. Luego de casi cuarenta años de dedicarme al arte, me he dado cuenta de que todos mis cuadros no valen un centavo. Yo sé que algunos de ustedes lo sospechaban desde antes, pero lo que importa es que ahora yo lo acepto. Entonces, querida familia, no tendrán que volver a poner sus caras hipócritas cada vez que les enseñe mis obras... Desde luego hay una pequeña excepción, tampoco iba a capitular tan fácilmente. Voy a realizar un último proyecto, mi única obra maestra. Aquí con nosotros se encuentra a mi buen amigo Gonzalo Malvido, uno de nuestros más destacados críticos de arte, a quien he llamado para que se encargue de asesorarme. Modestia aparte, se trata de una obra muy ambiciosa, la reconstrucción de un cuadro de Andrea Mantegna, perdido hace más de cuatrocientos años, llamado *Malancolia*. Sé que les parecerá absurdo, pero poco a poco comprenderán que no lo es tanto, incluso se darán cuenta de que es un trabajo lo suficientemente importante para consagrarle el resto de mi vida...

Ruth no puede contenerse más y estalla en llanto. Los demás no aciertan a comprender lo que sucede. Suenan las trompetas.

JAVIER: Al contrario, papá, nos parece *muy* interesante... Pero vamos al otro asunto, ¿quieres?

ZACARÍAS: Tan impaciente como tu hermana. Déjame terminar. Ahora escuchen con atención la noticia buena. Buena para ustedes, digo. Y mejor para mí. La *Malancolia* será mi último cuadro porque, si le hacemos caso a los galenos, por prescripción médica tengo que concluirlo antes de seis meses.

RENATA: ¿De qué estás hablando?

ZACARÍAS (*tomando su copa de vino y bebiendo*): El mensaje es muy claro. Espero terminarlo a tiempo, al cabo de esos seis meses, porque al cumplirse ese tiempo mi retiro de la pintura —y de todo lo demás— será *forzoso*.

JAVIER: Habla claro, papá...

ZACARÍAS: Se los diré de este modo: de acuerdo con el doctor Morales, el fin del mundo se llevará a cabo antes de seis meses. Tengo cáncer.

De nuevo se oyen las trompetas. La cámara hace un recorrido por las expresiones de todos los convidados.

ZACARÍAS: Pero no los he llamado aquí sólo para decirles esto, no me atrevería a importunarlos con algo de tan poca importancia. Más bien quiero *pedirles* que colaboren conmigo. Quiero que me ayuden en la construcción de mi última obra. Obviamente no van a sostenerme los pinceles ni a indicarme si estoy poniendo el color correcto. Lo que *necesito* es estar con ustedes mientras pinto este cuadro antes de que el universo sea destruido.

ARTURO (*sorprendido*): ¿Quieres que te acompañemos aquí mientras agonizas?

ZACARÍAS: No tenías por qué ser tan explícito.

ARTURO: ¿Seis meses?

ZACARÍAS: Si tienen suerte podría terminar mucho antes...

ARTURO: Pero tenemos otras cosas que hacer. Podríamos visitarte a menudo...

ZACARÍAS: ¿Te das cuenta de su egoísmo, Ruth? Me estoy muriendo y mis hijos *tienen otras cosas que hacer.*

JAVIER (*interrumpiéndolo*): El tono de autoconmiseración nunca te ha sentado bien, papá. Comprende que no depende de nosotros.

ZACARÍAS (*enfadado*): ¿Ah, no? ¿Entonces de quién?

ARTURO: Es absurdo lo que nos exiges. Tenemos trabajo, nuestras propias familias...

ZACARÍAS: Por el dinero no te preocupes, Arturito. Mientras estén aquí tendrán lo que necesiten. En cambio si se van no se quedarán con nada.

Renata también solloza. Gamaliel trata de consolarla.

JAVIER: No es posible que actúes así, papá. Ahora nos amenazas.

ZACARÍAS: ¿Y a ti no te parece terrible que tenga que amenazarlos para que se queden conmigo?

JAVIER: ¿Qué quieres que hagamos entonces?

ZACARÍAS: Los necesito para concluir mi pintura, la *Malancolia*. Ustedes deben ser mis modelos...

JAVIER: ¿Tus modelos? (*Ríe nerviosamente.*) ¿Quieres retratarnos?

ZACARÍAS: Exacto. Pero no retratar sus cuerpos, sino sus almas. Pintar lo que ustedes han sido en mi vida. Por absurdo que suene, *pintar sus espíritus.*

ARTURO: Has enloquecido. (*A los demás.*) ¿Se fijan? Ha perdido la razón... (*A Zacarías.*) ¿No bastaría con que te acordaras de cómo somos? ¡Esto es increíble!

RENATA (*entre lágrimas*): Por favor, papá... Arturo... Por una vez...

ARTURO: Ahora sólo falta que *tú* te pongas de su lado.

RUTH: No soporto más esto, no de nuevo...

Se levanta de la mesa y corre hacia afuera.

ZACARÍAS (*a Arturo*): ¡Mira lo que has conseguido, imbécil! Si algo demuestra que estoy loco es que no te haya molido a palos cuando debí hacerlo. (*A Renata*) Y tú ve con tu madre. (*Alternativamente a Gonzalo, Luisa y Gamaliel*) Disculpen ustedes, quizá no tendrían que escuchar estas confesiones nada agradables, pero como son personas cercanas a algunos de los miembros de esta familia será mejor que nos conozcan tal como somos.

Los tres hacen gestos para hacerle notar a Zacarías que no están incómodos, aunque difícilmente lo pueden simular.

ZACARÍAS: En fin, será mejor que terminemos con esto por el momento. Gonzalo, ¿por qué no les explicas cuáles son las características de la *Malancolia* de Mantegna?

Última intervención de la música de trompetas.

Corte.

Escena 6. Primera "El ángel del abismo"

La cámara reaparece en el comedor, en el cual ya sólo quedan Zacarías, Gonzalo, Arturo y Ana. Hace un rápido barrido por la mesa que indica el paso del tiempo. Sólo quedan encima algunos platos sucios, servilletas manchadas, vasos, tazas de café y una botella de whisky. Zacarías es el único que continúa llenando su copa una y otra vez, los demás sólo lo miran y hacen como que beben ante las invectivas del padre. Ana también se ha emborrachado un poco, se nota la brillantez de sus ojos, está a punto de no soportar más la situación. Juega con un trozo de pan que lleva de un lado a otro del mantel.

ZACARÍAS (*ebrio*): Ustedes pueden irse cuando quieran... Déjenme solo... Mi amigo Gonzalo se quedará a hacerme compañía... No los necesito... No quiero seguirles viendo las caras, a excepción de Ana, desde luego... (*A Arturo.*) Bueno, aunque en realidad me gustaría ver muchas más cosas que su cara...

Ana deja bruscamente su servilleta sobre la mesa y se levanta. Arturo la sigue.

ZACARÍAS: ¡Estúpidos! No se dan cuenta de que el mundo va a acabarse y lo único que hacen es berrear como niños... ¡Oiganme bien, imbéciles, el fin de los tiempos se acerca! ¡Mi coraje se desatará sobre sus cabezas, créanme! Desearán morir y la muerte huirá de ustedes...

GONZALO (*también medio bebido*): Mejor brindemos...

La cámara deja el comedor para acompañar a Arturo, que persigue de cerca a Ana escaleras arriba. Mientras ellos suben, Renata comienza a bajar. Arturo no puede sino detenerse frente a su hermana y dejar que su esposa se le adelante.

ARTURO (*a Renata*): ¿Cómo sigue mamá?

RENATA: Mejor. Javier y Luisa están con ella.

Arturo duda un segundo, luego inclina la cabeza y continúa su ascenso, mientras Renata, visiblemente alterada, baja las escaleras con precipitación, llega a la estancia, luego abre la puerta y sale al aire libre. La noche está completamente oscura, sin estrellas. Las únicas luces provienen de los faroles encendidos a lo largo del camino y del interior de la casa. Renata se sienta en el porche, casi a ras del piso; se abraza las piernas flexionadas con ambas manos y apoya la frente sobre las rodillas. De vez en cuando se escuchan los gritos incomprensibles de Zacarías desde adentro del comedor.

Después de unos momentos alguien abre la puerta de la entrada. Renata ni siquiera voltea a ver quién es. Gamaliel se sienta a su lado sin hablar, en la misma posición de ella.

GAMALIEL: ¿Siempre ha sido así?

RENATA (*sin mirarlo*): Desde que tengo memoria.

GAMALIEL: Pero sigue siendo difícil para ti...

Renata hace un ruido que no se puede interpretar precisamente, entre un suspiro y una risa apagada.

RENATA (*al cabo de unos segundos de silencio*): ¿Quieres caminar?

GAMALIEL: Me encantaría.

Gamaliel se pone de pie y le extiende la mano a Renata. Caminan por el sendero principal, entre las farolas.

GAMALIEL: ¿Qué es eso de allá?

RENATA: ¿Qué?

GAMALIEL (*señalándola*): Esa construcción.

RENATA: La vieja capilla. ¿No has entrado?

GAMALIEL: No.

RENATA: Vamos.

Le toma la mano y lo lleva hacia la capilla. Ella tiembla. Se desvían un poco del camino y se adentran bajo las sombras de ramas y arbustos. Después de unos segundos se encuentran ante la pequeña construcción. Casi no se logran distinguir las formas derruidas de su fachada.

RENATA: Espera, a ver si todavía sirve una lucecita que papá instaló adentro.

Tanteando los muros, ella se introduce en la capilla. Gamaliel aguarda un instante y después la sigue.

GAMALIEL: Te ayudo...

La oscuridad es absoluta. Se oye un ruido, como si alguno de los dos hubiese tropezado, y luego la risa de Gamaliel. Por fin se enciende un pequeño foco que apenas permite distinguir las siluetas de ambos.

Renata retrocede unos pasos caminando de espaldas hasta toparse con el pecho de Gamaliel. Éste la detiene y la hace apoyarse contra él; luego comienza a acariciarle los brazos desnudos. Levanta su cabello y comienza a besarle el cuello y la nuca. Renata hace un esfuerzo para soltarse sin conseguirlo. Él rodea su cintura y comienza a pasar su lengua también por sus hombros y sus orejas y comienza a subir las manos por encima de la camiseta hasta alcanzar sus senos. Renata no se resiste más, sometida al poder del otro que pasa sus dedos alrededor de sus pezones. Renata suda frío. Se le ve excitada pero al mismo tiempo a punto de estallar. Gamaliel le da la vuelta dispuesto a desabrocharle los *jeans* al tiempo que ella hace lo mismo con los pantalones de él. Ella parece haber cedido. Pasa sus manos por las nalgas de Gamaliel y le baja los calzoncillos con rapidez antes de que él pueda hacer lo mismo. Acaricia su miembro erecto delicadamente, como si lo preparara para luego metérselo ella misma. Lo pellizca un poco, lo toma con ambas manos y lo lleva de la punta al extremo en que se une con el pubis. En un instante las manos de ella se encuentran ya acariciándole los testículos.

De pronto la cámara sube y ya no enfoca el cuerpo, sino el rostro de Gamaliel, envuelto entre las sombras, mostrando un espasmo de dolor que culmina con un grito. Gamaliel se dobla y cae al piso llevándose las manos instintivamente a la entrepierna. Renata lo contempla un segundo y luego sale corriendo de la capilla.

Corte.

Escena 6. Segunda

¿Eran precisamente esas reacciones las que Gruber quería de nosotros? ¿Buscaba que, en contraposición al comportamiento que había tenido originalmente con Gamaliel, ahora yo hiciese lo posible por no repetirlo y en vez de eso descargara mi ira sobre él? ¿Había perpetrado lo anterior con el único propósito de hacerme perder el control hasta llevarme a esos extremos de violencia? Al término de la escena, cuando contemplé a Gamaliel tirado en el suelo, apretándose los testículos con un gesto de dolor irrefrenable, ni siquiera alcancé a cobrar conciencia de que yo había sido la culpable. Rápido llegaron a auxiliarlo, pero ni los técnicos ni el propio Gruber se mostraron especialmente preocupados por el incidente, como si encajara a la perfección en sus planes. En mí, al contrario, las emociones se dispersaban en varios sentidos; por un lado no me sentía responsable de mis actos, la realidad de la ira difuminada con la actuación, mientras por el otro, confundida por completo con mi papel, me parecía que el sufrimiento que experimentaba aquel hombre era un justo castigo por su conducta previa. ¿Cómo me había atrevido a lastimarlo de aquel modo? Empecé a llorar, desesperada, sabiendo que mis sentimientos ya no se encontraban en mi poder, que Gruber y los demás personajes de la película eran capaces de hacerme reaccionar de maneras que nunca hubiera imaginado. Braunstein y un grupo de fotógrafos cargaron a Gamaliel y se lo llevaron a su habitación.

—Sólo le hará falta un poco de reposo —me dijo Gruber para evitar mi remordimiento—. Por lo demás fue una actuación espléndida...

Sus comentarios hicieron que me hirviera la sangre, la cabeza me daba vueltas, incapaz de seguir respondiendo de mis decisiones. Me parecía que lo que yo había hecho era imposible o más bien irreal, parte de un sueño: lo había lastimado verdaderamente. Pronto se corrió la voz de lo sucedido, las opiniones de mis compañeros variaban en la misma medida que sus simpatías por mí o por Gamaliel. Zacarías, Ruth y Ana, por ejemplo, me apoyaron aunque más para reafirmar su desagrado hacia él que por protegerme a mí, en tanto Luisa y Ana me reprendieron por lo que consideraron un puro acto de locura. Sólo Javier, siempre Javier, trató de advertirme de los peligros reales de mi descontrol, del daño que me causaba para el futuro sin pensar en las fuerzas y el resentimiento que desataría en Gamaliel y sus aliados. Como de costumbre no quise escucharlo: lo que necesitaba no eran reprimendas sino simplemente alguien que me abrazara, que comprendiera mis motivos, que me perdonara por anticipado. No quería un juez ni un defensor sino un cómplice, alguien con quien compartir la culpa para sentirme un poco mejor, menos infeliz.

Más tarde, en un instante en el que conseguí estar a solas con él, intenté que Gruber me diese alguna respuesta, algún consuelo.

—¿Qué estás haciendo conmigo? —le dije—. ¿Qué estás haciendo con nosotros?

Pero entonces Gruber había dejado de ser mi amigo, mi amante, para tomarse muy en serio su papel de director, de dueño y único artífice de su película y de su mundo.

—Únicamente lo que tú quieres que haga contigo —me respondió en seco para volver de inmediato a sus propios asuntos—. Lo que en el fondo todos ustedes quieren que yo haga con sus vidas.

A partir de ese momento fue como si ya no existiese ningún control sobre nosotros, ninguna referencia, ningún centro al cual dirigir nuestros actos. Después de fincar los cimientos de nuestras relaciones, ahora Gruber nos dejaba en libertad, al garete, para que nosotros mismos decidiéramos —como si entonces tuviésemos los elementos para decidir— qué es lo que sucedería con nuestros destinos. Habíamos asumido nuestra condición de familia, las pasiones que nos unían y nos separaban, y ya resultaba imposible pretender que nuestra convivencia terminaba al concluir las agotadoras filmaciones. El director había desatado en nosotros una energía oculta que apenas alcanzábamos a vislumbrar, la maldad y la destrucción que están presentes en todos los corazones pero que muy pocas veces sale a la luz. En realidad continuábamos siendo nosotros mismos, rodeados por nuestras verdaderas personalidades, sólo que desprovistos de limitaciones, inundados con las peores aristas de cada uno, como si fuésemos vistos en el negativo de la película, atrapados entre las rejas de nuestra propia e íntima miseria.

Escena 7. "El libelo"

La habitación de Ruth. Sólo una pequeña lámpara de noche permanece encendida. La cámara rodea el cuarto y poco a poco se acerca al rostro de ella. Se nota su respiración agitada, los ojos que se mueven de un lado a otro escondidos bajo los párpados, los movimientos repentinos e inquietos de sus manos. En el piso, en posición de loto, está Luisa y, pegado a la pared, Javier.

Luisa se arrastra por el piso y apoya la cabeza sobre las piernas del joven. Él distraídamente comienza a acariciarle el cabello pero sin prestarle mayor atención. La cámara se fija en su mirada.

LUISA: ¿Qué te pasa?

JAVIER: Me duele horriblemente la cabeza.

Javier se levanta por una aspirina. Abre el cajón de la cómoda de su madre y comienza a revolver lo que hay en el interior. La cámara enfoca un pequeño libro con ribetes dorados. Javier, hojeándolo, lo lleva bajo la luz.

LUISA (*somnolienta*): ¿Qué es eso?

JAVIER: Parece un diario.

LUISA: ¿De tu madre?

JAVIER: Sí. (*Leyendo*) "1967".

Javier comienza a pasar las páginas y su expresión se va modificando abruptamente. Luisa ha vuelto a perder el interés y se ha recostado nuevamente en el piso sobre un cojín. La cámara pasa rápidamente por encima de las hojas del diario y sólo se fija en donde se ve claramente escrita la palabra "Sibila".

LUISA: ¿Qué has encontrado?

JAVIER: Ni siquiera sabía que mi madre tuviese un diario como éste. (*Continúa pasando las hojas.*) Por lo visto mis padres conocen a esa mujer desde hace mucho.

LUISA: ¿A Sibila?

JAVIER: En cambio yo no recuerdo haberla visto nunca.

Se fija en una de las páginas y la lee detenidamente. Comienza a inquietarse.

JAVIER (*murmurando para sí*): Renata... No puede ser... ¿Cómo pudo guardárselo todo este tiempo? ¿Y si ella se enterara...?

LUISA: ¿De qué hablas?

JAVIER (*muy alterado*): De nada. A veces resulta mejor no saber ciertas cosas.

LUISA: No te entiendo.

JAVIER: Yo tampoco quisiera entenderlo.

Javier echa todo el paquete en un bote de basura que está al lado de la cama de Ruth. Luego lo toma y sale de la habitación. Luisa lo sigue al baño. Enciende un cerillo.

LUISA: Javier, ¿qué haces?

JAVIER: Ya te lo dije. Hay cosas que es mejor no saber. Que es mejor que nadie sepa.

La cámara enfoca los papeles que se queman, las breves llamas y el color negro que poco a poco va apareciendo hasta que sólo quedan cenizas.

JAVIER (*tomando bruscamente a Luisa por las muñecas*): ¡Tú no has visto nada! ¿Entiendes?

LUISA: Déjame...

La cámara vuelve a fijarse en las cenizas que han volado por el suelo de la tina.

Corte.

Escena 8. "Los dos testigos"

Las luces del cuarto están encendidas. Arturo permanece acostado en la cama, sobre las cobijas, con un pijama de color azul cielo. Ana, por el contrario, se halla de pie frente a él. Como de costumbre, en ropa interior. Sostiene un par de algodones con los cuales se desmaquilla cuidadosamente. Abajo del espejo hay una repisa en la que ha colocado un barniz de uñas y un quitaesmalte, varios cepillos, un bote de crema blanca, sus aretes de carey y sus anillos. La cámara la enfoca de tal modo que parezca una figura de Modigliani, blanca y espigada, los senos apenas resaltados del resto del pecho, perfectamente redondos. Arturo ni siquiera la mira, la vista fija en el techo.

ARTURO (*distraído*): ¿Sabes? Cuando dormía aquí, una de mis entretenciones favoritas era escuchar lo que ocurría en la habitación de junto, el cuarto de huéspedes.

ANA: ¿A través de cuál de las paredes escuchabas?

ARTURO: De ésa (*señala la del lado izquierdo*).

Ana termina de desmaquillarse, deja los algodones sucios sobre la repisa y se acerca al muro que le ha indicado Arturo.

ANA: Veamos si todavía funciona.

Pega su oído a la pared y, en *off*, se escuchan voces que discuten aún no muy claras.

ANA: Acércate.

Arturo se levanta de la cama y se coloca a un lado de Ana. Las voces se oyen con mayor nitidez. Son Zacarías y Sibila.

ZACARÍAS (*en off, se nota que continúa borracho*): No quiero tu misericordia, Sibila...

ANA (*a Arturo*): Es tu padre.

ARTURO: Shhh.

SIBILA: Ni entonces ni ahora has sido capaz de aceptar que a ti también te hace falta un poco de cariño. No, tú eres autosuficiente, no necesitas a nadie más... Por Dios, Zacarías, acepta que eres un hombre como cualquier otro.

ZACARÍAS: Eso querrías porque siempre has hecho lo que se te ha pegado la gana. Y conmigo nunca pudiste...

SIBILA: Tu gran problema es que no puedes aceptarte como eres.

ANA (*en voz baja*): ¿Sibila fue amante de tu padre?

ARTURO: Shhh.

Se escucha un golpe seco. Tal parece que Zacarías le ha dado una bofetada a Sibila. Luego se escucha otro. Ella se la ha devuelto.

SIBILA (*casi gritando*): ¡Conmigo no te atrevas, Zacarías!

Se hace un momento de silencio. Arturo y Ana se voltean a ver pero los ruidos han disminuido. Pasan unos segundos ominosos. Luego, poco a poco, se escuchan los gemidos crecientes de Sibila.

SIBILA (*jadeando*): No, detente, por favor...

ZACARÍAS: A esto es a lo que viniste, puta... Eres una puta, siempre lo has sido y nunca dejarás de serlo... Puta, mi puta...

Continúan oyéndose los jadeos entrecortados de Sibila. Pronto se incorporan también los de Zacarías. Después de unos minutos, nada. Ana y Arturo siguen pegados a la pared. Al final, se oye el ruido sordo de una puerta que se cierra.

Corte.

Escena 9. "El santuario"

La cámara se fija, a través de la ventana del estudio de Zacarías, en el sol que comienza a salir entre las montañas. El cielo blanco se cubre poco a poco con tonos amarillentos y naranjas. Se escucha el trinar de los pájaros y a lo lejos, en los campos, se advierten pequeñas figuras de campesinos y animales que han iniciado su vida diaria. La cámara va girando para mostrar que se halla en el estudio del pintor, quien, como si la noche no hubiese pasado, se encuentra detrás de un enorme bastidor con un trozo de carbón entre sus manos realizando diversos trazos. A su alrededor hay innumerables bocetos extendidos sobre los muebles y en el piso, al lado de litografías y grabados de libros. La cámara se fija lentamente en algunos de ellos, mostrando diversas posiciones de ángeles y *putti*, así como diseños de manos, cabezas y torsos de una misma mujer en diversas posturas, y decenas de ilustraciones con la imagen de la Dame Merencolye.

Zacarías se mueve de un lado a otro del cuarto, como si meditara cada trazo, a ratos se asoma por los ventanales y en otros escudriña entre los papeles que lo rodean para regresar a hacer una línea que nunca alcanzamos a ver de frente.

Luego de varios minutos aparece Gonzalo, vestido con un suéter de cuello alto, unas grandes ojeras ensombrecen su mirada y tiene el cabello revuelto. Eufemio lo acompaña hasta la entrada del estudio y se retira para dejarlo solo con Zacarías luego de intercambiar una mirada acusadora con éste.

ZACARÍAS: Quiero que me des tu opinión...

Gonzalo se pone a un lado de Zacarías y contempla la tela de frente.

GONZALO: ¡Sorprendente! En realidad has logrado asimilar

la perspectiva y el tipo de construcción renacentista... ¿Cuánto tiempo llevas estudiando esto?

ZACARÍAS: Un par de años. Pero en este lienzo quedará por fin la obra terminada.

Zacarías vuelve a tomar el trozo de carbón y, con la ayuda de escuadra y compás, comienza a hacer mediciones para mostrarle a Gonzalo la proporción y las medidas que ha tomado para el cuadro.

GONZALO: ¿La proporción áurea?

ZACARÍAS: Exacto. Aquí, en esta parte, a la derecha, estará la imagen de la Melancolía, y estos *putti* de acá representan a las artes y a los diversos caracteres humanos.

GONZALO: ¿Tu familia?

ZACARÍAS: Sí. Los 10 *putti* de la pintura de Mantegna somos las diez personas que nos encontramos en esta casa: hasta tú vas a quedar incluido.

Gonzalo comienza a caminar por el estudio, mirando de reojo los bocetos pero concentrándose en el paisaje que se advierte cada momento más luminoso a través del ventanal.

GONZALO: Zacarías, dejemos a un lado la pintura. ¿Puedo preguntarte exactamente por qué haces todo esto?

ZACARÍAS: ¿A qué te refieres?

GONZALO: ¿Por qué nos has reunido? ¿Por qué la Melancolía?

ZACARÍAS: No estoy enfermo, estoy *muerto*, ¿no lo entiendes? El mundo está a punto de acabarse. El mundo que es *mi* mundo. Con todos ustedes incluidos. Como si hubiese una cuenta regresiva en mi contra que con cada segundo me acerca más al final. Me conoces, no me da miedo la muerte, lo que temo es esta agonía de meses, estas semanas que se han convertido en una especie de juicio al que tengo que enfrentarme obligatoriamente antes del descanso de la tumba. De hecho, todos ustedes son los *testigos* de mi Juicio. Y mi obra, esta estúpida pintura que estoy obsesionado con realizar, es mi único alegato, mi única defensa... Lo único que quedará de nosotros... Mi salvación.

GONZALO: ¿Salvación de qué?

ZACARÍAS: Del infierno de mí mismo.

GONZALO: ¿Y para eso nos utilizas?

ZACARÍAS: Por ello los *necesito*. Mi culpa y mi condena son las suyas.

GONZALO: ¿Quieres... reconciliarte?

ZACARÍAS (*sin dejar de pintar*): Ya te lo dije: quiero *salvarme*.

GONZALO: Y no te importa utilizarnos.

ZACARÍAS: No seas patético. Simplemente quiero estar con mi familia y con mis amigos antes de morir.

GONZALO: En el fondo pides más que eso: nuestra sumisión absoluta. A mí no me importa, soy tu amigo, pero vas a provocar que tu propia familia, esa familia que según tú necesitas tanto, termine por odiarte. Escucha lo que te digo, Zacarías. Estás jugando con ellos y eso es muy peligroso. Quizá, al contrario de lo que piensas, al final te arrepientas de lo que estás haciendo. ¿Qué ocurriría entonces? ¿Si de veras se tratara de tu Juicio que tendrías que responder?

ZACARÍAS (*sombrío*): No te preocupes, Gonzalo, no pienso arrepentirme. Ninguno de nosotros tendrá tiempo para hacerlo.

La cámara vuelve a centrarse en los bocetos y acaba hundiéndose en una imagen en la que la melancolía aparece con la figura de Saturno. Se le representa como un anciano desnudo que sostiene una hoz. Se encuentra de pie y está a punto de devorar a uno de sus hijos. A su alrededor se ocultan y huyen los demás niños al tiempo que uno de entre ellos, Júpiter, se le acerca sin ser visto dispuesto a castrarlo con una navaja.

Corte.

Escena 9A. "La mujer y el dragón"

Se escuchan unos golpes en la puerta. Renata enciende la luz de su habitación y se levanta para abrir. Como pijama usa una camiseta blanca con un rehilete de colores al frente y unas bermudas verdeamarillas. A través de la puerta se oye la voz de Eufemio.

EUFEMIO: Tu padre quiere que vayas a su estudio de inmediato.

RENATA (*restregándose los ojos, molesta*): Dile que me acabo de despertar, Eufemio. Voy a darme un baño y a arreglarme y luego voy.

EUFEMIO: Dijo *de inmediato*.

Renata cierra la puerta violentamente. Luego pasea por el cuarto y por fin se decide a ir al baño. No abre la regadera sino únicamente la llave del lavabo al tiempo que contempla su rostro en el espejo. Hace un gesto de desagrado. Se le ve pálida, ojerosa, con el cabello revuelto. Se quita la camisa y se echa un poco de agua en la cara y en el cuello. Pasa varios minutos cepillándose el cabello que se resiste a quedar en la posición que desea. Regresa al cuarto y busca en su maleta lo que habrá de ponerse: una blusa amarilla y otros *jeans* deslavados. Se sienta sobre la cama, se pone un sostén blanco y luego la camisa encima; luego se quita las bermudas y se pone los pantalones.

La cámara la sigue desde su habitación hasta el estudio de Zacarías. Se le nota muy contrariada. Cuando llega al estudio, están ahí esperándola Zacarías y Gonzalo.

RENATA (*impaciente*): ¿Qué quieres?

ZACARÍAS: Primero, que te sientes sobre esa tarima (*se la señala*). Y después que te quites la ropa. Vas a ser mi modelo.

RENATA: ¿Tu qué?

ZACARÍAS: Mi modelo de la Melancolía, para la pintura.

RENATA: ¿Estás loco?

ZACARÍAS: No es una pregunta, Renata. Siéntate y desvístete.

Gonzalo se ve incómodo, hace como si no viera a Renata al tiempo que se nota que no le disgustaría la idea de mirarla desnuda.

RENATA: Me voy.

Zacarías cierra la puerta de un golpe.

ZACARÍAS: ¿Piensas que estoy jugando? Somos artistas y lo único que estoy pidiendo es tu ayuda.

RENATA: ¿Pidiendo? Me lo estás *ordenando*.

ZACARÍAS: ¡Basta ya! Haz lo que te digo, Renata.

GONZALO (*asustado*): Zacarías, por el amor de Dios...

ZACARÍAS: Prometo que si me ayudas ahora no volveré a molestarte nunca. (*Pausa. En tono melifluo.*) Por favor...

Renata permanece inmóvil.

Gonzalo retrocede. Con el semblante vacío, ella comienza a levantarse la blusa. Se aprecia la piel blanca y tersa de su vientre, su breve cintura, su ombligo perfectamente redondo. Luego la cámara enfoca la mirada de Gonzalo, primero aterrorizada y luego, casi sin transición, ávida del cuerpo de la joven. Renata, en sostén, se inclina para desanudarse los tenis y luego se quita las calcetas blancas y las deja sobre el piso. Comienza a desabrocharse los *jeans*. La cámara regresa al rostro sudoroso de Gonzalo. Zacarías, en tanto, se coloca detrás del bastidor. Gonzalo se mete una mano en el bolsillo del pantalón y la mueve ahí. A partir de ese momento la cámara no vuelve a enfocar a Renata, sólo a los otros dos.

ZACARÍAS (*a Renata*): Ahora siéntate sobre ese taburete con las rodillas dobladas, eso... Gonzalo, te voy a pedir que nos ayudes... Sólo sigue mis indicaciones.

Gonzalo se acerca al cuerpo desnudo de Renata. La cámara sólo lo enfoca a él. Ambos van siguiendo las indicaciones del pintor.

ZACARÍAS (*a Renata*): Flexiona tu brazo izquierdo y apóyalo sobre la rodilla. Muy bien, ahora mira hacia adelante, como si buscaras un punto muy lejano. Coloca la mano izquierda en tu mejilla, casi cerrando el puño, y apoya la cabeza... Exacto, ahora el otro brazo sobre el vientre y la pierna izquierda un poco más levantada... Perfecto.

Zacarías toma un carbón y comienza a dibujar en grandes trazos. La expresión de Gonzalo se contrae. Retrocede. La cámara únicamente se fija en el torso de Zacarías detrás del bastidor, en sus gestos y en los movimientos de sus brazos y sus manos, la triste expresión de sus ojos.

Corte.

Escena 10. "El hijo del hombre"

ARTURO: Ya te lo dije, el cabrón se ha vuelto loco. ¿No lo oíste? Quiere pintar nuestras almas antes del fin del mundo...

ANA: ¿Pero no sientes siquiera un poco de compasión?

Ella está dentro del baño pero ha dejado la puerta abierta para poder hablar con Arturo. Éste enciende un cigarrillo, se tiende sobre la cama e intenta leer un libro que saca de su maleta. En vez de hacerlo, continúa platicando con su esposa. Se escucha el ruido del agua. La ventana del cuarto está abierta y la poderosa luz del sol baña el cuerpo de Arturo.

ARTURO: ¿Compasión hacia él? Él jamás ha experimentado un sentimiento semejante.

ANA: Deberías darte cuenta de que, en vez de olvidarlo, lo repites.

ARTURO: ¿Y qué esperas? ¿Que lo ame porque él nunca me amó?

ANA: Quizá...

ARTURO: Lo único que recuerdo de él es cómo se avergonzaba de mí y los golpes que me daba. Y aun así me pides que lo quiera...

ANA: Al menos que lo comprendas. Sería por tu propio bien.

ARTURO: Ahora te interesas por mí.

ANA: Se está muriendo, Arturo. Los llamó para reconciliarse.

ARTURO (*levantándose de la cama*): Por mí se puede pudrir en el infierno.

ANA: Pero tú quisiste venir.

ARTURO: No entiendo por qué te obstinas en defenderlo.

ANA: No lo defiendo, simplemente te digo lo que opino.

ARTURO: Ése ha sido uno de nuestros grandes conflictos.

Se pasea por la habitación, por fin se apoya en la ventana y mira hacia afuera. Parece como si el sol lo siguiera, siempre iluminándolo con sus rayos.

ANA: De acuerdo, a fin de cuentas ya no tengo que meterme en tu vida.

ARTURO: No pierdes oportunidad de reprochármelo.

ANA: ¿Ves? Es inútil tratar de hablar contigo.

Se escucha cómo el agua deja de caer y sólo unas últimas gotas resbalan hasta el piso del baño. Ana sale envuelta en una toalla. Arturo no dice nada y a su vez se introduce al baño. La cámara lo sigue a él en todo momento, ella vuelve a desaparecer. Arturo se desnuda, abre de nuevo la regadera, templa el agua y por fin se mete y deja que el chorro caiga sobre su cabeza casi sin moverse con los ojos cerrados y el rostro ligeramente hacia arriba. El agua le moja la cabeza, escurre a lo largo de su piel.

La cámara permanece adentro de la bañera, dirigida hacia las cortinas que la cubren. Entre el plástico anaranjado apenas hay algunas aberturas que permiten ver a Ana, ya vestida con unos mallones negros y una blusa de flores moradas y con el cabello húmedo casi pegado a la cara, que entra de nuevo al baño. Se mira un segundo ante el espejo empañado.

ANA: Bueno, voy adelantándome. Te espero abajo.

Arturo no responde. Ana sale precipitadamente.

La cámara enfoca de nuevo el cuerpo de él, sigue las rutas del agua, es como si se encontrara bajo una especie de trance entre el vapor caliente y el agua. Se escucha un ruido de pasos; los encuadres copian evidentemente la famosa secuencia de la ducha en *Psicosis* de Hitchcock. El ritmo se hace más tenso, pero la cámara permanece alternándose entre la visión de Arturo, que continúa estático como si no se diera cuenta de lo que sucede, y la extensión anaranjada de las cortinas.

Por fin hay un sobresalto, Arturo grita y algo se introduce de repente en la regadera. La cámara enfoca primero los ojos de Arturo y después todo su rostro hasta que va alejándose y dejando ver que alguien, un hombre desnudo con la piel morena, está abrazándolo. Arturo no consigue resistirse. Es Eufemio, quien acaricia el cuerpo de Arturo bajo el chorro del agua. Arturo primero se resiste un poco, pero luego comienza a besarlo también. La cámara los enfoca en una sucesión vertiginosa de fragmentos, un frenesí que va de los brazos a las piernas y de los torsos a las nalgas de ambos, pero sin mostrarlos en conjunto. La cámara se detiene de pronto en el rostro de Arturo, que ha quedado libre; mira hacia abajo y va mudando de expresión poco a poco hasta que por fin se advierte la descarga de placer en sus facciones.

Corte.

Escena 11

¿Cómo era posible que a esas alturas aún no nos hubiésemos dado cuenta de lo que sucedía, de lo que estaba a punto de pasar?

¿Cómo no hicimos nada para evitarlo, aturdidos por la marea fílmica que nos rodeaba en todo momento? Ya nada parecía quedar de nuestras auténticas personalidades, de nuestros antiguos estados de ánimo o de nuestras voluntades, transformados definitivamente en los papeles que ya no representábamos, sino vivíamos. ¿Se trataría en verdad de la culminación del arte? ¿De la total suplantación de la mentira que encarna cualquier demostración estética? Quizás en el fondo la experiencia fuese única e irrepetible, y de algún modo comenzábamos a comprender, al menos vagamente, por qué nos hallábamos ante el fin de la historia del cine, la actuación llevada a sus últimas consecuencias: el arte había suplantado a la realidad. La vida, lo natural habían cesado de existir, ahora el único mundo posible, nuestro único universo era el de la película, *El Juicio* en el que nos encontrábamos inmersos y que estaba a punto de consumirnos.

Lo peor es que ya ni siquiera éramos capaces de darnos cuenta, resultaba imposible comentarlo entre nosotros: la comunicación había desaparecido para dar paso al solo intercambio de diálogos de nuestros personajes. Apenas en nuestras mentes, en silencio, quedaban resquicios de nuestros entornos privados, de los recuerdos que habían quedado atrás, nuestras emociones originales y nuestros afectos antiguos; afuera, en cambio, se habían desvanecido como si se tratase de algo vergonzoso que debía ocultarse mientras permaneciéramos juntos. Los estragos no se hicieron esperar: minadas nuestras resistencias, nos habíamos convertido en los seres miserables que imitábamos, poseídos con sus temores, mezquindades e impudicias. Ya no poseíamos nuestros errores, sino los que se nos imputaban por la fuerza.

Los primeros casos que se hicieron notorios —acaso todos lo fueran, pero nos resistíamos a comprenderlo— fueron los de Ruth y Arturo. Quién sabe por qué razón Gruber se había ensañado con las posibilidades que ofrecían sus respectivos caracteres. Al principio, cuando la conocimos, ella parecía una mujer sólida y reservada, poseedora de un vasto conjunto de principios que la hacían siempre imperturbable, pero en cuanto pasó por las manos de Gruber y de Braunstein su personalidad se derrumbó, como si ellos hubiesen descubierto una fisura suficientemente grande para desequilibrar todo su sistema, un punto de equilibrio que se encargaron de romper provocando el desgajamiento de su existencia. A partir del inicio de la filmación, Ruth asumió a la perfección su papel de esposa desequilibrada y nerviosa, a punto del colapso, y su llanto y su frustración y sus llagas se multiplicaron de pronto, haciendo de ella un ente frágil y triste, incapaz de mantenerse un día sin sentirse deprimida, fracasada e inútil.

Con Arturo la situación fue, de alguna manera, mucho más evidente. Cuando comencé a tratarlo no se me ocurrió que fuese homosexual pese a los movimientos un poco femeninos que lo caracterizaban, pero en cuanto se inició la película —y gracias a algunos comentarios que ya se había encargado de hacerme Gruber— su orientación sexual fue haciéndose cada vez más patente, aunada a un derrumbe de sus convicciones y a un acendrado sentimiento de culpa del que no paraba de hablar. La escena de la ducha con Eufemio fue demasiado para él —y una terrible advertencia para nosotros—: al terminarla prácticamente se sumió en el llanto, en una escena de derrumbamiento que ni siquiera Gruber tuvo el valor de filmar. A partir de ese momento, Arturo se encerró en sí mismo, se mantuvo siempre de mal humor, sombrío y hostil frente a los demás a pesar de las insinuaciones que no cesaba de hacerles —no sé si burlonamente— a Javier y a Gamaliel.

Sin embargo, aunque éstas fueron las situaciones más claras, en cada uno de nosotros se iba operando una metamorfosis que, por mínima que fuese, nos lanzaba a reconocer lo más bajo de nosotros mismos. Padecíamos de un modo u otro las consecuencias de la desesperada creatividad de Gruber: Ana se tornó más ambigua hacia mí y también más desconfiada, Gonzalo comenzaba a sentir miedo al estar cerca de Zacarías, al igual que Luisa; Javier se irritaba por cualquier cosa y prácticamente había dejado de hablarme, y Sibila, más llamativa que nunca, había dejado de frecuentar a Braunstein. Por mi parte, mi relación con Gamaliel se hacía más difícil a cada instante, por un lado me sentía culpable por lo que le había hecho, pero por el otro continuaba detestándolo con toda mi alma; aún sentía su piel entre mis manos, asqueada por la sola idea de haberme atrevido a tocarlo y herirlo. Él, por su parte, también parecía confundido: una especie de atracción-repulsión lograba que se comportara conmigo de los modos más variados, desde el galanteo similar a cuando me conoció hasta el silencio absoluto o las indirectas mordaces.

Pero sin que nos diésemos cuenta, acaso porque en él el cambio era menos perceptible, Zacarías sufrió una modificación interna aún más drástica. Cuando lo conocimos resultaba insoportable y antipático, rudo y brutal en algunos casos, pero nada más. En cambio, conforme avanzaba el rodaje, casi imperceptiblemente, su carácter se iba descomponiendo de modo gradual, infestado por un virus que poco a poco devoraba su sentido de la realidad y su razón. La violencia un tanto ingenua que lo particularizaba antes se exacerbaba en desplantes de una crueldad de la que nadie lo hubiese creído capaz. Funcionando como un alterego de Gruber, azotado por su pretendida enfermedad incurable y su ansia de inmortalidad artística, el director lo había dotado de los elementos necesarios para desatar su locura. Su ira no sólo era inmoderada sino absurda y bestial, ajena a su perfil psicológico de artista incomprendido. Por ello no resultaba un trasunto de Gruber, sino un monstruo formado con los retazos de la personalidad del director, armado únicamente con sus rasgos más insanos, concentrados en él sus peores atributos —casi caricaturescos—, sus más desagradables y confusas expectativas. El odio que sentía hacia nosotros, sus compañeros de trabajo, su nueva familia, era tan grande como el que conseguía despertar en nosotros hacia él, nuestro colega más experimentado, nuestro padre.

—¿Hasta dónde tenías previsto lo que está pasando? —le pude preguntar a Gruber en algún momento.

—Uno jamás puede tener planeado *todo*. Lo interesante es jugar con las probabilidades —me dijo—. Posees ciertos elementos de base y los combinas, esperando obtener ciertas reacciones. No siempre resulta lo que quieres, pero siempre intento que los márgenes de error sean mínimos. Aunque tengo que reconocer que ha habido muchas sorpresas...

La frivolidad de su tono se me hizo insoportable. Como si estuviese realizando un experimento químico y no nos considerara más que como elementos y reactivos, combinaciones más o menos medibles que él se encargaba de catalizar. Pero no había otro remedio que seguir con la trama, continuar escuchando las imprecaciones y los elogios de la destrucción que vociferaba Zacarías, dejar que nuestras almas perdiesen su libertad, nuestros cuerpos humillados por la tentación. Todo por el Arte. Todo por Gruber. Todo por la fascinación de los abismos. Hasta la muerte.

Escena 12. "El anuncio"

Zacarías de nuevo se encuentra pintando en su estudio, junto con Gonzalo. La cámara enfoca sus trazos y los movimientos de sus manos, los colores que va colocando con la espátula y los pinceles, pero sin que se aprecie algún aspecto inteligible de la pintura. Durante varios minutos no hay más que silencio, los colores que se sobreponen encima de la tela, las texturas que se consiguen y los escasos rasgos que van apareciendo. Gonzalo se instala detrás del pintor con un puro en la mano para supervisar la obra de su amigo asintiendo a cada momento.

ZACARÍAS (*sin dejar de pintar*): Más pronto de lo que te imaginas no quedará nada excepto este cuadro que contiene el retrato de nuestras almas.

GONZALO: No pienses en eso, Zacarías, las enfermedades son siempre imprevisibles...

Zacarías esboza una sonrisa irónica.

ZACARÍAS: Pero hay cosas que no pueden detenerse ni retrasarse, Gonzalo. Una vez que se ha anunciado el Juicio, nada puede hacerse para detenerlo. Eso es algo que deberían saber todos ustedes, pero están ciegos a la catástrofe.

GONZALO: Ten fe.

ZACARÍAS (*ríe de nuevo*): ¿Fe? Es lo único que me faltaba oír. ¡Fe! Fe se tiene en lo que se cree pero no se está seguro, no en lo que uno sabe con certeza que sucederá... No cuando uno participa en el plan de la aniquilación.

GONZALO: ¿Cuál plan?

Zacarías hace a un lado el lienzo y las pinturas. Su rostro parece demudado, como si de repente tuviese miedo y hubiese recordado que hay un peligro terrible agobiándolo.

ZACARÍAS: ¿Es que no lo has visto? Existe un plan que pretende aniquilarnos. Él nos llamó aquí para que nos destruyéramos entre nosotros mismos. Sólo sobrevivirán los más fuertes. Razónalo, Gonzalo, por favor. Desde que estamos en Los Colorines no ha sucedido otra cosa: todo se encuentra perfectamente dispuesto para ello...

GONZALO (*dudando*): Exageras...

ZACARÍAS: Yo soy el único que se ha dado cuenta y no voy a

permitir que Él acabe conmigo. No podrá conmigo, te lo aseguro... No voy a morir solo...

GONZALO (*alterado*): Estás enloqueciendo, Zacarías, debes tranquilizarte.

Gonzalo está a punto de retirarse, tiembla mientras las gotas de sudor bañan su frente y sus mejillas.

ZACARÍAS: Ha estado jugando con nuestros destinos desde el principio. Pero a mí no va a vencerme. Al contrario, el único victorioso seré yo. Haré cuanto sea necesario para triunfar por encima de Él y de todos ustedes, ya lo verás...

Gonzalo ha salido del estudio y las palabras del pintor resuenan vacías en el cuarto, como un eco. La escena se interrumpe.

Corte.

Escena 13. "La siega y la vendimia"

En la terraza exterior se encuentran Arturo, Ana, Javier, Luisa, Renata y Gamaliel. Sobre la mesa de centro hay vasos y tazas vacías. Las tres mujeres permanecen sentadas mientras los tres hombres se hallan de pie. Arturo camina de un lado a otro, alterado.

ARTURO: Yo no pienso quedarme aquí ni un día más. Todos debemos largarnos.

JAVIER: Me da lástima abandonarlo...

ARTURO: ¿Crees que a él alguna vez le dimos lástima nosotros? Lamento que vaya a morir, pero a fin de cuentas será mejor para los demás...

RENATA: Arturo, parece como si lo estuviera escuchando a él. Lo que queremos es quitarnos de encima su imagen y está sucediendo lo contrario. Si repetimos su ira es como si le estuviésemos dando la razón, como si nos ganara por anticipado.

ARTURO: ¿Y entonces qué pretendes?

RENATA: No lo sé...

ARTURO: Desde que nacimos se ha encargado de destruir nuestras vidas. Cada vez que pienso en Los Colorines es como si recordara el infierno. ¿Es que a ti ya se te han olvidado los golpes, la *educación* y la *disciplina* que se enorgullecía de impartirnos? ¿La tortura que fue crecer a su lado?

RENATA: ¿Y me lo dices a mí? A ustedes al menos los quería por ser hombres, en cambio yo sufrí siempre peores tratos...

ARTURO: ¿Lo ves? (*A los demás.*) ¿Lo oyeron ustedes? ¿Quieres otra razón para dejarlo?

ANA: Yo me largo, Arturo. Si tu hermana te convence de quedarte no cuentes conmigo. Desde el principio supe que no tenía nada que hacer aquí.

RENATA: Ésta es una cuestión de familia, nadie pidió tu opinión.

ANA: Te la estoy dando. Todos ustedes siguen atados a su figura.

RENATA: Tú no sabes nada.

ANA: Y prefiero no saberlo. Adiós.

Ana se retira y Arturo ni siquiera hace el intento de seguirla.

GAMALIEL (*mirando a Renata fijamente*): Disculpen que intervenga. Zacarías los hace venir aquí para decirles que está desahuciado y para pedirles que se queden con él hasta el final porque quiere retratarlos. *Retratar sus almas.* Perdonen que se los diga, pero no lo creo. No lo conozco bien a él y menos a ustedes, pero sinceramente no creo nada. Analícenlo detenidamente y verán que la petición resulta absurda. Es evidente que Zacarías quiere algo más, algo que no ha hecho evidente.

JAVIER: ¿Qué?

GAMALIEL: No tengo idea, lo único que siento es que no estamos aquí esperando que él termine su cuadro.

RENATA: ¿Entonces?

GAMALIEL: Ustedes deben tener más elementos para saberlo que yo. Parece como si fuésemos prisioneros en esta casa en espera de nuestra sentencia...

LUISA (*a Javier*): Yo también preferiría que nos fuéramos...

JAVIER: Creo que Gamaliel tiene razón. Ahora menos podemos irnos, no antes de saber qué trama.

LUISA: Javier...

JAVIER: Lo siento, tú no tienes por qué soportar esto. Si prefieres irte lo entenderé, puedes acompañar a Ana.

LUISA: Quiero irme *contigo*...

JAVIER: Yo debo quedarme. Como prefieras.

Luisa se queda callada con un gesto agrio en el rostro.

ARTURO: Yo digo que nos vayamos de una buena vez.

RENATA: Votemos. Yo estoy por que nos quedemos.

ARTURO: Luisa está conmigo y Gamaliel a tu favor.

GAMALIEL: Parece que tú decides, Javier.

Javier lanza esbozos de miradas a Gamaliel, a Renata y a Arturo.

JAVIER (*encarando a Gamaliel, sin ver a Renata*): La verdad no pienso que tengamos nada más que hacer aquí... (*Duda.*) No existe ningún argumento sólido para probar lo que él dice, sin embargo reitero mi posición anterior. Más vale saber qué es lo que papá quiere de nosotros...

ARTURO: Como ustedes quieran. Pero luego no digan que no se los advertí.

Corte.

Escena 14. "El cántico de Moisés"

La cámara enfoca la habitación de Renata. Ella está sentada en el piso y escribe sobre unos trozos de papel. Comienzan a oírse voces al otro lado de la pared. Renata se levanta y pega el oído al muro tapizado con grecas doradas. De inmediato la cámara pasa al cuarto de Ruth. Como de costumbre, ella se encuentra recostada en la cama, bajo las mantas. Tocan a la puerta. Sibila se introduce a la habitación. Ruth abre los ojos y la observa antes de poder decir algo.

SIBILA (*en voz baja*): Necesito hablar contigo.

Ruth simplemente vuelve la cabeza hacia el otro lado para no verla.

SIBILA: Por favor, Ruth. Han pasado casi veinticinco años.

RUTH: No tengo nada que hablar contigo.

SIBILA: Pero yo sí.

Arrima a un lado de la cama la silla del tocador y se sienta en ella. Una gran luna lateral refleja sus dos figuras, destiñéndolas.

SIBILA: Fue un error de los tres, no entiendo por qué te obstinas en echarme toda la culpa.

RUTH: Te equivocas, toda la culpa fue mía. Y creo que nunca podré terminar de expiarla.

SIBILA: Le das demasiada importancia. Éramos muy jóvenes y nos gustaba probar nuevas experiencias...

RUTH: Tú eres la que no comprendes. Lo que hayamos hecho nosotros da lo mismo, éramos adultos y sabíamos lo que hacíamos, a lo que nos arriesgábamos. Especialmente yo. A fin de cuentas fui yo quien se lo pidió a Zacarías. Yo le dije que quería conocerte, quería que estuviéramos los tres juntos... (*Comienza a llorar.*)

SIBILA: Olvídalo.

RUTH: Lo he intentado, pero es imposible... Lo que hicimos ese día fue imperdonable, no por nosotros, sino por las consecuencias de nuestros actos. Sería mejor que no continuaras preguntando, Sibila.

SIBILA: ¿Qué puede ser tan grave?

RUTH: ¿Nunca se te ocurrió hacer los cálculos?

SIBILA: ¿Qué cálculos?

RUTH: Mi hija Renata nació hace casi veinticinco años...

SIBILA: ¿Y eso qué?

RUTH: ¿Aún no lo comprendes? Esa noche, mientras tú me besabas, Zacarías y yo engendrábamos a Renata...

La cámara enfoca de nuevo los ojos llorosos de Ruth y luego se clava en las flores amarillas pintadas en el tapiz de la pared que separa esta habitación de la de al lado.

Corte.

Escena 15. "Las plagas"

Ahora es Javier quien se encuentra sentado posando mientras Zacarías lo dibuja. Tiene el torso desnudo y está descalzo. Zacarías parece de peor humor que en otras situaciones, hace trazos desesperados, tacha, no consigue obtener los resultados que desea. Fastidiado, arroja un pincel manchado de color siena sobre la paleta.

ZACARÍAS: No sé por qué me resulta tan difícil. Quizá porque eres al que menos conozco de mis hijos. Siempre fuiste el más callado, el más introvertido, y sin embargo, de quien he recibido más comprensión.

JAVIER: No le llames comprensión al silencio.

ZACARÍAS: ¿Así que tampoco me apoyas?

JAVIER: Es imposible que todo el mundo esté de acuerdo contigo. En el fondo tú estás absolutamente seguro de que lo que haces es lo correcto, y por eso lo haces, no permites ninguna opinión diferente de la tuya. Bajo tu esquema te comportas correctamente, pero no guardas ningún respeto hacia lo que piensan los demás.

ZACARÍAS: ¿Debo guardarlo cuando sé que están equivocados?

El pintor vuelve a concentrarse en el lienzo, toma un trozo de carbón, lo parte y comienza otra vez.

JAVIER: Lo increíble es que estés tan seguro. ¿Jamás has dudado? ¿Jamás has llegado a imaginar que eres tú quien se equivoca?

ZACARÍAS: Nunca.

JAVIER: ¿Cómo puedes ser tan intolerante?

ZACARÍAS: Porque tengo la razón. En cambio ustedes jamás han aceptado que yo la tenga ni una sola vez. ¡Ni una sola! ¿Y dices que yo soy intolerante? Hace diez años que salieron de esta casa y nunca se les ocurrió preocuparse por mí o por su madre.

JAVIER: Aquí estamos.

ZACARÍAS: Demasiado tarde, Javier. El mundo está a punto de acabarse. Queda muy poco tiempo y ustedes ni siquiera han tratado de arrepentirse.

JAVIER: ¿Y tú sí?

ZACARÍAS: Por eso estoy aquí tratando de acabar este maldito cuadro antes del final. Será el único testimonio de que ustedes eran mi mundo, el mundo que va a terminarse... Ahora serán ustedes los que tendrán que pagar por lo que han provocado. Y yo ya no podré hacer nada para defenderlos.

JAVIER: Defendernos ¿de qué?

ZACARÍAS: De ustedes mismos. De la destrucción de sus almas. Del remordimiento...

Corte.

Escena 16. "La furia"

Ana ha cargado sus cosas en un par de maletas y trabajosamente las arrastra hacia la entrada principal de Los Colorines. Tropieza con un trozo de alfombra mal puesto y está a punto de caer. Suelta los bultos y les da un puntapié. Se abren y su contenido se esparce por el piso. Furiosa, comienza a recoger la ropa que ha quedado en el suelo. Justo en ese momento, Zacarías comienza a bajar las escaleras hacia la sala y la mira. Se detiene a ayudarla a acomodar de nuevo sus pertenencias.

ZACARÍAS: ¿Te vas tan pronto? Lo comprendo, he visto cómo te trata Arturo. A veces dudo que sea hijo mío.

Zacarías levanta las maletas y se dedica a seguir a Ana hacia afuera de la casa.

ZACARÍAS: ¿Te vas a llevar el coche?

ANA: Sí, Arturo puede regresar con alguno de sus hermanos.

Los dos comienzan a caminar por entre los pastos aledaños a la construcción. Anochece, los árboles permanecen inmóviles ante la ausencia de viento. Apenas un par de nubes negras se esparcen en el cielo de un color azul intenso.

ZACARÍAS: Dime, ¿te trataba *mal*?

ANA: Al principio, sí...

ZACARÍAS: Me refiero a su intimidad... ¿Todo estaba bien?

ANA: Eso es algo que a usted no le importa.

ZACARÍAS: ¡Claro que me importa! Es mi hijo y tengo que ayudarlo.

ANA: Era excelente en la cama. ¿Eso quería oír?

ZACARÍAS: No es cierto.

ANA: ¿Entonces para qué la pregunta?

ZACARÍAS: Porque eres su esposa.

ANA: Más bien lo era.

ZACARÍAS: ¿Lo vas a dejar?

ANA: Decidimos que era lo mejor.

ZACARÍAS: ¿Los dos?

ANA: Los dos.

Se acercan a una especie de granero de lámina que ahora se utiliza como estacionamiento para automóviles. Es una gran jaula de aluminio con techo de lámina de dos aguas, una excentricidad contrastada con el paisaje. La luna se refleja en ella, por momentos la cámara sólo capta sus destellos perdiendo de vista las imágenes.

Zacarías conduce a Ana hacia el interior sin dejar de cargar las maletas. Adentro, la oscuridad es absoluta. Hay dos hileras de coches aparcados consecutivamente, al fondo una camioneta *Ram charger*, a los lados media docena de automóviles apenas visibles.

ZACARÍAS: ¿Cuál es el de ustedes?

ANA: Un sedán rojo.

ZACARÍAS (*señalando al fondo*): Allá está.

Los dos se dirigen hacia él y se detienen frente a la puerta izquierda. Ana comienza a buscar en su bolso.

ANA (*nerviosa*): Las llaves, nunca sé dónde las dejo.

Continúa husmeando entre sus cosas. Zacarías deja las maletas en el piso y se le acerca como si quisiese ayudarla.

ZACARÍAS: Tienes un cabello muy hermoso.

ANA (*haciéndose a un lado*): ¿Dónde carajos las habré metido?

Zacarías le acaricia el cuello. Intenta besarla pero ella se aparta.

ZACARÍAS: Sólo quiero que compruebes que en la familia no todos somos iguales.

Ana trata de alejarse, Zacarías la toma por las muñecas y la detiene. La empuja contra la puerta cerrada del automóvil. Ella se resiste, mueve la cabeza de un lado a otro, pero él se obstina en besarla. Ana patalea, en vano. Por fin consigue golpear a Zacarías. Éste sólo se enfurece, suelta las muñecas de Ana y con fuerza la toma por ambos lados de la cabeza a la altura de las orejas. Por fin, con un solo golpe seco, Zacarías estrella el cráneo de Ana contra la ventana izquierda del coche; luego la deja caer. La cámara enfoca el vidrio cuarteado con rastros de sangre.

Con dificultad carga el cuerpo exánime de la joven y lo introduce en el coche, acomodándolo en la parte de atrás. Después recoge la bolsa y las llaves del piso para colocarse en el asiento del piloto. Lo enciende y por fin lo saca del cobertizo, andando muy despacio, casi en silencio, con las luces apagadas. La cámara sigue el trayecto del automóvil rumbo a las afueras de Los Colorines. Luego de unos minutos, Zacarías se detiene frente a una pequeña barranca; sale apresuradamente del coche y deja que se deslice hasta el fondo en donde se detiene al chocar con un árbol. Mientras lo mira caer se limpia un poco el pantalón y se sacude las manos dispuesto a emprender el regreso a casa.

Corte.

Escena 17. Primera "La gran batalla del gran día"

De nuevo el comedor de Los Colorines. La cena está lista, exactamente igual a la de la escena 5. Poco a poco concurren los invitados; primero se agrupan en pequeños corros y por fin se colocan tras los respaldos de sus respectivas sillas, dispuestos a sentarse. Zacarías en esta ocasión es el último en llegar. Hay un sitio vacío, el que debería corresponderle a Ana. Zacarías se coloca en su lugar y hace una seña a los demás para que también lo hagan.

ZACARÍAS (*socarrón*): Veo que Ana no me soportó. Evidentemente esa mujer no era para ti, Arturo.

ARTURO: ¿Qué hiciste con Eufemio?

Zacarías bebe un poco de vino y tarda en responder. La cámara se centra en el rostro atemorizado de Renata.

ZACARÍAS: Decidí darle unas vacaciones.

ARTURO: No mientas, papá. Sé que algo le ha sucedido.

ZACARÍAS: No voy a permitir desplantes en mi mesa.

RUTH: Por Dios, ¿qué es lo que sucede ahora? ¿Qué pasó con ese muchacho, Zacarías?

ZACARÍAS: Tú deberías ser la última en preguntarlo.

RUTH: ¿Por qué?

ZACARÍAS: Arturo, tú contéstale a tu madre.

Arturo agacha la cara para no mirar a Ruth.

RUTH: ¿Qué pasa, Arturo?

ARTURO: Nada, mamá, discúlpame. Sólo me pareció extraño no ver a Eufemio...

RENATA: ¿Cuándo va a regresar?

ZACARÍAS: No lo sé.

RENATA: Le diste vacaciones y no sabes cuándo va a regresar.

ZACARÍAS: Ya conoces cómo es de incumplida esta gente.

RUTH: Eufemio te ha servido fielmente durante quince años y nunca se ausentó así...

ZACARÍAS: De acuerdo. Tuve que despedirlo.

RUTH: ¿Por qué?

Los platos de sopa continúan intactos sobre la mesa. Sólo Gonzalo, lo suficientemente nervioso para no levantar la vista, come desesperadamente.

ZACARÍAS (*dándole un sorbo a la cuchara*): Digamos que le perdí la confianza.

RUTH: ¿Ésa es toda la explicación?

ZACARÍAS: Cuando le pierdes la confianza a alguien (*se queda mirando a Arturo*) no hay nada que se pueda hacer. Todo lo anterior queda destruido...

Los meseros comienzan a retirar los platos intactos y en su lugar colocan otros con piernas de cordero asado.

ZACARÍAS: ¿No piensan comer? Está muy bueno, de veras. Que haya echado a un sirviente no es como para quitarles el hambre, ¿o sí?

JAVIER: No es eso, papá. Es toda la situación. Nos haces venir aquí, nos hablas de tu enfermedad y del fin del mundo, nos pides nuestra ayuda, posamos para tu cuadro y tú continúas con las mismas actitudes de siempre. Tu ironía y tus imposiciones. ¿No podríamos hacer un esfuerzo para que el tiempo que pasemos aquí resulte un poco más agradable?

ZACARÍAS: Se me olvidaba que no toleras mis *ironías*. Discúlpame. Discúlpenme todos... No era mi intención hacerlos sentir mal.

JAVIER: Por eso las cosas deberían ser diferentes...

ZACARÍAS: Tienes razón. Pronto terminará todo y lo mejor es limar nuestras asperezas. Ser la familia que nunca hemos sido. Aunque sea por unos días...

GONZALO (*mascando un gran trozo de pierna*): Yo me siento orgulloso de que me hayan acogido en el seno de su familia... Y la comida está excelente...

ZACARÍAS: Voy a aprovechar este momento de cordialidad para decirles que mi trabajo va muy avanzado. Creo que podré terminarlo antes de que Él descargue su ira sobre nosotros. (*Ríe.*) Lo voy a vencer, ya lo verán. No voy a permitir que me lleve antes de concluir mi obra.

Los demás murmuran entre sí.

ARTURO: Ya basta. Una cosa es el respeto y otra que tengamos que continuar escuchándolo. ¿No se dan cuenta de que está tratando de manipularnos? Sus actos carecen de sentido.

RENATA: ¡Arturo!

ARTURO: Estoy harto de su jueguito del fin del mundo. Ha sido suficiente.

Zacarías se yergue un poco sobre su asiento, enfurecido.

ARTURO: Basta de mentiras. Sé muy bien que no estás loco y entiendes lo que digo.

Con un manotazo, Zacarías arroja las copas que tiene enfrente y las estrella con los demás platos. El vino tinto escurre por encima del mantel blanco como si fuese sangre. Ruth trata de limpiarlo mientras los demás permanecen atentos a lo que él hace.

ZACARÍAS: No me hables así, imbécil. ¡Nadie me llama a mí mentiroso! ¿Me has oído, maricón? ¡Mírame cuando te estoy hablando!

Le da una bofetada a Arturo. Éste resiente el golpe, duda un instante y por fin empuja a su padre hacia atrás.

ARTURO: No te atrevas a tocarme de nuevo...

Javier y Gamaliel se levantan de inmediato y detienen a Arturo mientras Gonzalo y Renata hacen lo mismo con Zacarías. Renata corre al lado de su madre.

ZACARÍAS: Eres mi hijo y puedo golpearte cuando se me pegue la gana.

ARTURO: Sólo inténtalo y te juro que...

ZACARÍAS: ¿Qué? ¿Qué me harías? ¿Matarme?

RUTH: ¡Por Dios!

ARTURO (*serenándose*): Sí, papá. Atrévete a golpearme y te juro que te mato...

RENATA: Arturo, cállate.

ZACARÍAS: Muy bien, será como ustedes quieren.

Se suelta de los brazos de quienes lo detienen y regresa a su lugar. Se limpia el rostro con una servilleta. Arturo y los demás se quedan de pie.

ARTURO: Lo mejor que podrías hacer es morirte de una vez y dejarnos en paz...

ZACARÍAS: No tendrás que esperar mucho para eso, te lo aseguro.

La cámara vuelve a enfocar el vino esparcido sobre el mantel.

ZACARÍAS (*sin levantar el rostro, casi murmurando*): Esto acabará antes de lo que te imaginas... Antes de lo que ustedes imaginan...

Corte.

Escena 17. Segunda

Una nueva pelea, un nuevo enfrentamiento dramáticamente absurdo pero que conseguía su objetivo primordial: no permitirnos escapar ni un solo instante de la violencia. Ana y Eufemio nos habían dejado solos, quizá estarían en sus respectivos hogares, descansando de los horrores de la filmación, o acaso perdidos en algún rincón de Los Colorines. En cambio, los que nos quedamos, los sobrevivientes, continuamos sometidos a la inercia de la destrucción que el director nos había inoculado. Como si los reflectores y las cámaras y los técnicos, e incluso el propio Gruber, se hubiesen desvanecido tras una cortina y sólo permaneciéramos nosotros, atrapados en ese mundo cada vez más infectado de ira. Prácticamente ya no descansábamos ni un momento, la tensión mantenida artificialmente, sin parar, invadía nuestros sueños y nuestro pasado, nos acorralaba sin tregua. Gruber se lavaba las manos y nos dejaba a nuestro arbitrio, sometidos a la locura y al rencor, a la insania que de un modo u otro nos alcanzaba a todos.

Pero quizá lo peor era algo que entonces ninguno de nosotros podía vislumbrar: la verdadera situación del director, el estado mental de Gruber. Inmersos en el universo ficticio de aquella familia, nos negábamos a ver que el auténtico mal venía de fuera, justo de quien nos había introducido en él. Porque quien estaba realmente enfermo, quien habría de morir dentro de poco y quien realizaba su testamento artístico no era Zacarías, como se nos hacía creer entonces, sino Gruber. Él era quien provocaba los conflictos, los desastres y las luchas que se llevaban a cabo entre nosotros, suyo el espíritu deforme que nos calcinaba. Toda la fuerza, la violencia y la amargura provenían originalmente de él: era el único culpable de cuanto sucedía. Escapaba por propia voluntad a nuestra comprensión, en especial a la mía. Acaso yo lo tenía más cerca, yo me acostaba con él y sentía su cuerpo, pero su alma estaba muy lejos de mí, inaccesible y oscura. Lo único que alcanzaba a vislumbrar era una desesperación íntima y fugaz, una soledad y un vacío que lo iban aniquilando poco a poco. A pesar de su fama, su talento y su inteligencia, su creatividad parecía desvanecerse a cada instante. Su esterilidad era evidente. Y nosotros no la veíamos. Aquella película en la que estábamos atrapados, la culminación de la historia del cine, resultaba un trabajo fatuo y vacío, el remedo de una obra de arte. Gruber había fraguado un mecanismo por medio del cual el mundo invadía su ficción y la habitaba, nuestras particulares pasiones y miedos incorporados a su trabajo, algo ciertamente novedoso pero a fin de cuentas vano. Ya no se trataba entonces de un dios creador, sino de un simple demiurgo, de un demonio entretenido en manipular nuestros destinos sin la penosa necesidad de inventarlos. En efecto, el universo de Gruber parecía estarse agotando, su mundo al borde del colapso: su historia se precipitaba trágicamente hacia el caos. No sé hasta dónde él lo preveía, pero no había duda de que el fin estaba cerca. De que la película, su triste imitación de Tarkovsky, no era —aunque ninguno de nosotros se diese cuenta en ese momento— sino una comprobación de su decadencia, de la agonía de su genio.

Pero nosotros nos manteníamos allí, absortos, ignorando la patética falacia que estaba a punto de devorarnos.

Escena 18. "La célebre ramera"

Renata se ha quedado a solas con Zacarías en el comedor. Está tratando de tranquilizarlo y a la vez le reclama sus exabruptos. La cámara enfoca el rostro descompuesto del padre, su gesto es de una desesperación mezclada con ironía, las gotas de sudor le escurren por la frente.

RENATA: Trata de entender...

ZACARÍAS: ¡Nada! (*Baja el tono.*) Ustedes son los que no entienden...

RENATA: Olvida esas cosas, papá, y tratemos de llevarnos mejor.

ZACARÍAS: No estoy loco, Renata. Lo que te estoy diciendo es real: estamos al borde del fin. Yo no quisiera que fuese así, pero no hay salida. Y no voy a poder hacer nada por ti.

RENATA: ¿Por mí?

ZACARÍAS (*se le quiebra la voz*): Cuando te llegue la hora no podré hacer nada. No voy a poder detenerlo. (*Solloza.*) Pero vas a perdonarme, ¿verdad?

Renata se le acerca, notablemente consternada ante la actitud de su padre. El sudor de Zacarías se transforma en lágrimas.

ZACARÍAS: Quisiera evitarlo, de veras, pero no es posible... Ninguno de nosotros tiene salvación.

RENATA (*enérgica*): Es hora de que hablemos en serio.

ZACARÍAS: Nunca antes había hablado tan seriamente como ahora. Me gustaría pedirte que escaparas, que huyeras de aquí, pero sé que eso tampoco es posible. Él controla todas nuestras emociones, nos domina y no va a permitir que lo desafiemos. Él es quien causa la destrucción.

RENATA (*dudando*): ¿A qué te refieres?

ZACARÍAS: Tú lo sabes mejor que nadie, no disimules. Él nos controla. Él me obliga a comportarme como lo hago. No trates de defenderlo. Él propicia nuestra perdición.

RENATA (*asustada*): ¿Quién?

ZACARÍAS: Él, el Creador de todo esto... No te hagas la inocente, Renata. Es quien nos ha traído aquí y tú eres su puta, la puta del Señor...

Renata lo mira atemorizada y comienza a llorar.

ZACARÍAS: No vas a poder cambiar la verdad. Al final sabrás que he tenido la razón, pero será demasiado tarde para evitarlo.

Renata se lleva las manos al rostro.

ZACARÍAS: Lo peor es que no tengo otra opción que obedecerlo.

Ella lo mira incrédula.

ZACARÍAS: Renata, créeme que, a pesar de todo, te amo.

Corte.

Escena 18A. "La mujer y la bestia"

Gonzalo y Sibila toman café en la terraza. Se han quedado solos y no les queda otro remedio que conversar. Gonzalo es afable y de una cortesía desmedida que choca con su obesidad pero, más que incomodarla, complementa la desfachatez de Sibila.

GONZALO: Todavía no entiendo qué hacemos aquí.

SIBILA: Quizá estamos más locos que ellos.

Los dos ríen.

SIBILA: ¿De veras eres crítico de arte?

GONZALO: ¿No lo parezco?

SIBILA: Pareces vendedor de seguros.

GONZALO: Supongo que tengo que tomar tu comentario como un cumplido. ¿Y tú a qué te dedicas?

SIBILA: Soy maestra de danza.

GONZALO: ¿Bailarina?

SIBILA: Lo fui. Danza contemporánea.

GONZALO. Pues tú sí pareces bailarina.

SIBILA: Sobre todo por este cuerpo.

GONZALO: ¿Cómo conociste a Zacarías?

SIBILA: En la prehistoria. Yo era una niña. Bueno, casi... (*Ríe.*)

Me llevaba diez años y en esa época lo admiraba. Ya había tenido un par de exposiciones con éxito y se decía que era el mejor prospecto de su generación.

GONZALO: ¿Y qué pasó después?

SIBILA: Entonces él ya estaba casado. Una noche me pidió que fuéramos a su casa. Ahí estaba Ruth esperándonos, hace veinticinco años... No sé por qué te cuento esto... Desde luego que los problemas no tardaron en aparecer. Y al mismo tiempo dejó de importarle la pintura, o al menos eso dijo para justificarse... Es el típico caso del genio malogrado, a quien el arte sólo le hace sufrir hasta que tiene que abandonarlo y entonces sufre más. ¿De veras tú lo estás ayudando a realizar esa pintura que quiere?

GONZALO: Sí y no. Es muy poco lo que yo he hecho. Cuando me invitó aquí ya tenía prácticamente todo listo. Sólo me necesitaba como aval...

SIBILA: ¿Avanza?

GONZALO: Eso creo.

SIBILA: No lo dices convencido.

GONZALO: Es un trabajo *perfecto*. Pero no hay nada vivo en él. Nos ha retratado como si estuviésemos muertos. ¡Eso es! Su pintura parece muerta.

SIBILA: Es que él ya está muerto. ¿Lo habías notado? Esa pintura no debe ser su testamento, sino su lápida.

Corte.

Escena 19. Primera

Primero la desaparición de Eufemio y de Ana, y luego Zacarías completamente fuera de sí: a cada instante nos acercábamos al fin de la historia y del mundo, de nuestra historia y de nuestro mundo. Gruber, parapetado detrás de su cámara, ajustaba los hilos para llegar a la conclusión de su película como si ninguna otra cosa le importara. Nos había convertido en simples objetos de su arte, en figuras de ficción que se había encargado de trasladar de su mente a la realidad; nada humano quedaba en nosotros, y la paradoja se revertía lentamente en su contra: en su afán de hacer verosímil lo falso, había terminado por volver falso lo real. La suya no era sino otra más sofisticada suplantación de la vida por el arte; el arte había corrompido nuestros cuerpos y nuestras almas hasta dejarlos vacíos, huecos. Lo que alguna vez me había dicho él que a su vez le había repetido Bergman, que el arte es como una piel de serpiente rellena de hormigas —parece vivo y se mueve como tal, pero que en verdad está muerto—, se tornaba en el paradigma de nuestra situación. Éramos sólo pieles rellenadas con deseos y pasiones que no nos pertenecían, injertados por la fuerza en nuestro interior: la más atroz de las falsificaciones. La melancolía que tanto obsesionaba a Gruber aparecía de un modo distinto a como él suponía: estaba representada por el absurdo y la vacuidad de toda la empresa, por el profundo hastío que lo inundaba conforme transcurrían los días de rodaje. Por más que supiera que estaba realizando su gran obra, por más que creyera en la vastedad de su proyecto, y por más consciente que estuviese del logro que alcanzaba, Carl Gustav Gruber continuaba siendo el mismo hombre taciturno y amargo que conocí desde el inicio, la misma sombra, el mismo silencio. Ni nuestro dolor ni nuestras lágrimas ni nuestra sangre conseguían conmoverlo; todo era parte de su película, del arte miserable y mezquino que realizaba con nosotros. Su entusiasmo había declinado con una rapidez idéntica a la que animaba la película: ya cerca del final, del abismo, ¿qué caso tenía crear y debatir sin descanso? ¿De qué le serviría su filme, el terror, el caos que había sembrado? ¿Acaso lo justificarían? ¿Acaso lo iban a salvar, tal como vociferaba Zacarías? Pero al igual que a él, a Gruber también lo impulsaba la inercia, fuerzas que había desatado y que ya no tenía la disposición ni la voluntad de controlar. La violencia que había desencadenado lo rebasaba y ahora apenas hacía otra cosa que contemplarla detrás de su cámara, mirar ese universo de arte y destrucción que él mismo había creado como si no le importase, sentado en su silla de director con la vista y el pensamiento perdidos, igual al ángel de Durero, a la pretendida efigie de Mantegna. Un Dios aburrido, un Dios acédico que observa indiferente la hecatombe de sus criaturas. Había fracasado por completo. Había perdido su Juicio. Sus argumentos, su arte nunca llegarían a salvarlo, a convencer a su Juez y a su Jurado. Estaba perdido. Y lo sabía. Por eso se limitaba a esperar su condena, a acelerar el proceso que lo llevara a la sentencia y a la ejecución. No hacía sino anhelar la muerte.

No tuve otro remedio que decirle lo que pensaba, hacerle ver —o al menos hacerle ver que yo sabía— que su mundo estaba a punto de derrumbarse y que él ya no tenía interés de mantenerlo o de salvarlo.

—¿Por qué lo permites? —le reclamé, airada—. Es como si a estas alturas te diera lo mismo lo que sucede con la película, con nosotros.

—Es algo que ya no puedo detener —me respondió, indiferente—. Tú lo has visto.

—Contemplas la destrucción como si no fueses el causante de ella...

—Es lo único que puedo hacer —Gruber suspiraba—. A fin de cuentas uno descubre que el artista es lo único que hace: crea y luego contempla la lenta demolición de su obra.

—No lo entiendo —me desesperaba—, no de ti. Tú has provocado todo esto.

—Ya no está en mis manos —el Gruber violento y apasiona-
do se desvanecía a cada instante—. Ojalá fuera capaz de decirte
que te marcharas, que huyeras de aquí antes de que sea tarde,
pero ni siquiera eso es posible. Ya lo oíste en otros labios: estamos al borde del fin y yo no voy a poder detenerlo. Ninguno de
nosotros tiene salvación.

—¿Es todo lo que puedes decir? —me enfurecía, aterrorizada—. Ésta es *tu* obra. *Tu* responsabilidad. ¿Y nosotros, tú y yo?
¿Tampoco significa nada para ti? —comencé a llorar de nuevo—. ¿Tampoco vas a intentar salvar lo que hay entre nosotros?
¿Vas a dejar que se destruya sin más?

—Lo siento, de veras lo siento —se desplomaba ante mí—.
Esto nunca debió pasar, discúlpame. Nunca lo preví. O si lo hice
traté de olvidarlo, pero a fin de cuentas resultó superior a mis
fuerzas.

—¿Y no vas a tratar de defenderlo?

—Es imposible. Tú también estuviste consciente de ello desde
el principio.

Quería gritarle, golpearlo, conmoverlo de algún modo, pero él
parecía haber renunciado al combate. Se había dejado consumir
por su propio arte, por ese arte que representaba a la muerte.

—¿Por qué no dejamos todo y nos vamos de aquí? —yo me
resistía a aceptar lo que él volvía inevitable—. Aún tenemos tiempo, Gruber, un poco de tiempo para nosotros...

Era inútil. Estaba vencido.

—Por favor... —le insistí.

Su silencio ya no era de este mundo.

—Lo lamento —dijo, un tanto avergonzado, para terminar
con la conversación.

Se dio la vuelta para regresar al set. Sus pasos callados delata-
ban su inevitable condición. De algún modo era congruente y se
limitaba a aceptar las consecuencias de sus actos, pasivamente

aguardaba la presentida conclusión de su espera. Antes de salir de la habitación se detuvo un instante.

—Renata —dijo—, créeme que a pesar de todo te amo.

Escena 19. Segunda "La huida"

Javier y Arturo se encuentran en la habitación de Ruth y conversan con su madre. Ella al fin ha encontrado un momento de calma y los dos hijos se atreven a hablar claramente con ella. Ruth permanece recostada sobre la cama mientras ellos la flanquean. El semblante de Arturo está devastado, se le notan enormes ojeras y el color mortecino de su piel lo hace parecer un fantasma. Tiene el largo cabello revuelto, sin peinar. Javier, por el contrario, aparenta ecuanimidad, pero no deja de mover las manos convulsivamente.

JAVIER: Madre, ¿tú sabes lo que va a pasar? Dínoslo por favor. (*Pausa.*) Estamos seguros de que papá nos trajo aquí para algo más que decirnos que el mundo se va a acabar y utilizarnos como modelos espirituales.

Ruth no responde.

ARTURO: Por el amor de Dios. Estamos seguros de que sucederá algo terrible. Tú eres la única que puede ayudarnos a evitarlo.

JAVIER: Si lo sabes, habla...

Ruth se revuelve sobre las colchas. Tiene la mirada perdida, como si ya nada le preocupara, como si también se hubiese resignado a soportar cualquier catástrofe.

RUTH (*en voz baja, neutra*): Yo no sé nada, de veras. Yo nunca sé nada.

JAVIER: ¡Mamá!

Ella no los mira, como si ni siquiera notara que están con ella.

ARTURO: ¿Qué pretende? ¿Para qué toda esta basura del cuadro y de su enfermedad? ¿Qué quiere de nosotros?

RUTH: Ya te dije que no lo sé.

JAVIER: ¿De veras está tan mal como cree?

RUTH: Hace más de seis meses que no va al médico. De pronto dejó de asistir a sus citas... Dijo que ya no tenía caso.

ARTURO: ¿Y la pintura? ¿Qué significa?

RUTH: Eso es algo que sólo puede respondértelo él. A mí no me cuenta nada. (*Pausa.*) Y lo peor, lo que no le voy a perdonar, es que haya vuelto a traer a esa mujer. Me quiere matar a mí también, eso es lo que quiere.

JAVIER: No permitiremos que te haga daño.

RUTH: Ustedes no van a poder evitarlo. Nadie podrá evitarlo.

ARTURO: ¿De qué hablas?

RUTH: Tu padre tiene razón. Este mundo debería acabarse.

JAVIER: No digas eso, mamá...

RUTH: Yo nunca supe cuidarlos, nunca supe protegerlos de él...

Habla como si viese las cosas desde muy lejos, imperturbable, sin llorar.

ARTURO: Fuiste una madre excelente...

RUTH: No mientas, Arturo. A fin de cuentas siempre me puse de su lado. Siempre dejé que impusiera su voluntad. Ni siquiera ahora soy capaz de evitar que les haga daño.

Los dos hijos toman entre sus manos las manos frías y arrugadas de su madre. Se escucha el viento que azota las ventanas, un silbido que eleva las cortinas como espectros.

JAVIER: No te preocupes, mamá, nosotros sabemos cuidarnos. Y nos encargaremos de cuidarte a ti.

RUTH: Ojalá pudiera creerles. Ustedes no lo conocen como yo. Ahora es sólo una furia. Por eso pinta día y noche. Espera el final. El final de todos nosotros.

JAVIER: *Su* final...

RUTH: No. O sí. El suyo, el nuestro. El final del mundo.

ARTURO: Ya estás hablando como él.

JAVIER: No tengas miedo.

RUTH: Pobres niños míos, no comprenden. Es mi culpa. Es mi culpa haberlos traído al mundo, que estén tan desprotegidos... Nunca podrán contra él. Es más fuerte que todos nosotros...

ARTURO: Lo intentaremos, lo haremos por ti...

RUTH: Es imposible.

ARTURO: Lo lograremos, mamá. No tendrás que seguir sufriendo. No volverás a llorar nunca más. Nosotros fuimos quienes no te supimos defender. No debimos dejarte tantos años sola con él. Fuimos unos cobardes. Pero ahora estamos aquí y vamos a protegerte.

Corte.

Escena 20. "Lamentación"

Luisa baja las escaleras de la casa en la penumbra. Pasa al comedor, entra a la cocina y sale de la casa por ahí. No parece seguir ninguna dirección en particular, como si sólo tuviese la necesidad de huir por un momento; quiere respirar el aire frío, introducirse en el paisaje de árboles oscuros y mirar las pocas estrellas que alcanzan a verse. Sigilosamente se desliza hacia afuera, se detiene un momento alertada por el olor a gasolina, pero no le da importancia y continúa su camino. Algunos nubarrones grisáceos ocultan la luna detrás de sus formas caprichosas; se hace un silencio casi absoluto. Se nota la desesperación en su rostro. Se dirige primero hacia un lado, luego cambia de opinión, regresa y camina sin rumbo.

Luisa avanza en medio de la noche, atemorizada. Sus ojos

negros se iluminan con los reflejos de la luna. Parece buscar un lugar aparte, un refugio en el cual le sea posible llorar a solas. Choca contra los árboles, las ramas le impiden escapar. Por fin llega al borde de una pequeña barranca. Se detiene a tomar aire. Distraídamente mira hacia abajo y alcanza a distinguir el coche de Arturo y Ana al fondo del acantilado. Con cuidado se dirige hacia allá, sin comprender lo sucedido.

La escasa luz no le permite ver de qué se trata. Baja la vista y descubre un rastro en el piso. Lo sigue hasta donde se encuentra el automóvil desvencijado y maltrecho. Asustada, se detiene a mirar a través de la ventanilla, de la cual escurre un rastro de sangre. Instintivamente abre la portezuela y la cabeza de Ana cae encima de ella. Pasan unos segundos antes de que Luisa sea capaz de gritar. Entonces unas manos la toman por la espalda y su grito se vuelve más intenso hasta que ella se vuelve y descubre a Javier.

LUISA: ¡Está muerta! ¡En realidad está muerta!

Javier se arrodilla para observar el cadáver. Pone la mano sobre su yugular para comprobar que efectivamente es así. Abraza a Luisa en silencio.

Corte.

Escena 20A. Primera "Caída de la Gran Babilonia"

Zacarías entra a su estudio y cierra la puerta sin hacer ruido; luego enciende la luz. Se lava las manos, prepara sus pinceles y se traslada a donde se encuentra su lienzo de la *Malancolia*. Le quita el paño que lo cubre y empieza a trabajar en él. La cámara lo toma de todos los ángulos, haciendo ver cómo pasa el tiempo mientras él continúa pintando. Apenas aparecen en la cámara unos cuantos trazos, algunas pinceladas y colores, pero jamás una imagen completa. Se nota el esfuerzo de Zacarías, la tensión en los músculos de sus brazos y de su cuello; también las gotas de pintura que manchan el piso e incluso su piel. Su respiración se hace más difícil a cada minuto, los ojos se le inyectan de sangre, como si fuera algo superior a sus fuerzas.

Al fin parece haber concluido. Se aleja unos pasos del cuadro y lo contempla durante algunos segundos. Después vuelve a colocarle el paño encima, haciendo lo posible por no maltratarlo. Lo toma por los extremos y lo carga. Apaga la luz del estudio y se lleva la pintura todavía fresca escaleras abajo, hacia la entrada principal. Las demás habitaciones permanecen en la oscuridad. Zacarías apoya el bastidor contra un muro, se acerca a la puerta principal, saca su llave y la abre; lo saca y de inmediato cierra por fuera. La cámara lo sigue hasta el cobertizo exterior. Ahí coloca la pintura sobre un tripié, tomando todas las precauciones para asegurar su conservación. Al terminar carga dos de los botes de gasolina que hay en el cobertizo y se dirige hacia la casa.

La cámara toma una vista general de Los Colorines desde afuera; en el cielo negro se destaca un haz de luz: la luna que comienza el cuarto creciente. Poco a poco Zacarías se acerca a la casa. Los árboles azotan los tejados por la fuerte ventisca. La cámara enfoca la fachada y luego va recorriéndola hasta llegar a la esquina; continúa por la parte lateral hasta introducirse por una ventana. Adentro, apenas cubierto por el breve esplendor de la luna, Zacarías se encarga de esparcir la gasolina sobre los muebles de madera, los muros tapizados y las cortinas. Sobre los sillones y encima de las mesas ha colocado el resto de sus pinturas. La cámara hace un barrido de ellas, distinguiendo unas cuantas formas entre la penumbra. Zacarías, inmisericorde, también se apresta a rociarlas con el combustible. Va de un lado a otro, enloquecido, como si fuese un sacerdote prófugo derramando agua bendita.

Corte.

Escena 20A. Segunda

¿Quién podía saber en ese momento qué era realidad y qué era ficción? El horror que experimentaron Luisa y Javier los unió de pronto, pero no los volvió más capaces de hacer frente a las circunstancias. De hecho, no importaba si la muerte de Ana era verdadera o no, para ellos, en el estado de conciencia en el que se encontraban, *estaba muerta*. Había sido brutalmente asesinada, pero ni siquiera frente a eso ellos pudieron enfrentarse a Gruber, como si en efecto él hubiese abandonado el escenario de las acciones y la responsabilidad de lo ocurrido no recayera sobre él sino únicamente sobre el autor material del crimen.

La escena fue filmada de noche, y como en otras ocasiones a los demás no se nos permitió participar en ella. Los acontecimientos se precipitaron a partir de entonces sin que ninguno de nosotros tuviese una idea clara de lo que ocurría. De pronto el equipo de filmación se había trasladado de nuevo a la construcción principal de Los Colorines, y Gruber continuaba filmándonos como si nada grave hubiese sucedido. Por inercia, cada quien continuaba representando su papel, imposibilitado para comprender que los hechos habían rebasado a las mentiras y que Ana *en verdad* había muerto. Como si el mundo de afuera, lo que siempre habíamos llamado realidad, ya no existiese; como si la única realidad posible fuese la del horror de la película; como si fuésemos incapaces de comprender las consecuencias de nuestros actos, y nuestra conciencia, aletargada, no nos permitiese pensar en un mundo diferente. Claro que estaba muerta, pero ello no nos hizo rebelarnos contra el director de la película, sino contra el personaje que supuestamente había causado esa injusta muerte. Estábamos atrapados en la construcción imaginaria del mundo que era *El Juicio*.

Escena 21. "El combate."

La casa continúa en silencio, sumergida en la oscuridad, ajena a sus moradores. Es la calma que precede a la tempestad, el tiempo detenido y la nada rodeándonos. La cámara toma una panorámica general de Los Colorines, sumida en la niebla azulosa de la madrugada. La quietud es absoluta. El silencio diáfano.

De pronto parece como si el amanecer se hubiese adelantado. Un brillante destello atrapa al cielo desde la parte posterior de la casa. Las nubes, plisadas, se llenan de reflejos naranjas y amarillos; pronto otras nubes grisáceas aparecen en el cielo: son cortinas de humo que se van elevando hacia el infinito. Las llamas no tardan en expandirse por toda la casa, primero por las paredes y luego por el tejado. El fuego aún no ha llegado a la parte delantera. Luisa y Javier se presentan en la entrada principal; tratan de entrar sin conseguirlo, comienzan a gritarles a los demás para despertarlos: "¡Arturo, Renata, salgan de ahí!"

Por fin Javier le da un golpe suficientemente fuerte a la puerta y ésta cede. Adentro apenas parece haber algún movimiento, el resplandor del fuego es sólo una tímida luminosidad en el fondo.

JAVIER (*a Luisa*): Tú quédate aquí, sólo grita si lo ves a él.

Javier se introduce en la casa y vuelve a gritarles a los demás. Arturo se asoma por las escaleras, Renata se le une a los pocos segundos.

JAVIER (*gritándoles*): Tenemos que salir de aquí, este lugar se está incendiando. ¡Se está incendiando *de verdad*!

RENATA: Voy por Ruth y por Sibila.

Corrientes de humo empiezan a deslizarse por los corredores. Javier sube las escaleras y moviliza a los demás. Las lenguas de fuego encienden las cortinas y el tapiz de los muros a lo largo de toda la construcción se desmorona como un viejo tejido amoratado. Pronto la visibilidad se vuelve difícil al tiempo que el humo marchita los muebles y las pinturas y las cubiertas de las lámparas. Arturo y Javier cargan apresuradamente a su madre por las escaleras. Sibila, Renata y Gonzalo corren detrás de ellos con los rostros desencajados. Los Colorines arden como una lanza clavada en un lago de fuego. Tosiendo, Gamaliel es el último en salir de entre las lla...

EPÍLOGO

I

Una culpa eterna, insondable, merecida. ¿Qué puedo decir ahora, cuando durante tanto tiempo he intentado olvidarme del horror de aquellos días, de nuestra miseria? ¿Cuando he hecho todo lo posible por zanjar la culpa, por evadir el remordimiento, por rehacer mi vida? *Mi vida.* Ya no sé bien qué quiera decir exactamente esta frase, como si el nombre de Renata Guillén invocara al menos a tres personas distintas: la que fui antes de la película, el personaje que representé entonces y la de ahora. ¿O será que somos la misma pero me niego a aceptar la responsabilidad que entraña haberme dejado llevar hasta los límites de mi propio carácter? De veras no estoy segura. No podría afirmar categóricamente que he dejado de actuar, de comportarme como el artificio que el director introdujo en mí, del mismo modo que no puedo decir que en esos momentos todo fuese una simple y llana actuación separada por completo de mi personalidad. He confirmado mis temores de siempre: la culpa es un sentimiento imposible de ser representado en la ficción, es una carga íntima de cada individuo y en estos instantes, a pesar de la distancia y del cansancio, de la contrición y del amor, me encuentro inflamada por ella, llena de la culpa que esa película dejó en nuestras vidas como único precio del arte.

Ahora Gruber está muerto. Está muerta Ana. Y está muerto Zacarías. Es una realidad suficiente para recordarnos que no estuvimos dentro de una pesadilla, que la ficción, por más aterradora que pareciera, fue *auténtica*. Nada nos devolverá las mentes y los cuerpos de esos cadáveres, nada nos reintegrará la inocencia anterior al Juicio, nada nos hará ser nosotros mismos de nuevo, libres de la conciencia del pecado. Porque lo cierto es que para ellos, y de algún modo también para nosotros, el mundo en verdad se acabó, como pronosticaba la demencia de Zacarías y la perfidia de Gruber. Fue el fin del tiempo y de la historia, al menos el fin de nuestro mundo y de nuestra historia tal como los vivimos hasta entonces. Su desaparición, los brutales decesos de Ana y Zacarías, y la lenta y silenciosa agonía de Gruber fueron las ofrendas entregadas por el vano anhelo de sustituir la vida con el arte, de volverse, por el solo hecho de ser artista, en el injusto artífice de la destrucción de los otros.

¿Qué pasó esa última noche en Los Colorines? Acaso la pregunta debiera ser: ¿qué sucedió desde que llegamos a la infausta hacienda, qué ocurrió con nosotros, cómo fue que perdimos la conciencia y la voluntad, cómo es que preferimos pelear entre nosotros hasta consumirnos en vez de enfrentarnos al verdadero culpable de la catástrofe? No importa, lo peor es que ya no importa especular sobre lo que podía haberse hecho, sobre lo que pudo evitarse. El dolor quedará como la huella de nuestro voluntario sometimiento a la insania de un solo hombre. ¿Qué pasó entonces? Los testimonios son pocos y los desechos que han quedado en mi memoria apenas resultan confiables. La violencia que reinó al final, tanto la que provenía del fuego y de la naturaleza como la que se había desatado en nuestros espíritus bastó para nublar cualquier imagen precisa, cualquier recuerdo sensato de esas últimas horas de desesperación y miedo.

Luisa y Javier encontraron el cuerpo de Ana en su coche con el cráneo destrozado y la sangre aún fresca, entonces corrieron hacia la hacienda cuando las llamas comenzaban a abrirse paso en todas direcciones. Yo estaba dormida en mi cuarto; sus gritos y el humo me despertaron y de inmediato salí en busca de Ruth: Javier y Gamaliel ya habían subido por ella e intentaban bajarla a rastras por las escaleras. Ella parecía rehusarse, se aferraba a los barandales y gritaba como si no fuese capaz de comprender lo que sucedía. Mientras tanto, Gruber se había apostado con su equipo a las afueras de la casa, muy cerca de la entrada principal, para alcanzar a filmar los sucesos que se desarrollaban dentro. Javier y Luisa riñeron con él pero no consiguieron que detuviera a sus ayudantes ni que intervinieran en las tareas de rescate. Pegados a él como esclavos, Braunstein y unos cuantos asistentes presenciaban el incendio como un acto ritual, un aquelarre o una fiesta, indiferentes a los destinos de quienes nos encontrábamos allí. Me acuerdo haber bajado las escaleras hacia la sala aferrada a la espalda de Gamaliel, pero las imágenes precisas de lo que ocurría a mi alrededor se han desvanecido. En mi mente quedan gritos entrecortados, insultos, golpes y el incesante crepitar de las llamas, nada más. Una vez afuera, Gamaliel depositó a Ruth en el suelo.

En cuanto pude tomar un poco de aire, me vi frente al cuerpo impávido de Gruber. Sus ayudantes habían desaparecido. A Braunstein tampoco se le veía por ninguna parte. Sólo quedaba él, ajeno al fin del mundo que había preconizado; miraba fijamente su casa, Los Colorines, deshaciéndose en medio del fuego, sin que pareciese importarle. Ya no *podía* importarle nada. Me aferré a sus piernas, llorando, con la conciencia y el corazón nublados, pero él de cualquier manera no reaccionó. Apenas se agachó para mirarme, me limpió el hollín que había quedado en mi rostro, sin decir palabra, me acarició el cabello y se marchó de ahí. Nunca más lo volví a ver.

Mientras tanto, Gamaliel y Arturo ayudaban a los demás; Javier le daba respiración boca a boca a Gonzalo y Sibila, prácticamente desnuda, deambulaba como loca por los jardines junto al calor que se desprendía de la inmensa hoguera. Magda, la esposa de Gruber, y los ayudantes que se encontraban en la otra construcción no tardaron en aparecer, seguidos por vecinos de los pueblos cercanos que traían sacos y cubetas de agua con la vana esperanza de acabar con las llamas. Después de varios minutos, casi todos los habitantes de la casa nos encontrábamos a salvo, pertrechados en el cobertizo de los automóviles o simplemente tendidos sobre la yerba, contemplando horrorizados las vigas carbonizadas que hacían caer los techos y los muros de Los Colorines, derrumbados poco a poco como si en verdad perteneciesen a una maqueta. Pero Zacarías nunca salió.

Cuando nos reunimos más tarde, nerviosos y atemorizados, eludimos el tema: nadie se atrevió a preguntar qué había pasado con él porque cada uno temía obtener la respuesta esperada. Fue hasta mucho tiempo después, platicando con Javier y con Luisa (ahora están casados) cuando terminé por conocer la verdad.

Al cabo de unas horas un equipo de rescate proveniente de Pachuca llegó a concluir los trabajos, sobre todo para cerciorarse de que el incendio de la construcción no se expandiera por los bosques vecinos. A nosotros nos llevaron a la ciudad en un par de microbuses acondicionados como ambulancias; ninguno estaba mal herido, acaso lo más grave eran los ataques nerviosos que sufrían Ruth y Sibila. La confusión aún tardó varias semanas en disiparse en nosotros. Sibila, Ruth, Gamaliel y yo permanecimos un par de días en un hospital de Pachuca donde nos atendieron de las quemaduras más o menos leves que habíamos sufrido; los otros, a excepción de Arturo que partió de inmediato hacia la ciudad de México, también se quedaron en la capital de Hidalgo visitándonos y esperando que nos dieran de alta al tiempo que buscaban ordenar sus pensamientos. La policía nos interrogó brevemente. Les hablamos de la película, de Braunstein y Gruber, pero ya no fue posible localizar a ninguno de ellos; después de rendir su declaración, Magda también se esfumó, algunos dijeron más tarde que regresó a Alemania. Otra de las sorpresas fue que, además del cadáver calcinado de Zacarías, se halló el de Eufemio, el sirviente de Gruber. La versión oficial, sostenida por los familiares de Ana, quienes pronto concurrieron a la ciudad, fue que Zacarías, el presunto homicida, había muerto en el incendio. Se giraron varias órdenes de comparecencia contra el director alemán, pero éste nunca volvió a aparecer; se esfumó como el mundo que había construido tan hábilmente.

II

Yo dormitaba en mi cama del hospital, apenas había conseguido dormir las tardes anteriores, mis pensamientos ateridos en la remembranza de nuestra locura colectiva, cuando una voz familiar me despertó. Sentí una mano sobre mi hombro y un olor y un aliento conocidos. Carlos se encontraba frente a mí, con el semblante demudado, y me hablaba en una voz tan baja que yo no alcanzaba a distinguir lo que me decía. Me sentí aliviada de pronto, aunque los pensamientos negativos no tardaron en apoderarse de mí. Me explicó cuán preocupado había estado por mí, había tratado de encontrarme por todas partes, y dijo sentirse profundamente avergonzado por su conducta previa. Me pidió perdón, llorando, mientras tomaba mis manos entre las suyas. En ese momento yo no era capaz de distinguir bien mis actos y no pude menos que agradecer su visita, su presencia recobrada; por más difíciles que fuesen nuestros recuerdos conjuntos, era un primer punto de apoyo a partir del cual yo podía empezar a reconstruir mi vida, mi pasado. Conoció a mis compañeros de desventura, a Javier que de inmediato supo reconocerlo, y a Gamaliel con quien estuvo a punto de pelearse, pero el asunto no pasó a mayores. Al contrario de lo que pudiera suponerse, ninguno de nosotros se atrevía siquiera a mencionar lo que realmente había pasado, como si una especie de pudor general nos impidiera reconocer nuestra torpeza y nuestra negligencia, la parte de responsabilidad que nos correspondía.

En cuanto a la película, los indicios eran que también había quedado destruida. Al parecer una chispa incendió el depósito donde se encontraban almacenados los rollos, imprudentemente colocados por Gruber en uno de los anexos de la casa. Según dijeron los peritos, cientos de metros de negativos aparecieron calcinados junto a la pintura que supuestamente estaba realizando Zacarías, la nueva *Malancolia* de Mantegna. Quién sabe si era cierto: acaso Gruber había alcanzado a llevarse los rollos y estaría encargándose de editarlos en algún pueblo alemán, o quizá su imprudencia tenía algo de voluntaria y en el fondo se había desecho de su obra de arte, del material probatorio de los crímenes cometidos a instigación suya, las pruebas tangibles de su soberbia y su desesperanza, como una muestra de su arrepentimiento o su indiferencia.

Antes de regresar a México le pedí a Carlos que me llevara de vuelta a la hacienda; quería estar segura de la veracidad de mis recuerdos. Los Colorines ya no eran sino una inmensa ruina, un montón de cenizas y escombros. Sólo permanecían en pie, intocados, la casa en la que había vivido Magda y la capilla en donde comencé y concluí mi relación con Gamaliel. Los sirvientes de Gruber se habían marchado a sus respectivos pueblos y la propiedad entera, acordonada y con vallas, había quedado vacía, tan vacía como la demencia esencial que se había obstinado en llenarla con fantasmas humanos, con despojos de pasiones usadas sacrílega y egoístamente. Fue muy poco también lo que tuve el valor de contarle a Carlos, él jamás comprendería los motivos de la tragedia que se había precipitado a nuestro alrededor. Dejé que me llevara a casa y él se marchó sin necesidad de que yo se lo pidiera. Había alquilado un departamento para él y el mío permanecía exactamente igual a como yo lo había dejado.

¿Qué pensaba yo en esos momentos? Me es casi imposible decirlo. Los hechos se habían sucedido demasiado deprisa como para que yo alcanzara a calibrarlos; de repente me encontraba en un estado neutro, imposibilitada para digerir los acontecimientos y la naturaleza de mis emociones. Había amado a Gruber, no me quedaba la menor duda, pero mi amor se encontraba cubierto por una espesa capa de temores al grado de que muchas veces dudé de su existencia. ¿Por qué lo había hecho? ¿Por qué, conociendo las consecuencias de la catástrofe que estaba a punto de desatar, se atrevió a seguir con su proyecto? Era la misma pregunta que le hice tantas veces allá, durante nuestros furtivos e inolvidables encuentros, y él nunca quiso —o nunca pudo— ofrecerme una respuesta contundente. ¿Por el Arte? ¿Para probar que cuanto había realizado en su vida tenía valor y no era un simple desperdicio? ¿Para llevar hasta sus últimas consecuencias los postulados de su estética y de su moral? ¿Para condenarse? ¿Para rescatar a Sophie? ¿Para salvarse? Imposible decidirlo. ¿Quién tendría la fuerza para ofrecer una contestación precisa a esta cuestión? A fin de cuentas la película, *El Juicio*, en realidad era el juicio privado de un solo hombre, el proceso que desarrollaba ante sí, como acusado, defensor y juez, Carl Gustav Gruber. Sabedor de que su muerte se acercaba, se atrevió a desafiar cualquier límite con tal de enfrentarse a su pasado; sin importarle el destino de los demás, creó un entarimado donde él mismo estaba dispuesto a inmolarse, el escenario en el cual sacrificaría no sólo su vida sino las de otros con el único propósito de escapar al absurdo, de desafiar la muerte y sus propias convicciones. El precio que pagó fue demasiado caro. La condena eterna a cambio del arte. Vano propósito el de los creadores, vano destino el de sus conciencias.

Sin embargo, de algún modo su sacrificio se convirtió también en nuestra propia condena. Podemos decir que fuimos manipulados, que no sabíamos lo que hacíamos, pero no era verdad. Mentiríamos si tratásemos de convencernos de nuestra inocencia. Taimadamente quizá, pero sin ninguna violencia tangible de su parte, adoptamos nuestros personajes por nuestro propio deseo, y los llevamos a su culminación conociendo las implicaciones de nuestros odios y de nuestros amores gratuitos. Éste fue el testamento que nos legó Gruber: la culpa de haber sido voluntarios conejillos de indias, tristes criminales que ni siquiera tienen —al contrario de Gruber— un buen motivo para delinquir. Porque lo que callamos siempre, lo que no nos atrevimos a reconocer nunca y que se volvió un tema prohibido de nuestras conversaciones, fue que en realidad todos tuvimos que ver con la muerte de Zacarías. Si no salió de la casa incendiada fue porque alguien, cuando lo encontró encerrado en su habitación esparciendo el fuego, no sólo no hizo el intento de salvarlo sino que, al contrario, lo golpeó en la cabeza para dejarlo a merced de las llamas que él había iniciado. ¿Quién lo hizo? Nunca se supo con certeza o, para ser más exactos, nunca quisimos que se volviera público. ¿Qué más daba que hubiese sido Arturo, Javier o Gamaliel? ¿O yo? De algún modo él no era más que el ejemplo extremo de la manipulación a la que nos había sometido el director, pero nosotros en ese momento no estábamos dispuestos a perdonarlo. Sabíamos que hubiese sido posible sacarlo a tiempo y no obstante preferimos olvidarlo ahí. Habíamos llegado a odiarlo a tal grado que, erigidos en sus jueces, decretamos que merecía arder en el infierno.

Ésta es una narración de la culpa, porque la nuestra —la mía— es la peor de todas: absurda, vana, inmotivada. Contribuimos a la muerte de un compañero actor sin que en realidad hubiese ningún motivo para hacerlo. Lo dejamos perecer sin hacer nada, sin intentar arrancarlo de su locura y de las llamas, cómplices de un dolor gratuito, de la injusta muerte de un injusto homicida. Porque el otro estigma que nunca nos dejaría libres era el asesinato de Ana, frente al cual ya nada podía hacerse y del cual ya nadie podía considerarse responsable. Ni siquiera era completamente imputable a Gruber, como no lo era, en esa medida, de nada de lo sucedido. Acaso se le pudiera acusar de instigar y de filmar los homicidios, pero él no los había ejecutado.

Han pasado ya varios meses de todo aquello y en apariencia pocas huellas permanecen aún de aquellos días. Nunca regresé con Carlos, pero al menos guardo una relación cordial con él y no puedo decir que no me sienta satisfecha con mi vida. He vuelto a actuar en el teatro de vez en cuando, aunque sólo para probarme que no estoy vencida, porque la actuación ya no representa para mí un logro sublime. En cierta medida puedo decir que soy feliz. La semana pasada asistí a la boda de Luisa y Javier; también concurrieron a ella Gamaliel, Arturo y Gonzalo. No los veía desde hacía mucho, había hablado por teléfono con ellos pero cada vez con menor frecuencia. Gamaliel continúa con su vida de siempre, entre la actuación y las mujeres, Gonzalo ahora se ha especializado en técnicas medievales de curación de la locura y Arturo ya únicamente se dedica a bailar. Me ha dado gusto verlos. Por ellos me enteré asimismo de que Sibila se fue a vivir a Alemania (¿estaría en busca de Braunstein?) y de que Ruth —siempre fue la más débil— continúa en una casa de reposo desde que concluyó la filmación. La noticia de la muerte de Gruber, ocurrida en un sanatorio de Bremen días antes, fue comentada con sigilo y precaución, casi como un tema obligado al que se quería dar rápido trámite. Fuera de esa referencia, la conversación fluyó siempre por otras áreas, escapando por consenso de cualquier alusión a nuestro pasado común.

Después de ese día no he vuelto a ver a ninguno; de vez en cuando Javier y Luisa me llaman y yo recibo sus telefonemas con gusto pero también con la sensación de que sólo nos une una desgracia compartida que nos vemos obligados a callar. Quizá por ello el contacto con los demás también se ha diluido, a nadie le gusta acordarse de sus errores por más que se arrepienta de ellos.

Una cosa más: siete meses después del incendio nació mi hijo Gabriel, cuya paternidad conozco pero nunca he revelado.

¿Qué más queda, pues, de aquellos días? ¿Qué ha pasado con las muertes, las pasiones, las furias desatadas entonces? ¿Qué representó para mí la muerte de Gruber? Muy poco, si atendemos solamente a los resultados tangibles. De hecho, para mí, él no murió el 28 de julio de 1993, como lo anunciaron los diarios, sino aquella turbia, sombría noche en que ardieron Los Colorines. No he logrado quitarme de la memoria la última imagen que me queda de él; yo estaba asustada, casi inconsciente, con los ojos llorosos que apenas me permitían verlo, sin embargo lo recuerdo con una nitidez asombrosa: primero a mi lado, acariciándome el rostro como si intentara tranquilizarme pero sin decir nada, y luego de pie junto a mí, contemplando impávido la destrucción de su obra y de su vida. Ahí estaba, con las llamas reflejadas en sus ojos, observando cómo se consumía no sólo aquella casa que había habitado durante diez años, no sólo los muebles y sus objetos queridos, sino también los cuerpos de sus actores y los vestigios de la sinrazón que lo había unido a ellos. Sabía perfectamente que, por más excusas que tuviera, él era el único y verdadero responsable de aquella devastación, y no obstante parecía como si ya no le preocupara, como si ya no pudiese preocuparle, demasiado lejos de las llamas que devoraban sus últimos días. Es probable que incluso hubiese una sombra de calma en su rostro lleno de tizne: por fin había terminado su Juicio. Porque si algo mostraba aquella película, independientemente del horror que significó para quienes intervenimos en ella, era un puro acto interior de creación y revelación para Gruber. No sólo el deseo de llevar la experiencia estética y cinematográfica a sus límites, de lograr suplantar la verdad con la mentira artística, sino también y sobre todo el deseo de enfrentarse como creador frente al Creador que había decretado su muerte. *El Juicio* era un desafío y una blasfemia, una fría y cobarde forma de suicidio. Desesperado, iracundo, Gruber se había enfrentado a la melancolía que lo azotaba desde los años sesenta. Desde la muerte de Sophie, no le quedaba la menor duda sobre la inutilidad del arte, sobre el oscuro vacío que representa *crear*. Sin embargo, más obstinado que inteligente, decidió darse una nueva oportunidad conmigo que volvió a definirse en la derrota. El entusiasmo inicial frente a su última película se desvaneció poco a poco y al final ya ni siquiera las muertes le importaban: su temperamento lo conducía inevitablemente a la desesperanza. Al final, Gruber terminó encarnando mejor que nadie la imagen de la Melancolía que tanto lo había fascinado y horrorizado: era él mientras admiraba indiferente su eterna, insondable y merecida condena. Su culpa.

Ciudad de México, agosto de 1993.

ÍNDICE